裁一片 绿影
送给你

冯小军

○ 著

河北出版传媒集团
河北教育出版社

图书在版编目（CIP）数据

裁一片绿影送给你 / 冯小军著 . -- 石家庄 : 河北
教育出版社 , 2023.7
ISBN 978-7-5545-8012-7

Ⅰ . ①裁… Ⅱ . ①冯… Ⅲ . ①散文集 – 中国 – 当代
Ⅳ . ① I267

中国国家版本馆 CIP 数据核字 (2023) 第 131817 号

书　　名　裁一片绿影送给你
　　　　　CAI YIPIAN LVYING SONGGEI NI

作　　者　冯小军

出 版 人　董素山

策　　划　任晓霞

责任编辑　任晓霞　　刘亚飞

装帧设计　郝　旭

出　　版　河北出版传媒集团
　　　　　河北教育出版社　http://www.hbep.com
　　　　　（石家庄市联盟路705号，050061）

印　　制　河北新华第二印刷有限责任公司

开　　本　787毫米×1092毫米　　　1/16

印　　张　20.5

字　　数　200 千字

版　　次　2023年7月第1版

印　　次　2023年7月第1次印刷

书　　号　ISBN 978-7-5545-8012-7

定　　价　65.00元

序言

林间穿行　目光高举
刘军

对于作家而言，丈量世界的方式各有不同。有的作家借助历史材料实现对人生与世界的观阅，历史散文、历史随笔、文化大散文这三种体式就与之对应；有的作家借助脚步实地踏访，通过自己的脚印和目光，直击世界的多样性；有的作家则借助体验，尤其是个体的成长史，进而开掘内在精神世界的曲径通幽；有的作家则借助特殊的情绪瞬间，在回环反复中形成深渊并跃升为一种普遍性的所指。肖斯塔科维奇的大半生时间，皆处于即将步入极刑的恐惧状态之中，这种恐惧最终形成一种极为强烈的精神力量，倒映在他的艺术创作中。

作为一种常态化的存在，经验式写作贯穿了不同的文学文体，乡村经验、小镇经验、街道经验等，它们构成了写作的富矿，往往会被作家们变着花样加以开掘。另一方面，个人经验又是有限的，尤其涉及体验的独特性部分。怎么样去弥补个人经验的不足，通过笔触打开更宽广的世界，南宋大诗人陆游给出了"汝果欲学诗，工夫在诗外"的方法。在这些年的散文创作领域，人们会注意到有很多作家或选择走向古籍或选择走向田野的方式，而走向田野的人更多。现供职于《生态文化》杂志社的冯小军就是这类散文作家中的一员，翻阅其最新散文集《裁一片绿影送给你》即可知晓，他的足迹翻山越岭，抵达很多荒僻之地。这其中，林场、林点（观察点、执勤点等）是他踏访最多的地方，南到广东佛山、增城，北到内蒙古多处林区，东北到长白山，西北到贺兰山、祁连山以及位置更偏西的天山山脉、伊犁河谷，而近处的京津冀林区到访尤勤。

　　冯小军在其跋文《生态文学创作前景广阔》中比较详细地回顾了自己在山林间行走的心路历程。他是真正从事具体林业重大工程建设的亲力亲为者，这在作家队伍里是不多见的。因此，他所讲述的从事文学创作的体会更有其独到的见地，揭示问题的本质虽不一定挥刀见血，但是作为直接参与者的文本内涵无疑更具理性，对读者阅读自然会有一定的指引意义。近些年来，诸多媒介载体在生态文学渐成热潮的背景下，回溯当代的生态写作，一批重要的生态文学作家以较大的影响力进入人们的视野。徐刚、苇岸、胡冬林等著名作家或关注山川大地，或考察荒野家园，或反思批判，或人文关怀。既有对自然世界"大视野"的关照，也有地域性特色鲜明的细部描摹。

就冯小军的生态散文而言，他的笔触则相对集中，森林和荒野既是他熟悉的对象，很多也是他工作的场域。通过大量的基层考察走访，他对森林自身的理解，对人与森林的关系的思考，对林场转型和林业管理的审视更加深入，不仅积累了大量的第一手材料，而且能够由"观看"进入到"内视"的层面。如此，有太多思绪的河流在他的内心冲撞，观念与体验最终融汇在一起，进而构筑了主航道的河床两岸。作家缪塞有过一段自辩词，他曾说道："我的杯子不大，但我是用自己的杯子喝水。"在文学写作现场，题材的专注可谓一体两面，一方面使得主题的呈现很容易趋于专一，另一方面也易于取得开掘之深的结果。鲁迅先生在谈及创作体会时，提出"选材要严，开掘要深"的命题。只要开掘有深度，那么主题专一或许就不是劣势而是优势了。在散文领域，这样的创作实例还是比较多的，比如北中原带给冯杰源源不断的素材和灵感，冯杰也没有辜负这一地理、人文单元，他和北中原之间业已抵达相互成就的境界。还有郑坊盆地之于作家傅菲，傅菲持续地开掘使得他的故乡浮出水面，家乡带给他静水流深的生活经验和世味百相，成为某种具备指向性意义的精神地图。

近些年，随着生态环保意识的提升，越来越多的人认识到森林的生态效益以及对于人类的其他作用。这其中，不可否认的是绝大部分认识成果依然基于人类中心主义的立场，原材料也好，煤炭油气资源也好，涵养水分调节局地气候也好，以及森林其他的功用，皆得到人们的充分肯定和赞美，但上述论点无疑建基于服务人类生活的目标。自从环境哲学和环境伦理学作为分支学科诞生之后，少数的人们实现了认识论的提升，他们从生态整体主义的角度思考森林对于盖娅生命体的巨大作用。不仅人类需要森林，还有更多的生命依赖森林得以生生不息。而在环境哲学产生之前，还有一批作家、艺术家将森林视为梦想诗学的存身之地，视为贫乏精神得以拯救的道地。地理学家皮特对森林非常看重，他认为人在森林里能够做到"自然地、不加故意地体验生存"。奥地利作家施瓦布在《与魔共舞》中说："这个地球上，最高贵的灵魂就是森林之魂，而这个民族就应该将它所蕴藏的力量归功于它的森林。正由于此，我想说的是，所有的文化都源自于森林，这并不偶然，因为文化的衰落是和森林的毁灭密不可分的。"由此可见，作家将森林之魂与民族精神的养育、提升紧密地联结在一起。19世纪超验主义哲学家爱默生曾经观察到："商人和律师从街道上的喧嚣和奸诈中走出来，看到了天空和树林，于是又恢复为人了。"于是他得出一个结论："在树林中间，我们回到理性和信仰。"尽管爱默生的说辞带有明显的理想主义成分，但他对森林所具备的符号意义和精神意义的认识无疑构成了人类仰望星空的内容。爱默生之后，在俄罗斯自然主义文学两百年的实践中，读者可觉察到这群作家对"自然人"的念念不忘，失落的人性、失落的本真和善意在哪里能够找到？在森林里、在原

裁一片绿影
送给你

野处，人性得以恢复，失落的东西可以找到。这恰恰照应了梭罗"野地里包含着人类的救赎"这一命题。

《裁一片绿影送给你》计收录五十篇作品，从体例上看，除了个别篇章比如《塞罕坝情愫》之外，这部散文集所收录的作品大多为短制，从2000字到4000字不等。从时间跨度来看，集子里既有作家的早期之作，比如《去林场》等，也有近期作品，以城市行道树为题材的《草木脾气》，刊于2021年《黄河文学》生态散文特辑栏目。我在本期特辑的引言中曾加以简单评述："冯小军的《草木脾气》直击树木的生存之道，从城市的行道树到山野中的次生林，树的强势与颓势，与种类、地域、空间密切相关。强扭的瓜不甜，以此出发，城市的管理者应该多加思考，花很大成本引入的观赏花木、名贵草皮、喷泉等，是否具有真正的'在地性'？"树木挪移以服务于个别人的欲望利益问题，在作家笔下另外的作品里也有所反映，表现出作家基于现实的应时性思考。《裁一片绿影送给你》实则为作家的一部散文自选集。

在生态写作勃兴，进入加速度的情势下，身在《生态文化》杂志社做编辑的冯小军自然是"春江水暖鸭先知"。他不仅倾心于生态散文的写作，而且借助生态文明建设的东风，以访谈的形式和理论家、高校生态文学研究专家、生态文学作家对接，努力践行生态行动主义的基本内容。此外，他还著有部分理论文章，除了回应"生态文学是什么"的话题外，还对生态文学在当代文学发展过程中的不同类型展开辨析。这里需要说明的是，无论是生态文学创作还是主题访谈，无论是实地的工程建设还是理论探索，它们皆隶属于生态行动主义。"行动"色彩是生态文学与其他类型文学的一个重要区别，何谓行动主义？其实就是理念转化为现实，生态写作借助观念的前置以唤醒人们的生态意识，唤起人们对人与自然、人与其他生命系统间关系的思考。地球上的各种生命系统是相互支撑的关系，任何一种生命系统的独大都会带来毁灭性后果，史前火山活动极度剧烈与其后的地球生物大绝灭就有着直接的因果关系。如同苏格拉底所说的那样——我只知道我一无所知！笔者侧身生态散文研究领域多年，对于生态散文的界定和评述则愈发谨慎。根据我个人的判断，《裁一片绿影送给你》所收录的散文作品，从性质和类型上看，一部分可归入生态散文，另外一部分则应归入纪实散文的范畴。这部散文集大体上为两种类型散文的合集，只不过，由森林、荒野这样的核心意象统摄前后，天然地契合了人与自然和谐共生的意蕴。

在这部散文集中，生态散文与纪实散文的分野之处在哪里？划分界限其实也不难，有着"我"的个体体验，潜藏着主体的绿色之思，再配以"我"的田野经验，具备这些因素的作品皆可纳入生态散文的视野。而讲述他者的故事，以各色人物的经历串起一种整体性的生态思考的作品，则可以认定为纪实散文作品。基于上述的描述，集子中的《草木脾气》《禅味梨花》《在塞罕坝打号》《水口林》《新橐驼传》《清晨，我与岐山湖对话》等，皆可划入生态散文的行列。且以岐山湖的书写为例，这篇作品中有一个段落，涉及对一处荷塘的观察和思考。作家因为发现了与荷花伴生的野草而心生欢喜。何以喜悦之情油然而生？恰是因为野性之美中孕育了蓬勃的生命力，并由此生发出一番感慨："营造一个生物多样的荷塘难道难办吗？按说不难。其实这样做连刻意而为都不用，只要有一颗尊重自然的心就好。可是好多管理者就是喜欢培植独一，习惯整齐划一。这种审美难道不是病态吗？表面上看是荷花一品独尊，实际上是培植它们的主人的观念在作祟。"从这段自述中，我们可以看到冯小军对野性、自然、生命系统交互的推崇。而渗入文学作品中的生态自觉观念，恰恰就彰显在如此细微的细节之上。统观其生态散文系列，原产地、多样性、自然生成、整体性构成了属于冯小军散文的关键词，虽然纵向的"画幅"较窄，它们却是因地制宜和独特的，无论是保护还是发展，皆表现出鲜明的"在地性"特征。这里提及的"在地性"与文学界频繁提及的"在场"有所区别，"在场"强调的是肉身的在场，通过主体的思性完成对事物的去蔽，而"在地性"指的是主体与对象的双向建构关系，主体洞见了他者的力量或美，他者的力量与美同样也激发了主体的跃升。

源于多年的林业工作经历，冯小军不但熟悉各地的林场、造林和营林区以及林地植物，而且对森林的生态效益有着超出常人的理解。他站在生态整体主义的角度来思考森林。这部散文集中有多篇作品触及绿化荒山、荒漠治理的主题，这其中，他最熟悉的当然是塞罕坝了。毕竟，在此之前他还有一部报告文学作品《绿色奇迹塞罕坝》专门书写这个全国植树造林的典范。多次走进塞罕坝林场，使得他对这个地方情有独钟，也和林场职工建立了广泛的联系。《塞罕坝情愫》是一篇情感饱满之作。一万多字的散文作品中，历史与现实、记忆与现场、情感与思绪、人物与故事，紧密地融汇在一起，表面上写的是林场和林场工人干部，实则抒发的是自我的情怀。一个人与一个地方的情之所依，究其本质，则是一个人将其生命中最重要的印痕和片段投放在一个具体的物理处所之中。此外，作家笔下的纪实散文系列作品中，屡次提及1998年国家天然林保护工程启动这一节点。制度层面的调整不仅惠及众多林业系统的职工，更为关键的是，原始森林和次生林的保护由此向好，水土流失得以治理，保护措施也由此不断优化。蝴蝶效应可以引发沙尘暴，蝴蝶效应的另一面，也会催生生态环境的良性转向，进而推动生态文明建设逐级提升。

在艺术处理层面，冯小军的生态散文处处充溢着山野的气味，让人在朴实平易的语言中聆听天籁，安享绿色世界的美好。他善于构建画面，常常起笔就进入描写，使得形象立体饱满。局部地方发力，比如刻画人物常常采用完全贴近生活的语言。此外，在不同的结构单元下，作家比较注意语言的生动

裁一片绿影
送给你

性，比如对话和一些行动细节的描摹。

　　总之，人与自然的问题是一个"元问题"，是最根本、最普遍、最重要的问题。可惜，人类恰恰在这个问题上曾犯下严重错误，没有善待养育了自己的大自然。这个问题至今仍然看不到妥善解决的路径。

　　我坚信，生态主义思潮在我国的蓬勃展开必将带来生态文学创作的勃兴，我期待包括冯小军在内的一批有志于生态文学创作的作家脱颖而出，用优秀作品为读者带来更有益的启示和慰藉。

目录

裁一片绿影
送给你

裁一片绿影
送给你

禅味梨花

虽然都是梨花，我却只在离柏林禅寺不远处的梨园里悟出了禅味，似檀香悠远，如醍醐灌顶。

那天，我们从柏林禅寺出发到梨园去观赏梨花。正值赵县梨花节，奔赴梨园的人络绎不绝，很是热闹。为梨花过节，为牡丹花过节，为樱花过节，如今已不是什么新鲜事儿，连农民也不会认为那是城里有闲人的矫情了。俗话说"饱暖生余事"，说的大概就是这个意思吧。

出寺庙没多远，我就瞧见那片云雾一般的梨园了。梨园附近，橙黄色的油菜花开得正旺，碧绿的冬小麦正在拔节。梨园内竞相开放的白色梨花更招人喜爱。为梨花过节，可见它在这片土地上的地位有多高！油菜花、冬小麦、梨花，还有脚下黄色的土地，一块儿一块儿的，分割了眼前的视野，像一幅油画摆在了我的面前。"若待上林花似锦，出门俱是看花人"，这就是华北大平原春天的景色，以浓墨重彩吸引着在城里待腻了的人。

眼前，整个梨园就是一蓬一蓬的大花架啊！走进园子，瞧瞧树干粗细我就能判断出它们的树龄。这儿的梨树大都不太老，也不太小，像生育期里的女人那样富有活力。在梨园中观赏梨花，我感觉最忙的是眼睛，非常喜新厌旧。行走时我会不知不觉地加快脚步，一如"春风得意马蹄疾"那样兴奋。走一程，又一程，总想到更深处的花海里探寻新鲜。看看这一棵、那一棵，映入眼帘的全是一片雪白。瞧瞧这一枝、那一枝，每一枝都美不胜收。闻闻这一朵、那一朵，朵朵都弥漫着清香。脚步在移动，目光在花海中跳荡，整个身心融化在花丛中。我拉过一条花朵密集的枝杈仔细观察，那浅绿的嫩叶像蜡质的，洁白的花瓣似玉质的，娇嫩的花蕊是肤质的，艳羡至极。揪下一片花瓣放嘴里，心里涌出的就是人们惯用的那个形容词——沁人心脾。

三五只蝴蝶光顾，一对对轻飞曼舞。蜜蜂不时在花朵间飞来飞去，采蜜中发出的嗡嗡声竟然盖住人语。当然不是赏花人不兴奋，而是他们因这些小精灵的到来都屏声静气，陶醉其中，以致梨园里也就有了空谷足音般的清静。

这片梨花虽然开放得热烈繁盛，却不是梨农的最爱。因为梨花过繁，梨农们正在忙着疏花。他们有的踩着凳子，有的登着梯子，一些年轻人还攀爬到有些晃悠的树枝上去了。尤其是那些年轻女子，身上穿着鲜艳的衣服，腰里系着盛放花朵的白布兜，在枝丫间恰似飞燕凌空，这何尝不是梨园里另一道美丽的风景？

"非要这样一朵一朵地采摘？让它们自然凋落不省事

吗？"听了这样的询问，一位年轻梨农告诉我："不疏不行啊！不但疏花，过一段时间还要疏果呢！如果任由它们花开花落，坐果落果，结的梨子过多，浪费养分不说，个头大小不均匀，也卖不出好价钱。"

一边与梨农聊天，一边观看他们不停地疏花，我牵着花枝的手猛地一颤，我的思绪竟然随着飘落的梨花落到人世上去了，原本浮躁的心也像被一阵凉风吹过似的清爽了许多。想想芸芸众生，总是为欲望所累，背负沉重，多像这缀满枝头的繁花啊！

回头我想，繁花似锦其实也有道理。我就曾在渤海湾一个荒岛上见过好多的杜梨树，它们春天里花团锦簇，但是秋后结的果实并不多。自然，我未曾一刻不停地观察梨树的生长，但凭经验知道，从"满树梨花"到"一树硕果"的成长中变数是很多的。花朵有的因为养分不足"昙花一现"了，有的遭遇病虫害夭折了。在果实生长期，因水肥供应不足凋零的，遭自然灾害落果的比比皆是。原因种种，生存环境的改变使得它们在物竞天择的铁律下，总是本能地预留出足够多的花果。这种现象在人工营造的梨园里有了本质的改变。人们在长期的生产实践中摸索出干预树木生长的科学措施，其中重要的一环就是疏花。这是人为地主动干预，是科学技术的进步。经过疏花、疏果，梨树不仅可以避免"大小年儿"的不均衡生产，还能促进养分集中利用，培育出比单靠自然生长形状更一致、大小更匀称、味道更甜美的果实。

人世里的好些事情也是如此。人之所以产生欲望，据说是因为人有与生俱来的恐惧，总要预留出足够多的东西确保自己能够更好地生存和发展。尤其在竞争异常激烈的现代社会，人的欲望之花往往蓬勃成难以控制的局面。官僚腐化、加工食品时滥用添加剂、用掺有避孕药和激素的饲料饲养动物，还有为了增重不择手段地给牲畜体内注水……各种邪恶行径泛滥成灾，它们是欲望过盛结出的繁花，而且简直就是毒花！其实，欲望这东西不可以没有，却是不需要那么多的。如果放任自流，贪欲无度，必然酿成社会灾难。人生在世不是享受生活，而是不断地打拼与战斗。欲火中烧，像被鞭子猛抽的陀螺一般旋转再旋转，终生不知所以。腰缠万贯，其实好些都是累赘。

一般情况下，凡是能够开放的花朵都有结果的能力，甚至有长成优质梨果的潜力。问题是梨农凭什么疏掉"这一朵"而不是"那一朵"？在柏林禅寺不远处的这片梨园里，果农向我透露了他们疏花的技巧。疏花不是盲目采摘，而是去除"谎花"，即尚未授粉或长势孱弱的花朵。也有的凭经验对处在中心和边缘位置的花朵进行选择，去劣存优。我欣赏着梨农那看似随意其实选择性颇强的劳动过程，感觉到他们的努力虽"舍"犹"得"，或者说表面上是舍，实际上是得。这是人的聪明才智在梨果生产上的成功体现，但是这么科学的事情轮到人类自己时却总是犯糊涂。

裁一片绿影
送给你

疏花、疏花、疏花！去欲、去欲、去欲！走在梨园里，表面上我温文尔雅地欣赏梨花，但内心却在呼唤：人世如同梨园，单靠自身调解与选择远远达不到社会和谐的目标。自律固然有效，他律也是必须。

暮色中，柏林禅寺的鼓声响起，它是那样悠远而深长。佛与禅的旨意提醒人们，欲望越小，人生越幸福。禅机点化下，我还发现了一个秘密：赵县之所以能够成就"中国雪花梨之乡"的美誉，一定与这里的梨农善于疏花、疏果有关。

塞罕坝情愫

一

　　雄浑、辽阔、悠然、飘逸的氛围包围着我，我像远方来客见到了新天地似的，瞪着惊奇的眼睛，张大嘴巴一次次地深呼吸。哇！塞罕坝这一方净土，每次来我都这样销魂，心潮起伏，像个孩子似的想扑进母亲的怀抱。

　　站在东坝梁山巅极目远眺，岚气弥蒙，峰峦苍茫，森林浩瀚无际，草原树木融为一体。近处葱郁的落叶松和秀美的白桦林和谐地混生在一起。仰望高天，碧空净朗，一朵朵棉花似的白云在蓝天下悠闲地飘浮着。北风拂面，空气甘冽，森林草原特有的芳香气味扑进怀抱，顿时感觉神清气爽。林间隙地上绿野繁花，千姿百态。低矮的白蒿、地榆、金莲花宛如碎花地毯一样好看。我欢喜得不得了，想躺下去打个滚儿，撒个欢儿。

　　塞罕塔上视野开阔。居高临下地俯视森林，大片落叶松尽收眼底。视野里的树木不见树干只见树冠，树冠又几乎不见枝丫只见树尖。密密麻麻，像极了菠萝果皮上整齐分布的

裁一片绿影
送给你

菱形图案。近处翠绿，稍远浅绿，再远灰绿，远淡近浓，浑然一体。

我游历过世界上不少有名的大山和森林，比如北欧满山的云杉，澳洲铺天盖地的桉树，还有东南亚葳蕤多姿的雨林，国内大小兴安岭的松林，天山山脉里高大的雪岭云杉，它们都高大挺拔，满眼秀色，我欣赏着它们，常常产生爱慕的心思。今天我再次走进塞罕坝这片人工林海，目睹绿树花草，一边看一边和国内外有名的森林比较，我感觉这一片森林因了与草原相接，林相更有魅力。

记得著名作家峻青来塞罕坝的时候曾经这样赞美她的美丽："草原上，多种多样的野花竞相开放，把个绿色的大草原点缀得像一张五彩缤纷的大地毯，煞是好看。而草原丘陵上的树木也特别茂盛，特别好看，尤其是小白桦，它简直就像一个个亭亭玉立的少女，娴静文雅，婀娜多姿。"

盛夏的塞罕坝处处碧绿，繁花似锦。还记得我初次走进她的时候是那样痴狂，回到驻地就迫不及待地记下了我的感受：

"平常有谁会在意自己的呼吸呢？可在草原上，我不但注意到了，而且还真切地感受到了。闻着一朵又一朵鲜花袭人的香气和青翠的草甸散发出来的泥土气息，我本能地屏住了呼吸。也就是从那会儿开始，我注意到自己的呼吸，由原来的呼——吸、呼——吸，变成吸——呼、吸——呼了！"

说起来，我和塞罕坝的情分源于20多年前。负责河北省林业宣传的那几年，我几乎每年都来，陪同各级新闻单位的记者采访，参加林业厅自己组织的活动，多的时候何止一次呢！

塞罕坝是全国林业系统的先进典型，是我们宣传报道的重点。从1962年林业部批复建设机械林场后，三代务林人不辱使命，一代一代接力，用勤劳的双手绘制了这幅美丽的画卷。从一棵树到百万亩人工林海，塞罕坝这颗璀璨耀眼的绿色明珠现在已经声名远扬了。

从塞罕塔下来，我们一路向北，在经过烟子窑防火检查站时我们接受了例行检查。在短暂的停留中，我看到着装整齐的检查人员一丝不苟的工作风貌，还去他们办公室看了他们记录周详的检查簿。他们向我陈述了严峻的防火形势，特意拉开抽屉让我看那些形形色色的"火种"。我深深地知道这上百万亩森林严加保护的难度，建场55年了，这里没有发生过一起火灾，功在几乎严苛的防范措施啊！

塞罕坝上主要的河流有两条，东部是阴河，河水注入辽河，西部是吐力根河，河水注入滦河。吐力根蒙语是狭窄弯曲的意思，河流蜿蜒，流向不定，时而向北，时而向南，艳阳照耀下，它就像一条银色的玉带飘落在大草原上。"引滦入津"工程完工的时候，时任水利部部长的钱正英等人曾经来这里考察，她和专家们一致认定吐力根河就是"滦河源头"。

吐力根河也是一条界河，河的北边属于内蒙古克什克腾旗的"红山军马场"，河的南部倒是河北省的地界儿呢。吐力根

裁一片绿影
送给你

河是塞罕坝的母亲河，河水由东向西穿过草原缓缓流去，从古至今川流不息。每年冬去春来万物复苏的季节，她把清凌凌的河水送进草原，融入森林，注入湖泊。用她那甘甜的乳汁哺育着这片土地，哺育着流域里的人们。

七星湖宛如碧绿草原上的蓝色琥珀。进入湖区瞭望四野，青山如黛，天际苍茫。蓝天白云和岸边的景物倒映在湖水中，风吹影动，好一幅魔幻的图画啊！游人熙熙攘攘，欢声笑语，白色的游船游弋在绿得发蓝的湖水里。我悠然地站在木栈桥上俯视湖水，一群小鱼儿正在水里摇头摆尾地游动。仰望天空，水鸟飞翔，它们不时地在草地和湖水间起落，偶尔发出优美的叫声。这个全名为"七星湖假鼠草湿地公园"最大的特色是高原湿地，它由大小不等的水泡子组成，因为形状像北斗七星而得名。啊！清凉的风，满眼的绿，安详的环境让我想到了"人生难得半日闲"。看看周遭，大有一种天上人间、人间天上的幻觉。远处太阳就要落山了，潋滟的湖水散射出耀眼的光晕，有些野鸭子飞到近处，大部分都静静地浮在稍远的水面上一动不动，它们睡着了吗？应该是吧，这里没有猎枪，没有毒害它们的诱饵，没有任何威胁。睡吧，好好睡吧。看着看着，我顿然感觉静穆幽深，一种惆怅怀古的情绪向我袭来。哦！只有在塞罕坝，在这圣洁的地方我才会产生如此美好的感受，才会出现这样沉静的心态。

今天，塞罕坝已经成了我国北方最大的森林公园。无疑，

赛罕坝金秋

它四季变化，处处风景，无论何时何地都能给人美的享受。行走间动态的风光，停下来固定的景色，看看哪里不新鲜？按季节说，冬春两季它常常被白雪覆盖，静寂的森林里偶尔树挂如花，洁白似玉，满眼都是童话一般的世界。夏天虽然短暂，却是一年里生物能量最集中的勃发期，山花野草树木菌类甚至地衣在做了大半年漫长的积累后一下子蓬勃生长，汪洋恣肆。一缕缕红彤彤的阳光照耀林间，林下明暗斑驳。树干投影到草地上，草地就被分割成了一条一条的图形了。柔和的

裁一片绿影
送给你

光芒，绿茵茵的草地，紫气氤氲。山花因为阳光的投射慢慢张开花瓣，草叶因为阳光的投射不停地挺起身躯。蘑菇和菌类因为温暖拱出草丛，探头探脑地摇晃小伞一般的身子破土而出。偶尔看到小兽慌急地奔走，山鸟被惊动时嘎嘎叫着飞向山林深处的掠影，花间飞舞的蝴蝶，嗡嗡叫着的蜜蜂，还有清凌凌的小溪，高耸的岩壁，怎会让你不停下脚步呢？秋天的塞罕坝更是美景如画。大雁南飞，站在空旷的草地上看着雁阵一会儿排成个"人"字，一会儿排成个"一"字，心中哼唱《雁南飞》的曲子，思绪会立即飞向南国。哦！南国有我熟悉的朋友。这样的时候我一下子就会滋生出幸福美满的情愫，拍打着少女一般俊俏清秀的小白桦轻轻地唱起歌来。山坡上不时见到红色的枫树，黄色的白桦，灰绿色的落叶松。小河边上长满了红色的山棉花，紫色的杜鹃花，黄色的虞美人，金色的金莲花，粉白色的干枝梅，天蓝色的鸽子花，橘红色的野百合……河流附近肥沃土地上长着红色的山丁子，黑色的稠李子，黄色的松球果……层林尽染，姹紫嫣红。

塞罕坝的美景，给我三天时间也说不完哪！

二

"塞罕坝"是蒙古语的变音，汉语意为美丽的高岭。蒙汉两个民族语言的融合，从中道出了塞罕坝的地理历史风貌和风土人情。

辽金时代，这里被人称作"千里松林"。木兰围场周环一千三百余里，过去是蒙古科尔沁、翁牛特部落的牧场。清王朝鼎盛时期，康熙皇帝在这里开辟了皇家猎苑，作为固定的"行围习猎，肆武绥藩"的地方。每年农历八月，皇帝都要率领王公大臣和八旗劲旅来这里举行盛大的"秋狝之典"。邀请来的还有蒙古、新疆等部落的上层人物。木兰在满语里是"哨鹿"，围场是国家狩猎的禁苑。年复一年，经过周密策划的秋狝大典仪式隆重，林草间哨鹿声声、马蹄声碎。用今天的话说，它或许算得上国家举办的一次大规模的军事演习呢。

历史的车轮前进到同治年间，世界格局中冷兵器的杀伤力不敌洋枪火炮的时候，大清朝的国运日渐衰微，曾经风光一时的练兵场自此完成了历史使命。到了慈禧皇后垂帘听政时"秋狝"废止，围场开围，山林拍卖，以致封禁以来形成的茂密森林惨遭砍伐，遭遇了灭顶之灾。民国年间长期战乱失去控制，加之日寇侵华时的掠夺性采伐，昔日千里松林的美丽风光荡然无存。到中华人民共和国成立时已经沦落得千疮百孔了。成熟的森林只剩下了湮没在草棵里的腐朽树桩，白沙裸露，满目疮痍。人们用"飞鸟无栖树，黄沙遮天日"来形容这片塞外荒原的惨状。

它的沦落直接危及北京，危及华北。老舍先生的散文《老北京的风》这样描述他在北京居住时的感受："在那年月，人们只知道砍树，不晓得栽树，慢慢的山成了秃山，地成了光地。"

裁一片绿影
送给你

"风来了，铺户外的冲天牌楼吱吱地乱响，布幌子被吹碎，带来不知多少里外的马嘶牛鸣。大树把梢头低得不能再低，干枝子与干槐豆纷纷降落，树杈上的鸦巢七零八散。甬路与便道上所有的灰土似乎都飞起来，对面不见人。"

　　"豆汁翻着白浪，而锅边上是黑黑的一圈。"

　　改变北京周边的生态环境，防止水土流失和风沙对京津地区的危害早已在共和国高层达成了共识。中华人民共和国成立初期林业部经过多次论证，于20世纪60年代初期批复在围场县建立"国营塞罕坝机械林场"。

　　那是20世纪60年代的第三个春天，一声号令，来自全国18个省市的100多名大中专毕业生与原有林场的干部职工组成的建设队伍，在当时的5个分场开始了一场前所未有的人工和机械造林的大会战。

　　今天，塞罕坝百万亩森林已经成了横亘在北京以北的一道绿色长城，阻挡着来自西伯利亚的寒流和北部沙漠形成的沙尘暴。

　　"绿宝石"的赞誉，生态文明建设范例的命名，凝聚的是三代务林人披荆斩棘、一路打拼的结晶，它开创了高寒地区独具特色的人工林生态系统，向党和人民递交了一份满意的答卷。

　　塞罕坝的发展体现出的是一个时代的奉献精神，经过不断累加，今天它已经成了有112万亩森林的大型林场了。有人曾经计算，它的林木总数如果按照株距1米计算可以绕地球12圈，亲爱的读者，你能想象得出那是一种怎样的存在吗？现在，我正站在高高的"亮兵台"上，面对万顷林海心情澎湃，心间突地涌出了"功莫大焉"的深情感叹。

我已经记不清多少回来塞罕坝了，从前走一条线，这回又走另外一条线，每次都有"车在林中行，人在画中游"的感触。多少回遇见过善解人意的司机，驱车途中总是打开车载音响播放蒙古族民歌和歌唱草原的歌曲，《我从草原来》《美丽的草原我的家》……颠簸的土路上，激情的旋律里我总是神采飞扬，难以抑制激动的情绪，一边跟着节拍哼唱，一边轻轻地拍打着车扶手，激动的心情难以表达。

这样说来，好像我走遍了塞罕坝的每一个地方，到过所有的分场和营林区似的。没错，事实该是这样。但是在我这样思考时又常常被一个心思困扰：为什么每次来我总会有新的发现，产生新的感受呢？多少次思忖其中的原因，不知道是塞罕坝变了还是我变了，后来我想明白了，可不是我俩都在发展，都在改变吗！

我想起曾经参加过的几次大的采访活动来了。20世纪90年代，我陪同香港凤凰卫视组织的"穿越风沙线"摄制组采访，结识了杜宪等一批知名记者。那次活动我们走访了多少塞罕坝人啊，不知道他们现在都怎样了。有一回我向熟人询问他们，回答是不少人已经故去。听到这样的消息我总会郁闷，无精打采。还有北京电视台搞《守望家园》电视节目录制，我陪同记者们在这里采访了三天，之后他们制作了"把清水送入北

裁一片绿影
送给你

京"等三个专题。那年艾克拜尔·米吉提和萧立军带着《中国作家》杂志社20多人来这里采风，我们骑马、漂流，组织篝火晚会，我和作家们结下了深厚的友谊。此外，"西部大开发，建设绿色家园"采访，国家林业和草原局与京津冀三家林业厅组织的"让绿色护卫京津"活动，我作为采访团副团长做了大量前期策划和准备工作。还有中央电视台第七套节目《科技兴林》记者组对这里的采访……我哪里能记得清楚接待过多少记者，采访过多少塞罕坝人呢？回顾这些，我为自己曾经为塞罕坝的宣传出过力，为结交过一些记者和林场的职工干部感到欣慰。我虽然没在这里工作过，可我与这片土地的联系是紧密的，和这里的人们结下了浓厚的情谊。每次见到塞罕坝林场的人，我总忍不住询问那里熟人的近况，场里又有哪些新的变化。

带着记者采访与在工作中熟识一个人的感受怎会一样呢？我刚调到林业厅的时候，厅长李兴源就是一名"老塞罕坝"。我们宣传办公室和平行处室之间联系多多，工作环境决定我结识了不少与塞罕坝有各种各样关系的人。陈英洲、宋玉凡、葛清晨、孙强、张海等人都在一个办公楼上班，我和他们都是低头不见抬头见，多少次说起过塞罕坝的故事啊。

塞罕坝机械林场作为河北省林业厅的直属单位，多少次我们一起开会，一起工作，说得直接一些我们就是一家人。在林业厅，从塞罕坝调到机关来的，曾经在那里挂职锻炼的，和厅里同事是同学关系引荐给我们认识的，我记不清接触过多少那里的人。仅仅拿我曾经工作过的宣传办公室来说，十几个人的处级单位前后竟有五个人在塞罕坝机械林场工作过。他们有的是第一代的创业者，有的曾经在那里锻炼，有的是从那里调过来的。我们曾经一起办公，一块出差，在一个小区居住。不消说林业厅组织的先进事迹报告会和演唱会了，就是那些陈年的趣味轶事，记录着他们喜怒哀乐的生活片段，好些都是在日常交往中不经意间得到的。

今天，我再次置身塞罕坝嗡嗡作响的松涛里，好似又一次聆听这个或那个塞罕坝人跟我讲那些"过去的事情"。艰苦岁月里吃的"大大王和二大王"，曾经住过的马架子和地窨子，"林场下马人下坝"的风波，吓人的"夏均魁抚育法"，丁克仁打铁的故事，郭玉德在营林区简陋的住房里与老鼠相处的故事……这又是我三天三夜也难以说完的啊！他们与我说到动情处时流露出来的舒心笑靥，说到伤心时泪水盈眶又转悲为喜的复杂表情，都一点一滴地储存进我的心里了。

塞罕坝是一个风冷人横的地方，前进中的每一步都经历过摸爬滚打，血泪横飞。每每想到这一点，就是站在山花烂漫的草原间我也会在兴奋之后回归冷静，想到高寒、冰雪和斗争，想起我所认识的、采访过的、接触过或听说过的塞罕坝人。老的少的，高的矮的，白的黑的，健在的与过世的……我仿佛看到他们在林间行走的身影，慢慢地，他们都融入广袤的森林里去了。

裁一片绿影
送给你

三

重温往昔，一个个动人的场景浮现眼前，一个个熟悉的面孔历历在目。

2001年陈木东从林场工会主席岗位上退下来了。闲下来的他竟然老想过去的事情，不想都难。他告诉我，最难忘的是从武汉老家来塞罕坝林场报到的经历，从武汉到北京再辗转承德，后来就是坐着敞篷大卡车上坝了。前前后后起早贪晚地走了六天六夜。那种颠簸啊，今生今世忘不了。

塞罕坝集高寒、高海拔、大风、沙化、少雨五种极端环境于一地，自然环境十分恶劣。记录表明，建场以来这里的最低温度达-43.2℃，年均-20℃以下天数有120天，年均气温-1.4℃，年均积雪7个月。高海拔造成塞罕坝比哈尔滨还冷，年均六级以上大风日数76天。当地有句民谣说："一年一场风，从春刮到冬。"年无风日不足60天。"天当房，地当床，草滩窝子做工房"，第一代创业者硬是在这种不适合人类居住的地方定居下来，而且每天从事着繁重的体力劳动。"还我森林，一心种树"是他们坚守的初心。第一批大学生们初来乍到缺少住处就利用原有小林场的几十间房舍安营扎寨，不够了就住马棚、粮仓和车库。分流人员到山里劳动，临时搭建马架子，随山就势挖地窖子。夜里冻醒了就起来拢火取暖，没有食堂就在院子里搭棚子，安上几口大锅做饭。没副食靠咸菜解馋，蘸盐水下饭。

百里荒原上，三五成群的拖拉机昼夜轰鸣，在适宜造林的有限时间抢栽抢种。农牧队的拖拉机在原野上翻耕土地，确保来年有口粮，有土豆。泥土的鲜香气息刺激着年轻人的浪漫情怀，大家互相调侃"土驴子"，吃着用热水拌莜面做成的"驴粪蛋儿"畅谈理想：渴饮河沟水，饥食黑莜面。白天忙作业，夜宿草窝边。劲风扬飞沙，严霜镶被边。雨雪来查铺，鸟兽绕我眠。老天虽无情，也怕铁打汉。满山栽上树，看你变不变。

现在，我正站在"尚海林"高大挺拔的落叶松下，想到了这位塞罕坝林场第一任党委书记的种种传说和动人故事。1975年9月，王尚海调离林场，1989年在临终时一再嘱咐身边的家人把自己的骨灰埋在塞罕坝的树林里。

有心的人们啊，对塞罕坝有兴趣的读者朋友们，王尚海、刘文仕、张启恩、王福明等第一任领导集体带领300多名干部职工，怀揣"把国土绘成丹青"的梦想，把自己的身心都奉献给了塞罕坝。他们上坝时不但携家带口，并且和职工干部们一个标准住房，一个锅里吃饭，靠自己的榜样力量带领队伍干事业。因此，他们才有那么大的人格魅力，才能得到人们发自内心的拥戴。建场之初的两年他们探索造林遭遇失败，在有人主张"林场下马人下坝"的时候，他们用自己的坚强意志团结职工干部，最终化险为夷，扭转乾坤。

徜徉在塞罕坝的崇山峻岭，回想塞罕坝人一路走来的跌宕

裁一片绿影
送给你

起伏，我真切地感受到了什么叫艰苦奋斗和无私奉献。从刘琨上坝考察选址到林业部批复建场，从林场上马到规划造林，三代务林人牢记使命，一年接着一年干，持之以恒，久久为功的事迹全都写在这片大山上了。

造林专家张启恩是林场第一任分管技术工作的副场长。1962年3月，他毅然放弃在北京的舒适生活，带着妻子和两个正在读书的孩子来到塞罕坝。他带领技术人员大胆实验，攻克了一道道技术难关，终于摸索出了一整套适合高海拔高纬度的坝上地区育苗和造林的方法，为林场的造林绿化奠定了基础。

呼吸着清新、湿润的空气，欣赏着初阳普照的大森林，谛听阵阵松涛，我猛然听到了略带沙哑的歌声。循声望去，我看到了一个60多岁的老头迎面走来。他个子不高，面色中透出几许"高原红"，不大的眼睛笑眯眯的，边唱歌边在林间仰望树冠。他是谁？我想起来了，上次在场部我见过他，他就是有"树痴"雅号的高级工程师吴景昌。吴景昌是1962年从东北林学院分配到塞罕坝林场的大学生，也是这批人现在还留在林场的两人中的一个。人们告诉我，这个老人爱树到了痴迷的程度。他很少坐办公室，只要有空儿就往林子里跑，做他的科研项目，积累落叶松生长的资料。今晨，我俩在这片小树林里邂逅，聊着聊着老人竟情不自禁地唱了起来："我爱塞罕坝的山和水，山水多明媚。清泉潺潺绕山走，山山绿如翠……林海万顷绿浪滚，花香诱人醉……"老人一边唱，一边深情地仰望大树，歌声悠扬，松涛鸣鸣作响，是那样协调和动听！

我了解脾气耿直、工作责任心极强的首任场长刘文仕，他在"文化大革命"运动中被打倒，被迫在大雪天里参加采伐作业。这位中华人民共和国成立前参加革命的领导干部干活不怵，却容不得每次都让他扛"大头儿"（树干粗的一端），那是明知眼见欺负人的做法。他愤怒了，发泄了，他把眼睛瞪得牛眼一般圆，在剑拔弩张中考虑到寡不敌众选择退让，慢慢熄灭了胸中的怒火，选择继续干活避免了肢体冲突。他的忍耐连造反派们都奈何不得。现在我就站在他曾经干活的林间，想到这些，我产生了一种被猛烈击打的疼痛感，我使劲儿地拍打身边的树干，不由自主地想到了自己也曾经遭遇过的一些不公或龌龊。去吧你们，都去吧！面对这静穆的森林，我感觉到那种名利地位的渺小，明白了曾经的种种不过是过眼烟云，不值得一提了。

塞罕坝上山青水绿，鸟语花香，可多少人知道它背后的荒凉冷落？也是在这片大森林里，有人曾语重心长地告诉我，塞罕坝可不是和风细雨的地方，更不是风平浪静的地方，这里更多的是风冷人横，是直面艰难的打拼和斗争。"革命不是请客吃饭，不是做文章，不是绘画绣花"在这里表现得淋漓尽致。荒漠变成绿洲容易吗？小小的树苗长成参天大树容易吗？为有牺牲多壮志，敢教日月换新天。平凡创造传奇需要真刀真枪，改天换地要靠流血流汗。已经退休多年的张硕印跟我说过他的

裁一片绿影
送给你

经历：1965年，他在总场办公室当秘书，造林大忙时按规定所有人都要下到分场参加植树，偏巧那年他被分到第三乡分场。第三乡可怕吗？可怕也不可怕。可怕的是那里有一个从残酷战争年代走来的场长侯青山，这个人事业心强，严厉有名。不可怕的是他爱惜人才，敢恨敢爱。张硕印在他手下干了一个造林季，身上脱了一层皮，技术水平却高了一大截儿。

"一日三餐有味无味无所谓，爬冰卧雪冷乎冻乎不在乎。"横批是"乐在其中"。这幅当年贴在创业者地窖子门框上的对联展示的是塞罕坝人战天斗地的乐观主义精神。正是靠这种奉献精神的支撑，塞罕坝林场出现过雪中冻伤双腿导致截肢的护林员孟继芝，为油松上坝科研攻关献出生命的曹国刚，在改造植苗机过程中表现出才艺的大学生任仲元，被誉为坝上"劲松"的石怀义，塞罕坝"铁人"曾祥谦等一大批能吃苦、有韧性的人。

自然，塞罕坝也不光是苦难和心酸，它更多的是友爱和互助，是人性味儿十足的家长里短，有被塞罕坝林场子弟说常新的孩子们的恶作剧，有熏獾、捕鱼的快乐。爱情在塞罕坝也不是稀缺品，它们那样丰富多彩，不少佳话传说。仅1962年从东北林学院分配到塞罕坝林场的大学生中就有六对喜结良缘。葛清晨和宋玉凡，刘斌和王友兰，聂明升和崔淑媛，胡永贵和高瑶琴，刘宝林和关丽珍，刘敏和刘明睿，他们的爱情与塞罕坝的事业共同开放，美好的靓影永远地留存在这片绿色的高原了。

辽阔的大草原，满地的小花小草，同学们席地而坐，一曲悠扬的"革命者永远是年轻"歌曲响起，穿着吊带裤的男生跃跃欲试，穿着布拉吉的女生应邀起舞，那是多么惬意的夜晚啊！傍晚的大草原上，同学们唱歌跳舞，吹拉弹唱。你给我采一束鲜花，我送给你一个飞吻，直叫人羡慕得脸红啊。节假日里，他们常常结伴到白桦林间谈情说爱，欣赏多彩的小花小草。啊！那是坝上一对对伉俪最美好的时光。当然，他们也不都是幸运儿，更多的青年学子都有找对象难的经历。这里人烟稀少，这里条件艰苦。"塞罕坝真荒凉，又有兔子又有狼，就是没有大姑娘。"这句顺口溜反映了处于青春期大学生们的苦恼。这种现实情况引起了林场领导的注意，也忙坏了坝上和坝下的红娘和月老，他们急着为这群小伙子们牵线搭桥，一时间，附近的棋盘山村成了"老丈人村"。同样让人羡慕的还有坝上的孩子们，他们小小年纪就懂得照顾困难的家，木材厂来了桦树就跑过去扒桦皮，供父母烧火做饭。他们跟着父辈们上山打猎，去泡子里抓鱼。平日里男孩子玩撞拐，弹玻璃球，滑冰，女孩子们跳格子，踢毽子。坝上孩子最大的特点是打小就通木性，明白劈劈柴的门道。放假了，他们参加林场组织的劳动时，无论选苗还是造林做得都有模有样，个个是家长的好帮手。

有一年开春儿，我去塞罕坝家属院找熟人，小巷里刚刚开化，街道泥泞不堪，走几步看到一头猪，走了几步又看到一头猪。那时候的塞罕坝小城很破旧，猪和鸡鸭散养，它们不

裁一片绿影
送给你

怕人，哼哼唧唧，大摇大摆，有的干脆在路面低洼的泥水里打圈、翻身，把附近弄得稀巴烂。我到熟人家里串门儿，拉呱，逗闷子，坝上人说话很幽默。慢慢地，我体会到塞罕坝这个地方蛮有意思，它不但长树，它还有独特的文化氛围。譬如林场人在集体居住和劳作时非常喜欢讲"哨谱儿"。啥是哨谱儿？说白了就是打嘴仗。在那个"交通基本靠走，治安基本靠狗，通讯基本靠吼"的高寒冻土荒原上，在那个缺乏娱乐活动的年代里，塞罕坝人结合木兰围场特有的民俗文化创造的颇具特色的哨谱儿，丰富了人们的文化生活，是那个年代里塞罕坝人交流思想情感的润滑剂，是务林人精神世界里一道独特的风景。

我去过好多望火楼，它们被称作"大森林的眼睛"。我还去过"望海楼"，本来是防火瞭望哨，一些塞罕坝人却要标新立异，按着"林海"的意思在墙上写了望海楼。开始我有点儿纳闷儿，后来我明白了，大山里的人太盼望见到大海了。想到这里，我会心地笑了。有人说塞罕坝林场交通不便，高远闭塞，人多木讷，殊不知他们也有自己的幽默和达观。今天，我站在高山之巅的暖泉子望火楼上遥望四野，满目青山，林海苍苍，没有一点儿雪。驻守在这里的护林员陆爱国和他妻子王春艳却一个劲儿和我说雪，讲大雪封山的情况。在他们眼里，比大雪封门更恐怖的是日复一日的寂寞。我在远处长久地观望着矗立在山顶上的望火楼，望着望着，一个念想在心里油然而生：它们多像森林里的"感叹号"啊！一座座防火小楼日日夜夜地呼唤和警告着人们：防火、防火、防火！塞罕坝的森林不能有半点儿的闪失啊。守在深山里的护林员三天两天不见人，多的时候几个月见不到外人，搁谁不寂寞和苦恼？如今条件好多了，望火楼上也能看电视了，交通条件也有了不少改善，这对缓解护林员们空落落的生活有了帮助。我在暖泉子望火楼看到，一楼是"楼主"陆爱国和王春艳的办公室兼卧室，一张床，一台电视机，一张桌子，上头放着一部电话机。每天他们都要在固定时间向林场防火中心报告情况，人们管这叫"有情况报情况，没情况报平安"。聊起这件事，夫妻俩很轻松。为什么？"倒不是多积极，全是由于寂寞催的。按点儿上楼瞭望，下来就在固定时间打电话。"我听懂了他们的意思：工作单调到一定程度人会本能地寻些事情填补空虚。王春艳说："平时总是瞅着电话机。"一句话让我明白了他们的生存状况，有事情做，便是排解，更是欣慰！

　　野生动物有时候能给望火楼里寂寞的护林员带来好心情，可对于做其他作业的人就难说了。多年前的一个深秋，三道河口林场802型号链轨车司机侯树元像往常一样，一个人开着链轨车到山里翻耕防火带。不料傍晚的时候链轨车出了故障，直到天黑也没能回到场部。旁的地方作业的人都按时回来了，机务队长侯树忠看到这情况着急了。为防意外，他带上人开着防火车去寻找。当他看到链轨车时也看到了埋头干活的侯树元，让他倒吸一口凉气的是，他同时看见侯树元身后不远处的灌木丛

裁一片绿影
送给你

里正有三只恶狼窥视着他。说时迟那时快，侯树忠马上打开防火车的警报，恶狼被吓跑了。来解救侯树元的人们说起刚才有狼要袭击他，他才知道自己差点遭遇不测。

依着我们普通人的做法，按设计要求把树苗栽下去就算完成任务了，如果以后发现有的苗木死了再行补植是非常正常的事。可在塞罕坝林场不同，这种很正常的事竟有人认为不正常。在营林区主任邓宝珠眼里，造林后再补植苗木要重新运，树坑要重新挖，无形中会增加造林成本。可死苗这种事又不可避免。怎么办？他想出了一个简单办法，在造林时提前每隔十行栽下一行备补苗。过一段时间发现造林地上有的苗木死了就近移栽，实践证明这样做既省工又省力。这样做还有好处是一块地上造林和补植的苗木来自同一个苗圃的同一批次，补植苗木能赶上先前树苗的生长速度，以后这片树林的长势会很均衡。邓宝珠的同事夸赞他是个爱琢磨事儿的人。我想这岂止是爱琢磨事儿这么简单，能把栽树这样的事情做到这样极致的地步，他的责任心和事业心有多么强！

塞罕坝气象站是我常常关注的地方，原因之一，它最早的预报员陈英洲是我的挚友。他已经过世多年了，可我还常常想起他，我们曾经一起共事，配合默契。当然最主要的原因是气象站对于整个林场至关重要。防火指挥中心是指导全场森林安全的总调度，而气象站的预测预报又是为指挥中心提供服务的重要环节。"注意，注意，今晚有暴风雪！""报告，今晚有霜冻！"一道热线准时准点儿地报告着坝上林区的天气情况。现在的气象站站长李宝华告诉我，测报工作已经由过去的手动、半自动发展到现在的自动化了，观测场的设备与建场初期相比已经有了很大进步。他们固定时间向有关单位报告气温、地温、降水、气压、湿度、风速风向、日照、辐射、大风级别等"九大因子"，为塞罕坝的森林安全做着日复一日的工作。

第一代、第二代、第三代，一个表情，一个动作。一支歌曲，一摞造林设计，乃至一本本日记，展示的都是这个英雄群体绚丽多姿的人生。

近些年，塞罕坝林场进了不少新人，博士、硕士，好多来自林业名校。新一代塞罕坝人思考最多的问题是新形势下如何不辱使命，无愧时代。是啊，最初的规划早已经完成，蓝图已经绘就，面对新形势接好历史的接力棒，让森林发挥更大的生态、经济、社会效益成了新一代塞罕坝人追求的目标。为此，他们提出了把提高生态效益放在第一位的思路，坚持再难也不调减经营任务，再苦也不挪用经营资金的原则。同时转变观念，按照"山上治坡、山下治窝，山上生产、山下生活"的思路，实施基础设施建设，让林场职工与全社会一样共享改革开放的成果。

探索是多角度的，实践又是全方位的。阴河林场特训队的小伙子们在平凡的工作中自我加压，把技能训练作为主题实践活动。每年都按照林场顾问组设置的比赛项目举行比赛，让年轻人在实际工作中得到锻炼。

裁一片绿影
送给你

他们是模仿古人"处承平无事之时，而不忘武备"吗？是，又不是。第三代塞罕坝人接受的是现代化教育，运用的是高科技信息技术，在营林生产中模仿军演模式，创造性地设立比赛项目意在锻炼队伍，显然比"处承平无事之时，而不忘武备"更接地气，更能创造社会价值。这不，特训队的队员们正在练兵台营林区丈量树木蓄积量，没想到突然来了一场暴雨。下雨本可以准备雨具，但是高海拔的山地就是有雨具也难以应付。山里的雨说来就来，特殊的天气把小伙子们冻得打哆嗦，本就患着感冒的队员李庆伟支持不住了，人们摸摸他的额头发现他发烧了。比赛正在进行，缺了队员就是损失了有生力量。怎么办？为了不给自己的小组拖后腿，李庆伟选择了轻伤不下火线，硬是坚持着继续配合其他队员工作。

或许有人会说不值得，竞赛比不比又能怎样？是，或许那也是一种选择，但是我们的塞罕坝人断断不会那样做。在这片以艰苦奋斗和拼搏奉献为荣的土地上，时常会遭遇来自人与自然的冲突，每天都会面对生产上的不测，不时要排除突如其来的险情……50多年了，这里的人们都是迎难而上，从来没有打过退堂鼓。

为了忠于自己的选择，他们难免失去一些亲情友情。自然，他们也获得了属于他们的那种不怕困难、勇于较劲儿的品格，一种虽吃苦吃亏却不计得失带来的快乐。我听说的这个故事来自千层板分场，一个叫于士涛的年轻干部夜间从分场回家，当他敲开家门时，妻子抱着刚刚学走路的儿子正站在门口迎他。进门后的于士涛面对妻子怀里的儿子惊讶地说："难得儿子这么晚了还没睡觉。来，我抱抱。"

接下来的场面很尴尬！当于士涛上前一步张开双臂准备抱儿子时，小家伙儿竟用陌生的眼神看着他，一只手牢牢地搂着妈妈的脖子，一只手往外推爸爸哭起来。据说，那是河北省电视台记者采访于士涛时发生的事，令记者始料未及，也让于士涛很难为情。小于的妻子说："每天孩子还没醒就出门，晚上他睡了你才回来，孩子能不陌生？"

这是和平年代发生的真实故事，不惊天动地，没什么让人唏嘘不已的情节，可是你要知道，正是孩子天真无邪拒绝拥抱表现出来的那种不信任眼神，传递给我们的信息是让人感慨的。一对父子时常不能见面的实情不显眼，极平凡，甚至让一些人不理解，却真实地发生在塞罕坝林场不少年轻人的身上。他们当中有很多人在分场工作，距离总场的家几十里。按说现在交通方便了，回家用不了多长时间，问题是工作上难免发生各种各样的羁绊，火险啦，偷盗啦，出现了周边村庄里的人进山挖药材啦，样样都要处理。看似普通的工作常常让他们很难准点儿上下班，早出晚归成为一种常态。对于一两岁的孩子来讲，他们不亲近甚至拒绝自己父亲突如其来的拥抱，便有了一种让人心酸的味道。

同样让人佩服的还有被称为"啄木鸟"的周建波。2008年，

裁一片绿影
送给你

他放弃了省会优越的生活来到塞罕坝，完全是为了干自己喜欢的专业。小周研究生学的是森林保护专业，他要发挥专长就选择来塞罕坝林场工作。病虫害防治工作在外人看来或许算不上什么大事，不就是树有病吗，或是遭了虫害，它们又不会喊疼，有什么大不了的？可是对于林业工作者来说不是这样。费了不少人力物力营造出来的一片森林患了虫害染了病毒，艰辛的劳动就会付诸东流，这事比天都大！2012年春天，大唤起分场遭到了皮象危害，单位安排周建波去处理。询问护林员，回答以前没见过。周建波二话不说，马上和分场的同行来到虫情最严重的天桥梁顶的森林里观察。选用了1500亩皆伐迹地，使用多种农药组合对比，加之地膜覆盖和液体覆膜等方法开展实验，三个多月起早贪黑，终于研制成功了防治技术，控制住了皮象的危害。有选择就有代价，森林安然无恙，周建波的皮肤却被高原强烈的阳光晒爆了皮，青一块紫一块的。但是他和他的同事们觉得，虫害没有蔓延，林子保住了，所有的付出都值得。

塞罕坝走过了55年发展历程，饱经风霜雨雪，一路披荆斩棘。一片荒原成长为一道绿色长城，我为他们自豪，为他们骄傲。

采访要结束的时候，我见到了现任场长刘海莹。我欣慰地告诉他，我这次有了新的发现，林场职工的工作和生活条件较过去有了很大的改善。刘海莹认可了我的话，言语间却又表现出沉重的心思。我们聊到了林场的发展，也聊到了近年来林场去世了不少人的话题。他掰着指头讲起了那些我认识或听说过的名字：大唤起分场场长王凤鸣，50岁那年在工作中因中毒去世；千层板分场大光顶子望火楼护林员王玉山，47岁时在山里摔伤导致破伤风意外去世；四道河口营林区主任张鸣，42岁那年肝硬化去世；总场森防站站长谢国锋，42岁因心脑血管猝裂去世；总场森防站副站长刘晓峰，39岁时因心脑血管病去世；三道河口分场工人李春江，47岁患脑出血去世；阴河分场职工葛瑞印，40岁时脑出血去世；第三乡分场司机魏爱林，32岁那年脑出血去世……诚然，更多的塞罕坝人在带病工作，他们像一棵棵站立在高原上的树一样迎风斗雪，笑傲春秋。"献了青春献终身，献了终身献子孙"，是这个英雄群体55年牢记使命、艰苦创业、绿色发展的真实写照。

　　塞罕坝高海拔、高寒的气候特点没有改变，医疗条件虽然近些年有所改善，但是不规律的生活，特有的酒文化等因素依然导致他们患着各种慢性病。有胃病、关节炎、类风湿、高血压、心脑血管等病患的人比华北地区的平均水平高得多。据统计，坝上人的平均寿命比坝下人少15岁，青壮年人死亡率比坝下高三成。1962年最早上坝的那一批学生多数已经逝去，他们的平均寿命只有52岁。听完海莹场长这番话我的心头一紧，心里猛地产生了一个念头：塞罕坝这块绿色丰碑，是这些人用生命堆砌起来的啊！

裁一片绿影
送给你

现在我又一次站在塞罕坝纪念馆版图的沙盘前，抚今追昔，心潮澎湃。塞罕坝——生态文明建设范例，我们为你骄傲。2021年8月28日，习近平总书记对塞罕坝林场建设者感人事迹做出重要指示，学习宣传河北省塞罕坝林场生态文明建设范例座谈会在人民大会堂举行。会议要求大力弘扬塞罕坝精神，引领全社会共建生态文明，建设美丽中国。

　　塞罕坝的版图颇像一只"雄鹰"，我祝愿它一朝腾飞，鹏程万里。

被移栽的命运

我们能放弃人类中心主义的世界观吗？不，不会的！但我们应该而且可以收敛自己的行为。

——题记

一棵俊朗的松树长在山里的小溪旁，它树干挺拔，枝丫舒展。

春季，这里的溪水丰沛起来，淙淙清流滋润着周围的山草，花儿招惹来两只蝴蝶，还有蜜蜂。一只山雀站在松树的树枝上，它是来水边喝水还是歇歇脚？风儿过来串门儿，使劲儿推了推松树，它像人挨了胳肢似的浅笑起来。

这棵松树已经笑声盈盈地在这片山地生活十几年了。它们祖祖辈辈生活在这片大山里，种子成熟时山风一次次把它们带到各处安家。这株幸运的松树在小溪旁生根发芽，顺顺当当地长成了一位林间的"美男子"。有一天，咚咚的脚步声敲碎了山里的宁静。在枝头叽叽喳喳鸣叫的山雀突突飞起，蝴蝶急慌慌地飘飞到别处去了。

一帮进山选树的人站在小溪边，面对这棵看一眼就觉得美

裁一片绿影
送给你

丽的松树开心地笑起来。旋即有人走到它近前伸手爱抚地摩挲一下，在拉了拉它那富有弹性的枝丫后跟旁边的人说：这棵，就这棵了。

没多一会儿，这棵松树听到铁镐刨地的声音，它感到疼痛，在地动山摇般的摇晃中失去知觉。待它苏醒过来，发现自己已经被移栽到一处有巨大玻璃幕墙的商城前，成了繁华街道上一排行道树里的一员。它被噪音惊醒，热烘烘的气息让它喘不过气来。

"呜呜——呜呜——"汽车一辆接一辆地推着一波一波热浪，几乎没有一刻消停。好不容易挨到深夜，到了该睡觉时，头顶上的灯骤然亮起。那些灯光持续不断地炙烤它，它犯困打盹，被汽笛声惊醒，一次次重复，搞得它昏头涨脑。一天，一周，一月，这样的日子没过多久，这棵松树就打蔫了，即将扬花授粉的花穗儿眼下却一穗一穗耷拉了脑袋。

它不适应城里的环境，身体里的液体不再健康流动，水灵灵的针叶日渐干瘪。不久，园林工人开着水车来了，猛烈的水柱倾泻过来，它激灵一下恢复了精神，脚上的伤口慢慢愈合，枝丫开始生长。

可是好景不长，临近节日商场周围热闹起来，前来购物的人川流不息。为营造气氛，商场里的人带着工具出来，他们用铁锤在松树的躯干上钉下钢钉，又在那些钢钉上缠绕起缀满小灯泡的电线。

周围一整天都人声鼎沸，夜晚霓虹灯闪烁不停。这棵从山里移栽来的松树浑身难受，疼痛让它愤怒，颤抖着要绷断箍在身上的电线。自然，它做的一切努力都是徒劳，睁眼看看身旁的伙伴，同它一样，它们身上也缀满了彩色的灯泡。没多久，成群结队的蚊虫在昏黄的路灯下飞舞起来，嗡嗡的叫声持续不断。它一阵一阵腰酸背痛，钉铁的伤口在浸血。

痛苦的日子一天挨过一天，进城后缓过神儿来没多久，它的花穗开始脱落，叶子不再墨绿，枝丫失去弹性，树根不再生长。即使园林工人再来浇水它也没了胃口，身体愈发脆弱起来。它做梦都想逃走，幻想回到那个有蓝天白云，溪流叮咚作响的山沟里去。可它看看脚下，脚脖子已经被带孔的塑料框压住，一点儿都动弹不得。

油锯响起时，它恍惚感觉自己回到了山里，那以后它再也没有醒来。

我没有直接参与这棵松树移栽，可我是知情人。我清楚它由生机勃勃到奄奄一息的过程，想起它原本可以活百年千年却无辜夭折的命运心里就感觉不自在。城里人既要享有都市生活的便利热闹，又希望享受大自然的静好，可他们的动机往往单向，只对自己负责，固执地率性而为。

"人挪活，树挪死"的老话儿人人都懂，同样是挪移却有两种对立的结果。人通过移动能寻找更多的机会让自己活得更好，可已经长成的大树刚好与人相反。人通过交通工具东跑西

裁一片绿影
送给你

颠可以上天入地，甚至去月球漫步。而植物根子固定下来，扎得越深长得越壮，频繁移栽给它们带来的只有伤害。

山洪暴发、地震、泥石流常常导致花草树木离开自己的家园，天灾降临它们被迫挪移的命运常常让人悲伤扼腕。唐山大地震是20世纪发生的一次重大的天灾，造成几十万人伤亡，与人一样遇难的还有数不清的树木花草。地震发生的当晚，路南区吉祥路旁发生了一件怪事，一排生长整齐的柳树因地面裂缝出现严重位移，曲里拐弯的震裂带改变了这行柳树的模样。震后路过的人看呆了，立即报告政府，专家过来勘察后认定这里的每一株都发生了位移，最多的挪移了一米以上。后来唐山人把这一行柳树命名为"错位柳"，还在附近竖起一块通告牌记载这件事。再后来，这里野草丛生，拉拉秧贴着树干爬满树枝，树冠慢慢干梢儿，没过几年先后死去。"错位柳"遗迹我估计现在已经不存在了，幸运的是，我为《中国古树奇观》提供照片和文字时专门去那里拍过照片。这是我记住的大自然剧变导致树木移位最典型的案例，大自然中树木移动常常让它们遭遇灭顶之灾，偶尔活下来的，寿命也会大打折扣。

人根据自己的需要轻率移栽它们造成的伤害远比天灾更大。比如摊大饼般不断扩张的城市化进程，城区由"二环"到"三环"，"四环"到"五环"不断扩展，每一次都伴随着大树进城，太多的花草树木跟随人的脚步来到城市。一车又一车的树木和树苗大致来自两个地方：一是苗圃，园林工人播撒种子培育树苗专供城市绿化；二是到大山里挖大树。前者的好处是栽植时成活率高，局限是有一个漫长的成林过程。后者的好处是能"一夜成林"，坏处是死亡率极高。人们明明知道"树挪死"的风险，为追求速度却甘愿冒险。东西南北地跑进大山去选择树形美观的大树强行运进城里。为提高成活率或方便运输，人们不惜对大树"锯肢枭首"，用最短的时间把它们移出深山老林栽进城市。做这勾当的人也担心它们会死亡，可快速享受林荫的动机又总是让人忽略许多事，使那些被移栽的大树面临死亡风险。

或许没人反对尊重树木的天性，问题是没人真正在乎这些大树的生理需求。折断枝干和长途运输的举动无疑蛮横，频繁折腾后，被移栽的树木活下来长得好的几乎凤毛麟角。

"没有买卖就没有杀戮"是著名篮球运动员姚明为禁止象牙买卖说的广告词，我想这句话同样适合大树移栽。如果没有市场，大树移栽或许会偃旗息鼓。而买卖大树收获的利润一旦提高，对这些大树移栽造成死亡的后果就会被漠视。最让人气愤的是一些官员为追求政绩热衷于大树移栽，他们做事全凭激情，一声令下派人到山区购买大树，常常用速成的办法"创造奇迹"。挖过来的大树来不及养护，直接从原生地运到繁华的街道和机关庭院，他们的做派常常引来喝彩，为他们的魄力点赞，但被移栽来的树木后来是死是活却总是被人忽略。

不负责任的园丁常常"助纣为虐"，他们或许在意瘠薄干旱

裁一片绿影
送给你

山里长大的树木的生理需求，可是采取的措施大多只是灌水，这种看似关爱的举动让那些移栽过来的大树难以承受，厄运连连最后死亡，沦落为垃圾，活生生的生命断然消失。

不重视规划的随意移栽行为也多有发生，道路两侧的大树没两年树冠与架设的电线发生冲突，这种大树总是遭遇砍头的命运。有的地方做事一阵风，移栽快，移除也快，移栽过来的大树在人为的城市"大变样"中一茬茬被抛弃。

不讲科学只凭胆识办事，在热火朝天的营造城市森林运动中创造出不知道多少畸形奇迹。据说有一个城市仅用十几天时间就建成了一个几十公顷面积的大型公园，速度快得让人瞠目。在这个速成的"样板工程"里，原本裸露的黄土一夜间就绿草茵茵，湿地间"蛙声一片"，树干上钉了邮箱一般的鸟巢，燕雀声里小桥流水，人们摩肩接踵地前来参观。没过多久，公园里的草木黄的黄，死的死，只好再次移栽补充新的。人们调侃它"春天绿，夏天黄，秋后送进灶火膛"。大树移栽被政策允许，动机是改善生态环境，但是不讲科学、不计成本的举动总被"交学费"的口实敷衍过去。

我脑海里常常浮现本文开头说的那棵从山间小溪旁移栽到城里的松树，我知道它早已死去。它刚死去被挖出来那会儿有一群人曾经围着它唏嘘感叹，有人说又"交了学费"，好像有那么一点恻隐之心。不过很快说这话的人就认真地商量起明年再次移栽的计划。这不足怪，因为它们是树，是不会出气的树！我至今还记得那棵松树被挖走时树墩发出的腐朽气息，不过很快就在城市雾霾弥漫的环境里消散了。

现在一切复归平静，几乎没人提起曾经有一棵从山里移栽过来的树冠俊朗的松树在这儿活过。是的，就是这样轻松。我想起它时却不轻松，甚至感觉难过。回头再想时又怀疑自己脾气古怪，为一棵不会说话的树的命运鸣不平，能做成什么大事呢？好在我不是决策者，也就感觉轻松，认为自己没有直接参与这棵松树的移栽，完全可以推卸责任。但回头我又谴责自己，没有为被移栽的大树说上几句能改变它们命运的话。

建议绝对不搞大树移栽未免武断，只是城市化背景下，从山里移栽大树的做法过于草率。不经审批就进山挖大树的勾当屡见不鲜。我心疼那些生命旺盛的树木客死他乡，明白写下这篇啰唆的文字没准儿被认作矫情。可我不吐不快，决心用文字祭奠那些来自大地母亲怀抱的鲜活生命。

花草树木也有命，是有益于我们人类的命。它们虽不会呼喊，却常常用自己的死警告人类：生命互联，你们发发慈悲吧！

裁一片绿影
送给你

草木脾气

冬夏对应，春秋流转。一滴水能映照乾坤，一片叶可见证兴衰。多少年我在林间行走，深深感到人间的各种世故草木群落里都有表现。大自然是人类的摇篮，自然又在人的创造中不断改变。谁都没有停止过竞争，一切都在生存和发展中完成着螺旋状的高攀。

耍赖是无奈

时下正是三月，眼前这棵柚子树正在开花。纯白的花瓣，嫩黄的花蕊，走近时似有暗香扑鼻。及至细看，竟瞅见了几个排球般大小的老柚子灰不溜丢地藏在树冠里。显然是去年结的老果，到今年还没有成熟，也就没有采摘。看着它们，一时间我的心头为之一颤。

在柚子树前徘徊一会儿，我竟想起了被国人称作"法国梧桐"的悬铃木。这种树喜欢湿润温暖的气候，比较耐寒，大多被栽植在公园和公路边上，因此它也被务林人赞誉为"行道树之王"。它的树冠大，叶片阔，生长快，是一种被认为适生性比较强的树种。正因为有这么多的优点，不少地方的务林人都愿意引种它。而它适应性强的优势表现，使它在华北好多地方长得都很茁壮。人们发现问题是把它引进来多少年以后的事情——它不规律的落叶落果为一些城里人，特别是环卫工人带来麻烦。这种在我国南部土地上适生的树种被移植到北方后表现异常。在杨树、柳树等乡土树种树叶落尽，树冠上尽是光光的杆子时，悬铃木的叶片虽然枯黄却几乎全部留在树冠上，整日在秋风里哗哗作响。尽管秋冬季寒潮不断，冷雨霜雾一再浸润，它整个树冠上的叶子在跳荡中聒噪不停。最博人眼球的是那些挂在枝头的悬铃果，狂风肆虐中它们总是荡来荡去，一刻不停地摇摆，纵使与树枝碰撞或果球与果球摩擦，果柄撕裂拧成碎条儿变成麻花儿模样，以致球果部分碎裂，种子四处飞扬，它们就是不落地。挨到极限时也有坠落的，或砸了经过那里的行人，或落在地上被人踩碎，零落不堪的样子不被人待见。

第二年的春天到来时满世界万物萌生，树绿花红，悬铃木也会遵循自然的召唤重新冒芽长叶，孕育新的悬铃果。可你看看，从去岁走来的那些没有飘落的枯黄叶片和不新鲜的果球依旧顽固地悬在枝头。新的生命在勃发，过不了几天，当年新生的叶片就伸展开来，那些青丢丢、毛茸茸的悬铃果也脚跟脚膨大起来。一个树冠上黄绿相间的情形要持续好几天，尽管绿色在增长，黄色在败退，那惨淡的黄色明显地丢盔卸甲，叶子剩

裁一片绿影
送给你

下半边儿的、只有叶柄的比比皆是。春风一刻不停地呼唤，暖雨又多少次地催促，那些赖着不走的枯叶和老球果才不情愿地飘落下去。

这事常常令我思索，感觉引种存在问题。我们常常从自己的角度考虑问题，甚至怀着做试验的心思不惜冒点儿"小小的风险"，这样做的结果扰乱了树木自然生长的规律，把不完全适应在本地生存的悬铃木引进来，它们又没有权利选择，在这样的情况下，它们只好在适应中修改自己的基因记忆。无奈又无奈，只好耍赖，用不落叶和不落果的方式传递水土不服的消息。

这种现象不仅在法国梧桐一种树木上有体现，我所在的城市从南方引进的毛竹、苦楝和木麻黄等都有类似表现。除树木之外，旁的植物也不少。它们在务林人的引导下开疆拓土，虽属被动却也有适应新环境的欲望，常常表现出在不适应中挣扎的努力。

我们人类为了从自然界获取更多的好处，探索的行为似也无可厚非，却难为了不少的树木花草。我们在实践中倒也发现过有些植物表现出不断适应的顽强品性，可这种行动无疑要付出不小的代价，不适应的都死去了，部分适应的长久地打蔫儿落叶，好长时间不死不活的模样，经历了不知道怎样的抗争与挣扎，变异出同一种属性的生命体在旁处所没有的风景。我家附近的公园从南方引进了不少苦楝树，当年结的苦楝果秋季一律不脱落。别说秋冬季，即使翌年春天也不落。我怀着观察的心思紧盯它们，发现那些黄色的果实都是翌年初夏时节在遭遇了一场特别大的风雨后才集中落地。显然它们的生命机理紊乱了。最初的几年，它们生长得还不错，这两年我发现它们的长势越来越差，我预感到它们支持不了几年就会退出这个领地！有没有在挣扎中挺得住，慢慢适应新环境得以成为新住民的可能？我常常担心这事并在心中为它们祈福。

事物都有自己的生存规律，树木花草也不例外。叶绿素在成长中不断变化，靠着光合作用，一片树叶由春天的嫩绿到夏天的深绿，再到深秋的色彩斑斓，直至叶片落尽，叶绿素水平由增加到减少逐渐变化，表现出一个生命体完整的成长过程。法国梧桐、苦楝等被引进到新的地方，我想它们会努力适应，本能地追求生长，开拓出一处新领地，创造出一片新的风景。

自然好些都失败了，人们探索的欲望无止境，可也不是随心所欲都有好的结果。当引进的树种追求生存的能力达到极限时，人们引领它们开拓新疆域的努力只好放弃。我在京城的初春季节时常注意到法国梧桐的生长，在树下站立的一刻，我似乎听得见娇嫩的绿芽顽强顶断去岁留存下来的叶柄剥离层发出的爆裂声，偶尔也能看见老叶片在微风中飘落，看见老的悬铃球骨碌碌地滚落在地面。那一刻我想想时令，都已经过了谷雨。不过，悬铃木通过"耍赖"的方式告诉人们它在这里有些不适应，也还是能够生长。如若再向更远的地方引种，总有达到极限的时候，在那个地方它们压根儿就活不下去，再拼命挣

裁一片绿影
送给你

扎以求适应也是枉然。

悬铃木在华北地区不少城乡不正常的表现显然是由一个区域物候特点决定的。这种物候有大致的动态曲线，温度不同反射到植物生命运程上的成熟状态不同。有完全吻合的，大部分基本吻合。即使吻合度相对高的乡土树种，由于枝叶生长的不同步，深秋时节总有一些树梢上刚刚长出嫩枝就遭遇严寒袭击含恨死去的情况。寒流滚滚，雪压枝头，它们都是被动地停止了生命之花的绽放。叶子枯萎，花朵或嫩果打蔫儿，由于剥离层尚未断裂，新生命依旧葆有顽强生长的态势，翠生生的枝丫被冻硬，却依旧高傲而不舍地刺向青天。

多少个生命体在成长中妥协，在妥协中成长，比比皆是无绝期。它们的表现无疑是能量和积温使然，原本还有继续生长的潜力，却在寒流侵袭下被猛地叫停。叶柄与树枝结合部的剥离层没有断裂，距离瓜熟蒂落还很远。

哪个不想出人头地呢

眼前山坡上高大乔木的树枝层级明显，这种层与层的距离人们称为"立体年轮"。我明白，雨水充沛的年份树木长势好，树枝间的层级大。反之干旱少雨树木少有生长，两层树枝间的距离则要小很多。

在山路拐角处我看到一株生长旺盛的油松，估摸它们的间距从半米到一米不等。我发现这里生长着几棵高大的树木，我们业界管它们叫"霸王树"。伐木工在砍树作业中会专找这样的树木砍伐，叫"拔大毛"。树木世界和人事好些是相通的，什么"出头的橡子先烂"啊，什么"掐尖"啊，这是一种思维定式，也算得上是维持生态平衡的一种做法。但是也有不同，另一种选择或许是根据现有生态系统内大多数树木的生长状况决定采取不同的经营措施。留着"霸王树"不砍，把它培养成"目标树"，让与它生长量接近的树木参与竞争，使这一片森林更有生机。

树有被压树，枝有被压枝。在一处山坳里我看见几棵相距很近的落叶松，交叉的树枝都自然死亡了，有些虽然活着，但是枝条光秃，基本停止了生长。我发现，树木长得越高大稠密，压与被压的现象越明显。身旁的大树下面生长着五角枫、柞树等，它们明显采光不足，生长孱弱。即使是相近年份长起来的树，因为生长环境的差异，采光强弱等自然条件不同，也会弱的越弱，失去了竞争优势，勉强地在那里存在着。

山间有好大一片人工落叶松纯林。营造纯林的最大好处是经济划算，但坏处也明显，在遭受病虫害时容易一次毁灭。而混交林因为树种多样，能避免一次灾害让它全军覆灭的厄运。但是造林的人往往从节省事务和经济效益角度做选择，偏爱营造树种单一的树木。纯林整齐划一，用规模显示力量，但是个体成员的生存短板相同，抗击风险的能力较差。

这一面山坡上到处是灌木。胡枝子开放着鲜艳的小碎花，很美。过去没见识过扁榆，这次才认识。它的枝条有棱角，很肥厚。看着瘠薄的山地，我想到了沙漠里骆驼储存养分的驼峰，这种植物与骆驼的生存智慧类似，有用肥厚枝丫储存干旱季节所需养分的基因。

在另一道山沟里看到了山葡萄，它攀附着一棵油松，藤蔓昂着头，阳光照在它绛红色的嫩叶上，油亮油亮的，生命的底色真美。葡萄的藤须紧勒树木的枝丫，限制了它给枝叶输送养分的路径，导致它的叶子蔫巴，缺乏生机。攀附并绞杀是藤蔓植物依托他人生存的手段，甭看身子软软的，却像传说中的美女蛇那样喜欢与寄主亲近。眼前攀附并拥抱着那株油松枝条的山葡萄摇头晃脑，差不多就要超过其寄主的高度了。看得出，过不了多久这棵高大的山里汉子就会玩儿完。过分亲热是会杀人的，世界上这样的事情多得是。

高处那棵落叶松长出了很鲜嫩的顶梢儿。生长永远是树木的第一要务。这是一个海拔2000多米的山，树随山长，不同的高度长着种类不同的树。走下山岭，穿过河川里的榆林后，我们再次爬到半山坡桦树林的边缘。眼前明亮的阳光从高大的树冠间筛落下来，映照在大叶旱莲、羊胡子草、浅绿的苔藓和低矮的蕨菜棵子上，一片斑驳景象。刚坐下来歇一歇，林虫和山鸟就恢复了歌唱，让我一下子感觉到了"鸟鸣林愈静"的意境。在这样的林间小憩，闻着山林里腐殖质的味道，身心俱爽。顶峰是一片高山草甸，这个"高处不胜寒"的地方竟有人栽了好些落叶松，山风太大，吹得这些身高不足一米的幼树不断弯腰。它们活得真累，而且注定长不大。除非出现山崩地裂那样的大事件改变它们的立地条件。但是假如出现那样的事件，没准儿它们自身又会被岩浆吞蚀。所以，现世的它们就是命运不济，基本上没啥长成参天大树的指望。要是我就不会在这里安排栽植落叶松，宁可让这里长草。其实这样的地方本就是野草的领地，只要人不过分打扰，它们肯定长得很茂盛。

　　下山经过的山冈上有几棵野山梨树，稠密的梨果蒜瓣子一般，自然个头不大。人把野生的果树驯化后用科学技术管理它们，通过疏花疏果使它们按着人的意志生长才能丰收。可是在这样的山野里野生果木没人管，它们遵循自然法则，在没有自然灾害时枝繁叶茂，结果也多。但如果遭遇暴风冰雹花朵就会凋零，果实也坐不住；遇见病虫害更可能遭受灭顶之灾，这就叫自生自灭。不远的地方还有山核桃，结的果实也特别多，一嘟噜七八个。看来今年这片山地雨量丰沛，到目前为止还没有遭遇什么病虫害。可是谁知道以后会怎样？我想，不遇见灾害的话，它们就这样长下去准会把树木累坏的。透支，来年的树势必定羸弱。自然界出现的"大小年儿"，与社会形态"兴也勃焉，亡也忽焉"类似。

　　快出山了，在一处苗圃模样的地方见到了一些杜松树，中间混交了油松。油松都活着，杜松却几乎全死了。走近观察没

裁一片绿影
送给你

有发现被压现象，也没有害病。看得出它们刚死不久，能明显看出开春时还放叶儿了。我仰头数起它们的"立体年轮"，估摸树龄起码有十年了。好好的怎么就死了？仔细察看才发现，它们在移栽时肯定忽略了什么。是有人搞的试验吗？有这样的迹象。它们在故土应该生长优秀，所以才被安排进这样一个新的种群里。是为了引领潮流，还是旁的原因？结果应该是水土不服，适应不了这里的环境，怪可惜的。难道没有采取补救措施？按说"森林医生"该管这事，不知道怎么没管或者是管而无效。人心浮躁，没准儿是主人后来没有了管好它们的耐心吧。森林警察也难管这事，山太深了，况且也不与盗窃相关。

远处山坡上有几点零星的山丹花，仔细瞅过才发现已经过了花期。花无百日红，人无千日好，哪儿有常胜不败的将军！脚下的山沟土地肥沃，树木茂密。一小片密度大的油松都长成了"瘦高挑儿"，它们结了太多的松塔，现出了倾斜倒伏的模样，树干弯得太厉害了。我想起中山陵里陵道两旁的雪松，因为枝丫繁盛过于沉重，树枝都用铁架子支撑着，看着让人累心。单靠搀扶着生长，总不是事儿啊！

山风吹来，林涛阵阵，给人一种非常快意的感觉。回到山下，放眼整个黑山岭，绿树与蓝天白云构成了一幅美丽的图画。在这幅图画里，主要的植物群落是森林，树种主要是落叶松和桦树。它们虽然是当地的普通树木，却是这片山林的主角。

风沙从树梢吹过

　　阡陌纵横的大平原是可爱的，广袤的森林草原是可爱的，沙漠戈壁有可爱之处吗？如果我秉持肯定的态度，您是否感觉诧异？现在，请您抽点时间到那些通过人的努力改变了自然环境的地方走走看看吧。

　　假如今天，盛夏里一个寻常日子，您已经住在腾格里沙漠边缘，在护林小屋里放松地睡到自然醒，睁眼后发现满屋亮亮堂堂，窗外风和日丽，于是您决定跟随护林员去巡林。对了，您虽然是一名来客，却早就知道人类与沙漠博弈的历史。是沙进人退还是人进沙退？其实那都是人类自说自话。沙漠是一种自然现象，与绿洲一样是一种客观存在。即使是危害我们的沙尘暴，其实好多都是人类自找的，本是自毁家园却怪罪自然是不厚道的。您明白这一切，来这儿的目的就是探寻人与沙漠的和解之道。您慕名来到河西走廊的八步沙林场，想了解这里的人通过植树造林的方式实现人与沙漠和解的成果。您想知道，是怎样的原因导致这一段的腾格里沙漠后退了20多公里。

裁一片绿影
送给你

现在您已经穿好了迷彩服，护林员已经备足了所需的水和干粮，您再带上一把护身的镰刀就全活儿了。您跟随护林员一步步跋涉在沙漠边缘的林地间，最先看到的是几株高大的白榆，在这片草木茂盛的林地里它们鹤立鸡群，粗大枝杈上的老叶略小，颜色墨绿，枝丫顶端的新叶娇嫩浅黄，不断吹拂着的热风让它们略有翻卷。旧时落在树冠里的扬沙偶尔吹落掉到您的脸上，您赶紧移动脚步。

您明白，这里的树阻挡风沙付有代价，一个十几平方米的树冠能承接多重的沙土应该没人计量，如果有人开展这样的研究或许是一件有趣的事！这几棵榆树借助风力抖落存储在叶片和树枝的沙土，总有新陈代谢，过去的飘散了，新的留驻下来。老榆树就这样日复一日地承受腾格里沙漠吹过来的沙土，个别嫩叶上细小的沙粒在朝阳下熠熠生辉。

此时，穿过枝叶投射过来的光束晃了您的眼睛。树上的鸟儿能明白人世间的事情吗？它们知道这里的六老汉抛家舍业住地窨子摸爬滚打造林吗？想到这里，您瞅了一眼护林员。他是一个老实巴交的中年人，讲方言又木讷，您和他的交流能理解一半儿就不错了，可您还是从他那满脸的沟壑里读出了八步沙人40年持续造林的艰辛，他们一棵树一把草地在沙滩里劳作，向着沙漠的腹地进军。他们的后代也和他们的父辈一样执拗，履行着八步沙不绿绝不停歇的承诺，在步步为营中完成了黑岗沙和更多地方的绿化。您看着护林员那粗糙的大手，那一刻竟不由自主地摩挲起老榆树的树皮，您从那些不连贯的纵向纹理里感知到了长久劳作的八步沙人比树皮还要粗糙的生活。

上午的阳光很强，您长时间遥望白色沙丘感觉眼睛都花了，只好把目光转移到绿树上。绿色是养眼的，所以人类天然地喜欢它。眼前的梭梭一人多高，有的站立，有的倒伏，无论哪种枝条都很粗糙。枝条上有刺，都是坚硬的短枝，您费劲儿地用指甲划开一条树枝，发现茎枝上长有一层白色蜡皮。阳光直射在沙丘上互相反光，让这一方天地稀疏的草木产生了斑驳的光影。大家共同拥有一个太阳，也共享一个地域里的水分，既有合作也竞争。每条树枝都享受着光热，也承受着几乎相同的干旱。梭梭不会说话，可它们能感知到温度的升降，能体验炎热带给自身的蒸腾。生长在腾格里沙漠边缘林带上的梭梭不能移动，不能向外追求利益，只好向内部寻求平衡，本能地让枝叶打蔫儿，收缩生命的阵线，甚至退化必要的器官才能存活下来。看看沙漠边缘上生活的人，他们的品性多像这些植物。

午后，有微风吹过，几片云飘到您的头顶。

您现在已经和护林员坐在沙丘上吃过干粮，喝了矿泉水。坐在平滑而干爽的沙梁上看云彩。有的时候连您和护林员也被云影笼罩，刚刚身上还是汗涔涔的，眼下却凉快了许多。接下来凉风把燥热推出去老远，您所在的地方一下子变得凉爽起来。没过多久，蓝天上飘荡着的形状各异的乌云开始勾肩搭背，不一会儿工夫，天空竟落下密集的雨点，它们打在沙地上啪啪响了一阵。

裁一片绿影
送给你

按说您该躲雨，可护林员说不用，他抬起晒得黧黑的脸庞看看天空，肯定地说下不起来。他从容感叹：云彩又飘到不缺水的地方去了。该下雨的地方不下，年年发洪水的地方却连下三天三夜，老天爷气人啊！听着护林员的抱怨，您想言语却没接话茬儿，因为您知道他太熟悉这片土地。雨点儿不密，过一会儿所有的云彩都快速飘远，蔚蓝的天空下阳光明媚。

腾格里沙漠与绿洲交接地带不全是浮沙，您现在到了一片质地硬一些的土地，瞧见一片长势不错的红柳。它们的叶子像鳞片一样，生理退化造就了它们；不过它们的花儿颜色丰富，红色、紫色还有过渡色，它们稀疏地长在那里，成了一片汪洋恣肆的花海。

附近有一些盐爪爪，您用手指掐了一下它肉质的叶子，鼓绷绷的柱形体开裂后浸出少许汁水，您明白，长这种叶子的植物全是为了适应盐碱且干旱的环境。您再走几步见到几行柠条，它们的叶背长着银白色的绒毛。您走过去观察，知道它是适应环境不断演化的结果。这里形形色色的植物叶片为减少水分蒸发长得一点儿都不兴旺，生长需要以生存为基础，它得首先保证活着，寻求机会再谋求发展。

雨过天晴，您来到一片新的沙地。走累时坐下来看那些林间的野草，开着蓝莹莹或粉色花朵的马刺盖很显眼，此外还有苦豆、棉蓬、沙芥。您蹲在中间看到它们都有早熟的迹象，绿色的沙蓬已经开花，个别早熟的已经结出黑色的籽实。沙梁半腰处的黄毛柴好些都被沙子掩埋了，茎蔓和枝条上长了一些不定根，不定根上还长出了少许的不定芽，刚刚那阵小雨的雨滴沾在茎叶上闪出玲珑的光芒。您感觉好奇，找了一根枯枝从它根部侧面挖进去，竟发现它的主根扎得那样深，侧根铺得也广。一株不足半米高的白刺根子足有一米，显然它是被雨水冲刷露出来贴在沙坡上的。它的根系够发达！根系发达风就难以摧毁它的生命，使它能够安稳地生存，表层上的浮沙在大量须根牵扯下得到固定，增加了它吸收水分的面积。您明白，所有的沙生植物的根长得都快，即使生长季也常有大风，弱势的生灵天然具有超强的繁殖能力，它们用这种方式传递生命。

在八步沙林场展览馆里，您看到了一张航拍照片，腾格里沙漠与绿洲间的分界很明晰。沙漠边界线曲里拐弯，像海岸线一样曲折，一边是起伏的黄沙，一边是星星点点逐渐浓郁起来的绿色。那是对立的两个阵营，反映着两种自然现象的敌对分野。沙进还是人进，这条分界线在变动中标示着答案。

现在，您正在自己的房间里紧盯地图，目光聚焦北中国漫长的风沙线，再一次想到曾经留下脚窝的沙地绿洲，想到那些沙漠边缘上的草木。它们如同卫兵一样坚守在风沙线上，沙尘暴一次次扑来，它们在昏暗中挺身与风沙撕掳，拼命抵抗，哪怕树叶碎裂、枝干劈断，只要不倒就阻挡沙尘前行的脚步。风沙一阵阵从树梢上吹过，它们坚强地站立，使出浑身解数迎击风沙。无疑有同伴倒下去，可挺起腰身的更多。草木与沙尘暴

裁一片绿影
送给你

的较量就是人与沙尘暴的较量。狂风漫卷，一缕缕沙尘荡过树梢落到了别处。

每一次沙尘暴都是一次战争，战争过后绿色总会充盈，彰显出生命的力量。这一刻，一个念头在您的心里跳荡出来，旁人的别处其实就是您的家园，您的远方一定是旁人的家园。人类已经清醒地意识到地球村的意义，在地球面前，我们没有外人，大家都是利益相关者。作为地球村的每一位村民都有责任减少对生态环境的破坏，只有不断地营造绿色家园，包括沙尘暴在内的生态灾难才会逐步消减。

四月山香

大茅山的四月香气弥漫，沁人心脾。

这不能不让我到处寻觅。仰望那绿树参差的山坡，最抢眼的是苦槠树的菜黄花序。眼下它正在盛花期，像板栗花和核桃花似的悬挂在枝头，柔软娇嫩。这种苦槠树的花序属于碎花，不像那种大花形的花朵，比如牡丹、荷花那样诱人，但架不住它的花蕊众多，一串串地蓬勃出满世界的馥郁气息。整座大山都在集中怒放，播散出的迷人香气成了让人多少次深呼吸的迷人香源。

现在我正站在马溪边的森林小路上，仰望高处，我第一眼看见的就是苦槠。暮春时节，它们与马尾松和鹅掌楸等乔灌木天然混交，圆圆的树冠颜色深浅、高低错落，堆积成了赣东北森林里一道独特的风景。

梧风洞在大茅山里算得上最大的景区。山清水秀不消说，只脚下这条马溪就够迷人的。它逶迤婉转在山沟里，一时流水潺潺，一时小湖如镜。它的魅力一定把我的女同道们的魂儿勾走了，要不然她们怎么那样兴奋？她们看了溪水就跑过去，见

裁一片绿影
送给你

了瀑布就欢呼起来。在豹子滩、响石滩、合欢池、天鹅湖、仙女潭的水畔咯咯笑着，摆出各种姿势拍照，个个春风满面，忘乎所以。

或许因了她们失去了必要的矜持，倒让我多了些冷静的把守，故意不那么太近地靠近溪流，防备我被它迷惑太深。可是注意了这头却忽略了那头，我终于还是成了这片山地的俘虏。当然，俘获我的不是那清亮的溪流，而是那些密密麻麻、参差错落的绿树和花卉。一时间我的眼睛不够使了，走不动道了，精力和心思全都用在了辨识花草树木上。过去熟识的，这次新识的，我用手机拍了四五十种。比如高大的青冈栎、香樟、栲树等。灌木有结香、山鸡椒、黄栀子、流苏子、金樱子等；草类有光黑白、灯芯草、韩信草、凤尾草、白茅；藤类有菝葜、鸡血藤、山苏、野葡萄等；还有雷竹和箬竹等竹类。

在森林小道上我看到一株特别的树，走近细看原来是杜英。时下正值谷雨节气，可树冠上的叶子却是红绿相间的。绿是那种油亮亮的绿，红是那种深沉的猩红。红和绿在一棵树上共存，绿叶翠绿，红叶热烈。这种红绿于一季里共生一树的状况过去我没见过。我诧异产生这种状况的原因，看到它既不像夏季里杨柳那样深绿，也不像晚秋时枫叶那样一树鲜红。特殊的生命体质和外部环境决定了它在一季里树冠间那绿红同时存在的风景，表现出一种斑驳的立体感。我大老远地瞅着它，山风轻轻地吹拂过来，在闻见整个森林散发出来的淡淡香味时，我想它一定是包含那株

在林间

裁一片绿影
送给你

杜英树在内的各种树木混合起来的味道。

经过"观音瀑"那一刻，我发现一束阳光刚好照耀到山林里来了。那束阳光移动到我脚下时，我闻到了一股暖烘烘的腐殖质味儿。此时，我不由自主地翕动鼻翼，捕捉着有点儿酸腐、有点儿香气的山味，满心都是安详的感受。

在一个叫弼马滩的地方，我发现一棵苦槠树的树干上有一片花朵形浅白色的苔藓。一会儿工夫，一缕阳光移照过来，它最先映照到的是树干的上侧，红彤彤的光芒铺在那贴在树皮表面的苔藓上，周围明晃晃的树叶上，光晕红彤彤的分外柔和。那片阳光继续向前推移，时间不长就游移到前头的地表上去了。我站在那里，发现阳光照耀下的地表有些潮湿，碧绿山草的嫩茎和叶子上悬浮着七八片形状和颜色不同的山蜡梅和栲树的落叶。我的目光跟踪着那束光芒移动。看着看着，在一片粗大树干之间出现了一团淡淡的青烟。须臾，树干之间的缕缕光影跟暗夜里广场上播映电影时从镜头里投射出来的光束似的，氤氲成一片紫气……过了一会儿，这片山林暗下来，阳光不见了，油亮的树叶失去了明亮的光泽。仰望高处，我发现了导致这种情况的秘密，是远一些的大山垭口与天上的太阳还有乌云共同导演了这一切。天空中刚刚有裂隙的那朵乌云现在聚合起来，不偏不倚地遮挡了阳光。也是在那儿，我感觉气定神闲的工夫，林间腐殖质的味道由刚刚的浓烈变得清淡了。

四月的大茅山满山的绿植尽情成长，小草在发芽，树干在长粗，枝叶在伸长，不同种属的山草在开花，甚或结果。红蓝白紫各色野花都在释放着它们特有的气息。它们肩并肩，手挽手，在阳光雨露滋润下混合成负氧离子，把整个大茅山都笼罩起来。

这次来大茅山我并没有走多深远，目光能够抓得到的笔架山我没去，远方的僧尼峰我也没有去攀登。这里的群山像大海一样汹涌澎湃，可我只在近海的地方冲了一会儿浪。山外有山，树林前面还是树林。这样想着的时候，我感觉今天自己为之兴奋的原因主要来自森林的这种让人难忘的香气。它是一种别样的山野气味，能够明显感知它的甘醇又不好具体描摹的奇特味道。

这种气息是单属于大茅山的。

水口林

婺源水口堪称这一带村落的花园。它们因水而灵，因树而秀，是一方水土的独特标志，据此能够区分一个村落与别的村落的异同。

那么，水口是一种怎样的存在呢？往简单里说，水口就是水脉流入和流出的地方。因了人口多少，自然来水的数量，是先民们在确定村址时对周围自然环境考察时所做的安排。南方多水，水口的设计固然要针对水，目标无疑是有利无害和变害为利，利用水，保护水，让水更好地为人服务。村址选定在哪里？从哪里引水灌溉？怎样防洪排涝？都要谋划妥帖。

水口承担着水脉的调节功能，讲究颇多。疏浚水渠，石碣调水等都要巧妙布设。水有来龙去脉，村庄才会安然无恙、兴旺发达。此外也要考虑林木涵养水源的功能，在水口附近造林种树。今天我们倡导生态文明建设，以绿水青山就是金山银山为理念来建设美丽家园，强调山、水、林、田、湖、草、沙的协调发展，与古人总结出的"有林才有水，有水才有田，有田才有粮，有粮才有人"的思想一脉相承。

与它们配套的还要架设拱桥，修建茶亭等，以此营造出有利于生产生活的怡人氛围，设计布局体现的是"绿树村边合，青山郭外斜"一般的和谐环境。

赋春镇的"上严田"和"下严田"两个村落都保存着不错的水口，给我印象最深的是那里的自流灌溉和蓊郁成荫的树。上严田村一棵古樟树胸围15米，树冠覆盖地面3亩多。有关部门考证这棵古树的树龄有1600岁了，已经成了今天上严田村水口乃至整个古村落的象征。

我沿着赋春河堤岸走过来，在老远的地方就看见了它。那四处伸展的树枝让我首先想到神龙出渊的气概，它躯体逶迤扭动，大有飞向苍天的架势。站立树下细看，它粗大的枝干如同象腿似的粗壮，那姿势现出的是大象由跪倒意欲站起那样一股力量。粗糙的树皮犹如大象皮肤的纹路，记录着久远年代的多少信息。树枝折断落下的疤痕像大象的泪痕，我虽然明白那是积存的雨水外溢造成的，却依旧认为它是大象眼睛流出来的泪水。为什么呢？我想到那大象意欲站立起来所做出的努力。我为这棵千年古树庇护着这一方百姓而感动，继而增强了对这棵古树的崇拜意识。这棵古樟树传说很多，当地林业部门认定它是"天下第一樟"，村民们崇拜它，给它封了"树神"的称号。人们称这里为水口，其实真正指认的风景是这样一株古树。自然，古树的旁边就是河水，樟树的枝丫伸向空中，伸向水面，站在河畔往远处眺望，枝头、水面还有天空的构图驻留在我的脑海里。过后我想了好久，

裁一片绿影
送给你

羡慕上严田村的人有福气。

从上严田村到下严田村的土路曲里拐弯，两边是已经灌溉过的水田，目前尚未插秧。细细的畦埂分割出大小不一的水面，宛如明镜般清亮。近处散落着不少绿树，高低错落，疏朗有致。下严田的村头有一丛奇特的树，远看是一丛，近看是五棵，据说这五株不同品种的树是从一棵千年古樟的树墩里长出来的。我想到自然落种，也想过是好事者所为。具体原因不详，也没有必要非要弄明白。走到近前时我认出它们是黄连木、樟树、糙叶树、朴树和苦槠树。五种树枝叶各有特点，各个向着不同方向发展，占领属于自己的一片空间。我想不同季节特别是秋天，它们一定会渲染出不同的颜色，那种深绿、浅绿或明黄暗紫的树冠一定很诱人。现在它们已经成了下严田村水口的一丛漂亮的景观树，和穿村而过的古商道，历史上出现过27名进士的声名一样，为这个古村落增添了不可替代的魅力。

水口是古代人民根据生产生活的需要规划自己生存环境的一种创造。用今天的话说，水口林则是山水林田路总体规划下造林营林的一种科学安排。如今，它已经成为新时期婺源农村一种独特的营林模式，是建设现代化新农村少不了的一道风景。

下严田村水口林不远处还有一片树林，主要是樟树和朴树。林地周围水渠逶迤，曲折有致。几十棵绿树散生在周围，眼下林间和林缘的水渠里流水淙淙有声，缓缓地流向前面的稻田里去了。

云勇的山林

清明节前的岭南大地树木葱茏，春和景明。

按说正值春季，可我在广州的感觉已是夏天。人们穿戴单薄是因素之一，更多的来自我的感受——人们那种精神抖擞的状态和事争一流的劲头。现在我正行走在佛山市云勇林场的山林里——一个被人称赞为"佛山绿肺"和"生态脊梁"的地方。面对莽莽苍苍的林海，仰望高天的一刹那间，我竟莫名地产生了羡慕这里护林人的心思。云勇林场在职职工不足40人，是一个非常年轻的团队，他们一大半是本科生，光硕士研究生就有五六位，他们为什么要跑到这片大山里来？千万不要以为佛山是重工业城市就认定它有污染，因为市区环境恶劣逼迫他们跑到这里来了。不是！其实佛山市如今环境状况非常好。他们这样做完全是怀着一颗热爱生态、热爱林业的心，是一种自觉自愿的选择。我从他们虎虎生威的脚步中，从一张张满面春风的笑脸上得到了答案。或许正是这些因素让我不止一次地想到过"山不在高有仙则名"的话。云勇林场凭什么这样有吸引力？它的最高山峰海拔也就400多米，实在算不得高，可这一

裁一片绿影
送给你

点儿都没有影响我认定这里有"仙"的判断。当然我说的这个"仙"不是神通广大的神仙，而是一批有远见、有定力、灵魂高洁的创业者。

我从北京来广东以前，公园里的白玉兰正在花期，来到这里发现同一品种的花卉早就凋谢了。在南粤地界我很在意木棉开花这件事。当地人告诉我，个别的木棉树还有花可看，大部分都已经凋零。时下，我被眼前林地上绿生生的苔藓和落叶吸引，每一枚叶片都呈现着不同的身姿，浅黄和微红的颜色居多，七零八落，随性自然。我在那浓荫里寻觅是哪一棵树落下了这么多树叶的时候，恰好发现有两片树叶正在降落，它们打着旋儿，在树冠与地面之间的空间里翻转了不止一个"之"字形的线路，然后猛然扑向地面，加入已经很漂亮的自然图画中去了。我想弄明白是哪株树在落叶，目光在几层树冠间逡巡，认定是那株大叶紫荆飘落下来的。

"场三"路就是林场场部通往第三工区的路段。我在路边的一片林子里站立，突然听到"噗噗"的声响，声音持续不断。我一时来了兴致，想寻觅它的来源。仔细看一会儿发现它来自密林下蓬勃生长着的巨大海芋，那些比蒲扇扇面大得多的叶片抖动处正是水滴声响的来源。我开始循着树干仰望起来，巨大的树冠层正有阳光倾泻下来，开了天窗一样的地方射过来缕缕光芒。那里总体上是阴沉的，四处异常安静，几乎感觉不到山风吹拂，却不时地听见响动，"嘎"的一下或"噗"的一声。静静地站了一会儿后，我看清了那些滴水的来处，它们是从树冠间飘落下来再滴落到海芋宽厚的叶片上的。恰巧这一刻，我捕捉到了水滴碧玉般碎裂飞溅的瞬间，还有水珠滚落的经过。自然有更多的水滴落到地面上去了，它们几乎没有声息，土地却更加湿润了。我能够想象到它们是先前降雨留存在树枝和树叶上的积水，或是云雾在树叶上凝结后飘落下来的。

　　林鸟的"啾啾"声不时从远处传来，那一刻，我喜欢判断林鸟的名字，但不时会有其他的鸟鸣穿插进来并打断我的思绪，于是我常常放弃。在没过脚面的山草间走一程，眼前偶尔有昆虫和蚂蚱蹦跳的身影，招惹得我很想抓它们。结果连半分钟都没有我就抓了两只，一只绿色，一只褐色。它们没有一个甘心我手指对它们的束缚，极力挣脱。这样闹腾一会儿，我在不忍心它们受难时便轻轻地把它们放回草地上去。行不多远，我发现了一条一尺长短的蜥蜴趴在路旁的一株四五米高的乌榄树枝上，身子一动不动，眼珠却转了几下。我很喜欢这小动物，感觉这里物种还是蛮丰富的。我这样考虑问题是缘于云勇林场的创业历史，他们在灭荒造林的年代经常"炼山"，也就是刀耕火种。我担心他们那时的举动已经让动物断子绝孙，现在看来我的顾虑是多余了，大自然的修复能力极其顽强。

　　20世纪四五十年代，南粤大地也曾残破荒芜，善于总结的人说那会儿广东是"晴天张牙舞爪，雨天头破血流"。什么意思呢？它告诉人们那会儿广东省好多地方都缺林少树，满目疮

裁一片绿影
送给你

痪。中华人民共和国成立初期，广东省的决策者们清醒地认识到消灭荒山、绿化广东的迫切性和重要性，因为受到财力的限制，在全省兴办大批林场，却大都定性为以造林为业的林业企业。那时有一个叫得响的说法是"先绿起来"，其做法明显地打了伏笔——等财力好的时候再不断提高绿化美化水平。云勇林场就是1958年兴办起来的。

总体讲云勇林场的山地里空气闷热，行走起来汗涔涔的。驱车穿行在这片集中连片的三万多亩林海里，呼吸着清新甘甜富含负氧离子的山间空气，我多少次为林场人用一个甲子的时间进行创业、坚守和绿色发展而感到由衷钦佩。

我开始听说1991年3月，党中央、国务院授予广东省"全国荒山造林绿化第一省"的时候有所不解。因为在我的潜意识里广东地处亚热带地区，降雨量大，积温多，怎么会有荒山呢？过去我多次在不同季节来过广东，看到它到处绿树婆娑，四季有花，压根儿就没想过这样的地方会有荒山，直到这一次我来云勇林场才真正明白，南粤大地的荒山概念与北方的大有不同。要不说行万里路比读万卷书更有益处呢，北方人大多称那种不毛之地为荒地、荒山，而在这里是把没有森林的山地叫作荒山。

"缤纷林海"主题公园满眼苍翠，花树纷繁。除了樟树等乡土树种外，还种植了大腹木棉、红花玉蕊、红樱花等名贵树种。人们告诉我，没有兴办林场前这边全是荒山。第一代林场职工艰苦奋斗持续造林，所有荒山全都栽满了经济效益较高的树。只是后来才认识到，那些专为生产商品用材林栽植的杉木和松树生态功能比较低下。

林场曾经因为基本建设打报告向上级要钱，主管领导只轻描淡写地说了一句话："要什么钱？砍树啊！"这句话一直记在老职工们的心坎上。资金充裕了，他们便谋划兴办了松香厂等企业，还在高明县城办起餐饮等第三产业。此时的林场主业造林营林，边砍边造，砍造并举，日子过得蛮滋润。只是好景不长，主业因木材价格下降收入骤减，副业摊子经营不善，便搞起承包经营。林场一时陷入困境，危困最严重时候几个月发不出工资。

认定广东乃至云勇林场现在已经进入夏季无疑是合适的。离开云龙瀑布那一刻天就下开暴雨，那种北方伏天儿才有的暴雨，噼里啪啦，地面都冒泡了。汽车喘着粗气爬上林场最高峰鸡笼山的时候雨停了，可天依旧阴沉，四周云雾缥缈。我站在山顶向远处望去，云雾如墙。只有近处的红苞木和千年桐等站立在明暗的交接地带。

凭借现代便捷的汽车，云勇林场六个工区一天时间可以全部跑一遍。可我不能，我要同那些驻守在密林深处的林场职工座谈，了解他们的喜怒哀乐。我见了多少职工和护林员难以记住，不过我记住了他们共同的特点：一是都穿迷彩服，二是脸庞都是黑黝黝的，三是口音浓重，一律说佛山当地话。说身

裁一片绿影
送给你

世，说护林，说自己最关心的事。我注意到几乎所有人都异口同声地赞许林场第二代领导集体拒绝陶瓷企业老板出大价钱进山开采陶砂的诱惑，拒绝了部分目光短浅的职工提出的分山到人的要求；称赞林场决策者2001年对于林场发展的改制选择。说起这些他们都眉飞色舞。我不由得钦佩林场人艰苦创业的坚守，抵制诱惑的理智和久久为功的探索。林场人明白什么是支撑林场改制，使林场能够从商业经济型林场走向公益生态型林场的关键因素，那就是佛山市委市政府的决策者们对过去工业化发展过度掠夺资源带来环境破坏的痛定思痛，还有他们对努力坚守绿色资源才保留下来的"佛山绿肺"的珍爱，更有他们对林场经济反哺的安排。

群山怀抱的飞马山水库四周林木苍翠，水波潋滟。库区周边的水面满是树木倒影，蓝天白云下一派祥和气氛。我不清楚修建这座山间水库时高明县的人民付出了怎样的艰辛，可我现在了解到这一片水域对于下游百姓的好处。又从林场职工们口中得知过去林场以砍树为营生的时候遭遇雨水冲击、泥沙俱下的恐惧，还有水库水体的浑浊程度。现在一切都有了改善，林场不再靠砍树生存，生态公益型林场的定位使林场有足够的投入保护树木。提升生态保护功能，让山里这样的水库和坑塘明显变多了，夜间我的住处不时有蛙声传来，那种在一片蛙声中酣然入睡的感觉真好。

山还是这片山，只是由于树木更多，生态效益更好了，控制水土流失和涵养水源的能力大大提高，水库库区的水质得到了明显改善，浑浊变得清澈，来水量越来越多。林场职工们虽然有了从事社会公益事业的身份，但每一位职工都明白，身份随时都会改变，只有靠着自己的拼搏奉献保证大山的绿色更加浓郁，自身的价值才能永久得到保障，林场人的自信才会越来越足。

我站在高高的山顶上听着周围的林涛倍感惬意。这一刻我想到了改革成果的共享，想到了一个甲子年这片山林的变迁和发展，想到一代又一代林场人的默默付出打造的云勇样本在珠三角乃至更大范围的示范意义，我深情地为之点赞。

云勇的山里无疑没有神仙，却多有林场人兼具灵性和创造力的非凡魂魄！他们有的在创业阶段被毒蛇咬伤后去世，有的因积劳成疾过早离世，更多的虽然退休后住到山外去了，却愿意把自己的子女送进山里，来接续自己未尽的梦想。

裁一片绿影
送给你

样线消息

海潮坝管护站的白色小楼坐落在路的右手，再往右是难以翻越的栅栏。左边是一面山坡，围栏从山脚到山顶，不知道延伸到哪里去了。小楼与山坡中间安装有起降杆。也就是说，管护站办公的地方就是一道关卡，负责检查进山的车辆和人员。

痕迹管理越来越时兴了。这不，祁连山自然保护区对天然林保护区全域使用了电子森林巡护系统。我一听它的洋名——PDA，感觉新鲜，便想着找一个基层单位看个究竟。

此时，海潮坝管护站不大的院子里站了不少人，他们中有保护区和保护站的领导，有这里的站长马亚伟和几名护林员。

没管旁人怎么安排，我径直找到护林员杨得峰，和他商量进山的事情。

他打了一个沉，随后冲着马亚伟站长说："马站长，我陪冯老师去B03啊？"

"行。你看情况，随机走走也行。"

杨得峰"嗯"了一声回复他。

我们刚要走，马站长又补充了一句："注意安全啊！"

这回我俩都回过头去，示意之后离开了院子。

　　"你刚才说的B03是怎么回事？"没走几步我迫不及待地询问杨得峰。

　　"和这个有关。"杨得峰从挎包里拿出手机模样的设备让我看，"这个叫PDA终端，也叫掌上电脑。从去年开始，祁连山自然保护局为我们每位护林员配备了一台。"

　　"哦！B03呢？"

　　"与它相关的样线。全局统一编号，B03是我们海潮坝巡山的固定样线之一。我们的管护面积49419亩，分林地、疏林地和灌木林三种类型，共确定了8条固定样线。也就是说，这8条样线基本覆盖了我们管护的山场。"

　　"怎么上来就是B03？"

　　"不是，它是今天我们要走的样线。"

　　"也就是说，8条样线把你们管护的山地都贯穿了？"

　　"是啊。平时我们每个人都要按照固定样线巡山。出发时打开PDA手持终端。这样啥时候开始巡查，走了怎样的路线都会记录下来。为了采集足够的信息，上级根据地形地貌和森林资源分布情况与我们共同确定了固定的拍照地点，B03样线上共有四个样点，每次都要按规定在现场拍摄，留存痕迹。保护区巡护监管系统自动记录样线上的信息，按月份、季度和年度实施考核。重要的是根据记录进一步统计相关数据，作为营林工作的基础资料。"

裁一片绿影
送给你

"成了千里眼啊。"

杨得峰托着"手机"瞅着我说："我们每走一步，站上的设备都有显示！"

"系统现在能看见我们吗？"

"还不是跟手机一样？镜头对着拍照就有呗！"

这时候我笑了，杨得峰也笑了。

眼前出现了一片大水面。那水绿得发蓝，宛如一块巨大的翡翠镶嵌在山谷里。水畔的云杉翠色如黛，微风吹处，水面斑驳，现出一片鱼鳞模样。

前天刚交立秋节气，中原地带如今正骄阳似火，可这祁连山里却很凉爽，已经有了入秋的气氛。湛蓝的天空下，山岭逶迤，空气通透，满山绿树。

杨得峰告诉我，这里是海潮坝水库。原本叫胡拉河的，祁连山的冰川融雪造就了它，由于纤尘不染，所以水质清澈碧蓝。1996年修水库截断了河水，才有了这样一片大水面。

我俩边走边聊，时间不长来到了水库大坝上。杨得峰告诉我："这里就是B03的一个固定拍摄点，方圆0.35平方公里的面积。"他指着大坝下头的瀑布说，"你随便走走，我得拍照了。"之后他按下按钮拍摄起来。

趁他干活的工夫，我走下水坝去看湿地。宽阔的河道两边川地里长满了湿地植物，馒头形状的山柳居多，几乎占了一半河道。近水地方长满了节节草。茁壮的红蓼都已经开花，一串串花穗粉红颜色。远远望过去，一群赤麻鸭卧在水面上，没过一会儿飞起来几只，哗啦啦地打着水面奔向湿地深处去了。远一点地方是疏林地和灌木林的过渡区域，左一丛右一丛的金露梅和银露梅，还有不少小柏树、锦鸡和羌胡。更远处是一片山杨，山风吹拂，树叶哗哗作响的声音传过来了。

羊肠小道环绕库区，走在半山腰上往下看去，水面湛蓝深邃。往上看是峻拔的山体，杉木葳蕤。山路鸟道一般，任谁都提心吊胆。我有点儿紧张，杨得峰拉着我的胳膊一再提醒多加小心："现在还好，冬季可不敢带你来，路上的薄冰太滑，一不留神就可能摔下去。冬季狼和黑熊等野生动物从高海拔的山里向低海拔的草场转移，假如狭路相逢就会攻击人，那个季节连我们护林员也不会一个人单独进山。"

"这样好。这么危险的地方需要人性化管理！"

"雪天走路容易踩进冰窟窿，那会儿遇到看不准的地方必须试探地踩几下，确保脚踏实地了才迈步。"

偏偏这工夫，我的脚下一滑，打了一个趔趄。我赶紧抓住路旁的一棵树，算是有惊无险。我笑了一下，杨得峰却没笑。他放慢脚步，侧着身子把我让到他前头去。

走过这段险路，我们下到沟谷里，山的两面坡上长满青海云杉和祁连圆柏。这两种树是这里的优势树种，长势很好。道路两侧山地多有破损，土壤上裸露着树根。林缘多见金露梅和银露梅等灌木丛，还有爬地柏、枸子、茶条和野玫瑰。我还见

裁一片绿影
送给你

到一些差不多已经风干了的羊粪蛋蛋。不时发现林下有洞穴，我多次停下来往洞穴里瞅瞅，一点儿动静都没有。山地是郁闭的原始森林，林缘长满了低矮的蕨麻、高羊茅和地衣。

杨得峰告诉我七座窑就要到了，这地名我以为是一处旧窑址呢，不想没有半点儿关系。他指着山坡上七个大小不等的石头疙瘩告诉我："不知道什么时候开始的，人们管这些石头疙瘩叫七座窑。"

走近了，我判断这片青海云杉树龄都有百年以上，一株株高大挺拔。显然它们已经进入成熟期，枝条根根平伸，小枝丫下垂，针叶绿绒一般。

"这个点儿供我们观测林木消长变化，对林地、林木拍照记录，用于比照分析。"说完，杨得峰从挎包里取出PDA终端拍摄起来。

下一个观测样点儿是蒿柴沟，一片山间湿地，湿地里长满了湿地植物。我们走进去，蝴蝶和蜻蜓在草地上静静飞着，不少类似青蛙的小动物指甲盖儿般大小。我们在草地上行走，惊飞的蚂蚱胡乱蹦跳，有一只甚至落在我头发上。我想捉住它，还真得手了。这是一只绿生生的、翅膀长有白线的小蚂蚱，小家伙长着驴脸一般模样的长脸，眼睛鼓鼓的没有表情，倒是两根触须一劲儿摆动，大腿和小腿乱蹬一气，现出焦急的神态。

"野生动物总会来这里喝水，这是我们一项重要的观测内容。看看动物的蹄印、鸟儿的爪印啥的。"我和杨得峰在湿地里并行那一刻他告诉我。

"有偷猎的吗？"

林子里免不了发现夹子。看到时我们就用木棍和石块激活它们，收缴回去。

"听说祁连山里发现了雪豹，你们这里有吗？"

"没有，应该在雪线附近吧。"

看看天际，西山高岭上的半空里火烧云一片通红。附近的云杉林那边传来林涛的声音，山地暗下来。杨得峰说这是样线上最后一个站点儿了。说完，他按了PDA上按钮，上传了巡护记录。我看到那小小屏幕上显示出了提交成功的信息。

"终端会回复你吗？"

"不会，没特殊情况不回复。如果出现异常情况一准儿回复，询问原因，了解进展，要求我们反馈落实情况。"

"这回你是怎样上报的消息？"

"样线和摄像本身都有了呀！类似'平安无事'吧。"杨得峰说着，我俩一起笑起来。

我心里清楚，杨得峰他们每天巡山大致就是这样的套路吧。

看看时间不早了，我俩决定立即下山，沟谷间平坦的草地上留下了我们大步流星赶路的身影。

翅碱蓬

太阳西斜，轻轻地，我走在盘锦"红海滩码头"的栈道上，向着海的方向张望过去，落日余晖里的双台河口湿地一片通红。那是近海的滩涂，一片翅碱蓬的世界。

陪同我的当地朋友说："你看那红彤彤的翅碱蓬多像一块大地毯啊！"我钦佩他的比喻，用手指着面前零星长在翅碱蓬滩涂中的芦苇丛说："这块地毯是'红地儿绿花儿'，也算别致。你看那凸起来的芦苇丛多像绣娘织出来的花草图案！"

这时候，天空中正巧有两只海鸥一前一后地飞过。看着它们，连同一望无际的红海滩构成的美丽画面都被我一并收进相机的镜头里了。

我不满足在栈道上远远地看，想近距离地观察这里的湿地植物，希望朋友带我到更深的滩涂去。我们驱车沿着堤坝走了很远，看到堤坝高处出现了白色碱花时我们停了下来。朋友谨慎地从坝上出溜到滩涂上，皮鞋都要陷进泥泞里去了。我明白，他是拔翅碱蓬去了。他努力猫腰，向着滩涂翅碱蓬红艳的地方使劲儿伸过手去。待拔下一丛后，他一边爬坡，一边伸手

红海滩上的翅碱蓬

把那一把翅碱蓬递给我。我仔细看了，小手指头粗细的一缕竟有七八棵。我分出一株看，单株的高度足有一尺，泥巴粘连的根茎却有三四寸。看得出，翅碱蓬的根子所占的比例与旁的植物比要大很多。我向朋友说起，他说是适应潮汐的原因。潮水涨落，翅碱蓬在海水里不停地浮荡，一会儿被海水淹没，一会儿又露出水面，长久应对海水冲击，便遗传出根系发达的特性，适应了在滩涂上生长的环境。

裁一片绿影
送给你

翅碱蓬的单株直径也就一根檀香一般粗细，全株通红。它虽然是草，我却感觉它像树。有光溜溜的"树干"，有参差错落的"枝丫"，只是叶子别致，圆柱形，鼓鼓的，肉质很厚。我换了一下手，用拇指和食指轻轻挤压了一下，那叶子竟裂开口子流出了汁液。我把那裂口的叶子送到嘴边，用舌尖儿舐了舐，一股浓烈的咸涩味儿溢满了我的口腔。

眼前，坝顶的潮土上长着很多野草，我认识的有芦苇、蒿子和野葫芦，翅碱蓬也不少。只是堤坝上头的翅碱蓬不算红，甚至有点儿绿，棵也大。我与朋友交流这种变化的原因，他说情况挺复杂。翅碱蓬是学名，民间的叫法很多，也叫碱蓬，还有黄须菜、黄茎菜、碱蒿子、盐蒿子、老虎尾、和尚头、猪尾巴等不少名称。山东、辽宁、河北的沿海地区都有分布。因为地理位置不同，相同地理纬度下陆地的海拔高度不同，还有距离海水远近的差别，造成它们植株的高矮存在差别，枝叶的颜色也有不同。就拿眼前的双台河口湿地来说，滩涂深处的翅碱蓬吸收土地和海水里的盐分多，颜色深红。相对而言，距离海水远、海拔高的地方，盐碱含量低，翅碱蓬的颜色就浅一些，绿一些。

想想这种区别和变化的原因，不过是地位决定表现罢了。

漆树是七步沟永远的存在

天气燥热，知了狂欢，愈发显出山里的静谧。苍苍莽莽的南太行山中有个大峡谷叫七步沟，酷暑中我走进它顿感身心俱爽。

当地人介绍说，七步沟原名漆铺沟。很早很早以前这一片大山里长着很多漆树。漆树多，加工生漆的店铺林立，人们以生产加工生漆为业，自然而然就管这里叫漆铺沟了。

据说，唐朝时佛教传到这里，佛事繁盛一时，有智者竟认为漆铺沟的名字太土气太直白，于是便高雅一番，想为它改个名字。也许是漆、七同音的缘故，又引申到"七步莲花"上去，便改名七步沟了。

七步沟沟深坡陡，曲折跌宕。我头顶骄阳，沿着进沟的山路前行。弯弯的山路随着溪流的走向修起来，路随水走，一路逶迤。只是一水向下，一路高攀。溪水打弯的地方山路也弯，山路弯的时候必是水路改了走向。我一会儿沿着峭壁下的石阶攀登，一会儿跨过小桥或是搭石。倒在溪水上的"过熟木"生了新枝，漫水桥的豁口流水潺潺。路途虽然不远，景致却不

裁一片绿影
送给你

少。溪水出现落差的地方现出几多水帘，水帘附近山坡上长着翠绿的山草，兰花和半夏缀满水珠，野菊棵子氤氲在雾气里。阳光通过树枝间隙洒落下来，投射到水面上明暗斑斓，映照在山路上光影斑驳。林间腐殖质的气息总是吸引我，多少次我把目光投向山林深处，找寻它们散发出来的源头。路旁的山坡上长满了荆条和胡枝子，都摽着膀子开花，香气四溢。

七步沟里的一脉溪水安静地流着，不张扬，不喧哗。好多的水潭无名，但是最大的水面被命名为天镜湖。湖的南北边沿建有一些亭廊供人小憩，人们在山间亲水，尽享游山玩水的雅趣。天镜湖的水清澈如镜，映照着大山的倒影。远处崔嵬的山崖轮廓清晰地倒立水中，只是山风吹过时在水波跳荡中乱了模样。这里的水是魔幻的，山投影在水中，一层层的山岩虚幻，方向又倒立，这样互动的结果，山水便现出了一种别样的神秘。

像我这样从事林业工作的人，爬山和看树虽说是家常便饭，今天却格外注意了这里的漆树。地球上的漆树多达150种，我国就有15种。它属落叶乔木，又名大木漆、山漆树。漆树的高度一般在十几米左右，最高的可长到20米。漆字原由古"桼"字演化而来，上部从木，下部从水，中间一撇一捺犹如树的汁液沿着刀口流出的模样。漆树树干挺拔，人们在它的树干上切出"倒人字形"的刀口，把它的汁液引流出来。加工后的生漆是优良的涂料和防腐剂，耐高温，易结膜，打家具和做漆器都适用。春秋时期我国就有了漆树栽培的历史，西汉时有了大面积栽培。《史记·货殖列传》里有"陈、夏千亩漆……此其人皆与千户侯等"的记载，可见当时就有人大面积栽植漆树并靠它发家了。

这样近距离站在一棵高大的漆树下面在我的经历中还是头一回。过去我多少次在太行山里行走，当地的林业职工指给我漆树时都提醒我千万不要靠近它。他们告诉我漆树有毒，人碰了会过敏。过敏体质的人在接触它后皮肤会红肿瘙痒，严重的会出现呼吸衰竭的症状甚至死亡。漆树的这种品性常常让人对它敬而远之，即使是经常跑山的护林员对它也总是保持一段距离。

我钦敬漆树有很好的经济价值，却惧怕它让人过敏的品性。现在我站在陡峭的山坡上远远地望着一株老漆树产生了联想，在人事上不少人总是习惯绝对思维，好的一切都好，坏的一切都坏，实际情况哪里是这样呢？面前的老漆树的树干从下到上保留着人们取漆时刻下的刀口，可见现在它还在产漆。它用自己的汁液给人类带来好处，却又容易使人害病。它的这种属性在树木世界里很不多见，我从中感知到人世里好多复杂的事物，有好的一面，也有坏的一面。通过挖掘它们对人类有利的因素，摒弃或躲避不利的因素进而造福人类。

漆树这种属性在植物群落里无疑也有表现，它有点儿不合群，尤其耐不得旁的树木的荫庇，不喜欢隐身在其他的高树下面。眼前的山坡上长着那么多的乔木和灌木，有松柏、柿树、

裁一片绿影
送给你

椿树和蒙古栎，漆树和它们并立山岗，各有各共生的树种和山草，但是这些高大的乔木树种之间却很少有共存的。这棵老漆树的树荫下只有一丛当地人叫杭稍的灌木和长得不怎么旺盛的野蒿。看得出来，虽说所有的树木都有不耐荫庇的习性，但是漆树更明显——在漆树的树冠上面看不到高大树种。

七步沟的所在地邯郸武安地处中原，自古文脉发达，山里又是漆树的适生地。无疑，很早就有了栽培漆树的历史。漆铺沟的名字我不知道曾经叫过多少年，但是凭借想象我明白，在七步沟这一方土地上有过大面积栽植漆树的历史。树木成林，生漆的加工和贸易一度红火。漆树和由它所生产出来的生漆见证这里的古老和繁华，农耕文明时代的繁盛，还有冷兵器时代的发达。

七步沟已经很有知名度了，而漆铺沟却永远地湮没在了历史的深处。山还是那座山，水也是那脉水，名字却被改移。"七步莲花"真的那么高雅？我看也不一定。看似"形而上"的精神追求，其实不过是凌空蹈虚罢了。倒是我眼前这株老漆树，能够产漆，蓄积木材，只要活着就释放氧气，它的这些好处才是实在的。

更为重要的是，只要地球存在，太行山存在，漆树就会存在。

马连川的草履蚧

　　人说熟悉的地方没风景，其实也不尽然。我在马连川的荒山上搞造林项目已有几年，每次来都要从山脚经过山腰的梯田曲里拐弯地走到山坡上去。几年下来，不光与这里的农民混熟了，山脚的水库、不同季节里梯田上的谷子玉米，山路旁和梯田梗子上的柿树、花椒，山坡上的松柏、椿树等也都眼熟得很。这样一年来两三次，栽树的农民都熟识了，山水也不再新鲜。不过事情总有变化，今年国外的合作伙伴来项目区督查的时间提早了，我们工作须提前安排，上山时也就有了新发现：几个果农正在山坡上为散生的柿树缠纸条。干活儿的人告诉我，近两年柿树草履蚧危害严重，在树干上贴一道药胶带是为了防止害虫爬到树枝上去危害果实。听他们这样说，我感觉有趣，也动手在附近的柿树粘了几条。

　　我问果农草履蚧啥样？他竟从地上找来一条树枝折了，随手在一棵柿树的根部挖掘起来，不一会儿，竟翻出了几个扁圆状的虫子，一个个黄豆粒长短。或许原来还在睡觉，现在猛地被弄醒，不知发生了什么情况便没头没脑地爬起来。

裁一片绿影
送给你

"还没真正苏醒，再过几天就开始上树了。"

"哦，跑到树上吃树叶？"

"吸食树梢上的嫩枝，花果上的汁液，造成减产。"

"贴上药胶带它们就爬不上去了？"

"是啊，你看这胶带多光滑！"

"也有往树干上涂抹药物的，也有这种，都属于'药环'的性质，目的是为害虫上树设置障碍。"

我用手摩挲着那条两三寸宽窄的药胶带，纸面非常光滑，能想象到那小小的草履蚧爬上药胶带边缘时一准儿丧失爬行能力，难以继续往上爬，轱辘辘地滚到地面上的情形。

马连川是太行山北段的一个小山坳，风景不错。农民为种粮食早年间垒了梯田，梯田间或沟坎上零星地种了柿树。但是山的高处却都荒芜，那里应该是山民获取薪柴的地方，基本属于"集体所有"，也是国家安排营造"公益林"的地方，我们选择这类山地做项目区，营造松柏等常绿树涵养水源。

每次来我都是沿着山脚的水库边上的羊肠小道往上走，穿过树林到山岭上查看松柏树的长势。夏天在树荫下看柿子，果子和叶子的颜色几乎没区别，都是青丢丢的翡翠模样。美景醉人，没有在意过虫子的事。秋天我也来，站在山下仰望山川，落光叶子的柿树上红灯笼似的果实挂满枝头，远远看去宛如一块色彩斑斓的画布。深秋时节总有一些柿树上缀满熟透而农民却不采摘的柿子，据说那是山里人故意留给山鸟吃的。我们从老远的地方看过去，常常被那些挂满枝头的柿子吸引，走过去摘下几个，那些虽然已经成熟却还长在枝头的柿子黄里透红，看着让人眼馋。那会儿我们也不担心是否卫生，捧在手上咬个小口，紧接着从那小口处吸溜一口，橘子瓣模样的果肉软糯入口，顿时满嘴生香。从树上摘下来柿子时我偶尔也看到虫害的迹象，想到草履蚧的危害，想到药胶带对它们的阻挡，我感到很惬意。冬天我到这儿来的时候，枝头上早没了柿子果实，也没有草履蚧的痕迹，树干上依旧能见到药胶带，只是都褪了颜色。

过去我也知道这项技术，在街道上看行道树，在公园里看各种阔叶树的树干上有它们的身影，只是没太上心。这回在马连川亲自为柿树贴"腰封"后才感觉有了理性认识，印象加深了。

有一回，我们上山发现靠近项目区的地方有一片柿树没有贴药胶带。在树下停留时发现草履蚧危害树木的痕迹很严重。那些虫子聚集在一米多高的树干上，如皮肤溃疡一般黏糊糊的一片，还有网幕。陪同我的杨局长从地上捡起一根儿树枝去捅它们，那些小家伙受惊后立即四处逃散。它们身子短小，形状很像鞋底子，歪歪扭扭地爬行，看着让人麻心。老杨告诉我，不粘药胶带的柿树相比粘了的草履蚧的危害大得多。森防站推广这项技术，强调群防群治，却总有一些人嫌麻烦，结果这些柿树因为草履蚧的危害几乎没收成。也有的果树主人因出山打

裁一片绿影
送给你

工撂下园子不管，虫子都跑到他这儿"集中消费"来了。

老杨有些幽默的话让在场的人都笑了。我仰头看那些遭到危害的柿树，发现树梢儿上有草履蚧，这样的柿树树枝都不够舒展，树叶卷曲，缺少生机。

壶关大峡谷

大峡谷山高刺天，天显得很低矮。湛蓝的天，碧绿的山，靠着山脊曲线分割。山坡上是绿树，绿树间泛着山岩的白光，或一条线，或斑驳的亮点，一片朦胧。

眼前的青龙峡，左边的大山离天最近。山脊曲线"起笔"滞涩，山头突兀。"笔画"先往上走，山峰连体，峻峭奇崛，三座山峰，青翠满目。之后，勾画山脊的笔端开始下行。走不多远又猛地扬起，一个"金元宝"似的巨大山岗嵌在那里。两头高，中间凹。迎着我的这一面分出两层，两级平台都长满绿树。阳光照着岩石，金黄耀眼。"金元宝"侧面的山体都向里倾斜，像"地包天"的下巴。好悬！我担心它会塌下来。再往下，崔嵬的岩石立面笔直，刀削一般，总有百丈！它的最底部与下面山坡的最高点连着。往下，再往下，曲线变成斜线，那是一坡翁郁的绿树。

中部的大山重叠。刚才所见的山坡挡着后边的大山，后面的大山又掩映着再后面的大山，越来越远，越来越高，视野越来越模糊。稍近的山脉五座山峰，阳面山坡白绿相杂，白

裁一片绿影
送给你

的岩石，绿的草树。山脊线区分出阴坡和阳坡，红彤彤的阳光照耀，一边明亮，一边晦暗，山岭棱角分明。"暗地儿"一道儿一道儿的，几面山坡大致平行，倾斜着的我知道那儿是树。稍远的山脉一字排开几座山峰，最高处的山都像"窝头"，五面山坡，五个褶皱，形成五段儿波浪线。之后，那波浪线猛地走高，接连画出两段儿向上的曲线后斜下去，直到"锅底儿"的地方又回转向上，再向上，形成了一条底部朝下的"抛物线"。最后，那线段一直向着更远的地方延伸去了。遥望远处，那里朦胧一片。

右侧的大山，最远的模糊，稍远的山脉与最远的山脉基本平行，一样的走势，只是略矮些。最近的山就在眼前，山草都能看清楚。平视它的山顶，那里簇拥着几块破碎的岩石，有的直立，有的倾斜，犬牙交错。下面长着不算茂密的灌木。

山体南面是直上直下的峭壁。目光看过去，感觉山体刷地就下去了。下到半山腰出现了一个小平台，长满荆条和臭椿等树木。之后山岩又直上直下，一落千丈，像木匠劈的劈柴，有立体的茬口，一直顺到大峡谷的最底下去了。

缓过神来再看左边的山峰，由远及近，重峦叠嶂，前呼后拥朝我而来。最近的一面崖壁被侵蚀沟分出五六个单元。自左至右看过去，一面悬崖，一面悬崖，又一面悬崖。单独去看某一面，横看沟槽列列，纵看岩石层层。上面树木披垂，叶片斑驳。只猛地瞅一眼，不敢过久凝视，因为看时间长了，我感觉惊悚、眩晕，有"恐高症"的反应。甚至一时出现幻觉：满世界的劈柴，立茬儿的木片儿，纹理垂直。

这样立茬儿的东西我早春见过。那是老家的河滩，"七九河开，八九雁来"的光景，河冰的结构就这样，纹理如缕，晶体垂直；煮熟的瘦牛肉块儿也这样，条儿状纹路，肉丝粗糙。

大峡谷山石节理大多这样。高耸的山峰或垂直，或横断，或旁斜，凸凹不平，结构复杂。还有屋檐形状的，下面的山石塌落了，上头的岩石突出，千奇百怪。整体的山岩凸处灰白，凹处浅黄，更多的是过渡，灰褐一片。

青龙峡沟口的山峰壁立千仞。远看浑然一体，触摸石壁，坚硬硌手。即便看似绵软的岩壁，摸上去也有割手的感觉。山体间纵向的缝隙，横向的阶梯都长着树，长着草。树根扎进石壁，山风吹拂，树丫凌空抖动。看得出，这种地方的草木生存极为艰难。当初跟随山风来到这里的种子投胎绝壁，有的能占据一点儿山土，有的没有丁点儿土星。可不管怎样，只要落了脚它们便发芽、成长，最后扎根岩壁的缝隙，履行着生长的使命，适应一年一年的阳光炙烤、暴风骤雨、冰天雪地，适应瘠薄的立地条件，有多大容身的世界便长多大的树冠。环境窘迫，几乎每一棵都是"小老树"，看着不大，年岁不小。判断这些树的树龄不能简单地看它树冠大小，也不关树干的粗细。因为树冠是否葱郁与它们生长的年头无关，更不代表曾经迎风斗雪的经历。

裁一片绿影
送给你

那些没树的地方全是突出的石壁，有的光滑，有的龇牙咧嘴，有的像努嘴的野兽，有的独立成一个巨大的石柱。好些山岩都有流水痕迹，湿漉漉的。白花花的道道印在山石上，犹如泪痕。按说大山不哭，但是景象进入人心，搅动感情，大山也就有了情绪。

红豆峡有一处山体挺别致。寸许薄厚的片石，一层覆盖一层，像一垛"多层板"码在那里，断层分明，茬口尖锐，总体倾斜，单片儿却平展。我曾经见过农民用这种片石盖房顶，也曾在承德"小布达拉宫"大红门看过金光灿灿的"瓦片儿"，都和这里的片石相似。

横向山岩最典型的是黑龙峡。山是直的，组成它的山岩却横着，能看清层次，却不知道有多少层。一米？两米？十分之一米？神力所为，人难测量。我挑一处经典的地方看，厚的岩石一米上下，三五层摞在一起，非常像书本码在书桌上的样子。眼前有一处光滑的石壁，有镂空痕迹，兴许是亿万斯年水冲风蚀的缘故，像光滑的象腿，有纹路，耐看。有一处山体，都是鹅卵石一样的碎石头，中间嵌着一道薄厚二寸的片石，模样有点儿像地铁站过道固定在墙壁上的扶手，蛇一样随着石壁前行。我跟随它走了好长一段路，后来路转弯了，我眼巴巴地与它道了别。

过去知道大山有根，那只是概念。花草树木有根，牙齿有根，山也一样，巨石深埋到土壤里就叫根。虽然这样想过，并没有实地考证。这回在大峡谷里开眼，真真切切地看到了大山的根。那是青龙潭的峡谷里，一潭碧水水位降低，露出了浅白的山岩，有点儿像美女丰腴的小腿连及脚面，斜着伸进水里濯足。一溜儿排过去，不见脸面，却听见了咯咯的笑声。疑似仙女下凡，回头找寻才发现，那是周围的人在调侃。

太行山是中华民族的脊梁，壶关大峡谷是脊梁的经典。看天看地，迎风看水，也去农家闲聊过。五里不同风，十里不同俗，虽然对于我这个"山那边人家"的河北人来说，这里并不是样样东西都特别，但这里的高山和大峡谷还是让我感觉震撼。人们说它集雄、险、奇、幽于一身，我看不虚。

从壶关大峡谷回来有几天了，那里的悬崖峭壁还常常浮现在我的脑海里。面对两亿年或更长纪年的大山，我感觉自己很渺小。大峡谷既是地质公园又是森林公园，造山运动的痕迹是明显的，茂密的森林记录着岁月的沧桑。在这样的地方多走走、多看看会让我们明白很多事，让我少些张狂，多些敬畏，少些蹉跎，多些进取。这样震撼人心的山，这样能发人深省的峡，我想最好选为某一方面的纪念地，年轻人到这里来走走看看，我觉得有利于开启心智，净化心灵。譬如男女青年来这儿搞成人仪式就是一个不错的选择，保准让人喜欢。

裁一片绿影
送给你

灵寿木

灵寿木是不是六道木？我一直在苦苦追寻。

最初见识灵寿木是在平山驼梁，感觉新奇的是它的节间都有明显的沟纹。上下之间不贯通，模样有点儿像龙柏那扭拧和旋转的样子，显示着生长的力量。据说在古代，灵寿最出名的特产是灵寿杖，汉朝灵寿立县时县名就由此而来。

史书有关灵寿木的文字不少，记载较早的是《汉书》。其中《匡张孔马传》有一段记载孔光事迹的文字，直接提到了灵寿木："太后诏曰：太师光，圣人之后，先师之子，德行纯淑，道术通明，居四辅职，辅道于帝……国之将兴，尊师而重傅。其令太师毋朝，十日一赐餐。赐太师灵寿杖。"内容赞赏孔光德高望重，皇帝赏赐给他了一根灵寿杖。如同清代朝廷赏给臣僚"黄马褂"一般。

问题是有争议，即使今天也有不同说法。一说灵寿木就是六道木；一说否定，认为灵寿木与六道木无关。

六道木大都长在高大乔木的林缘，高低不等，多的一丛十几根，少的也就三五根。树干纵向有明显的凹槽，浅灰颜色，突出特点是树节膨大。树叶"对生"，花色有白、浅黄、粉红几种，大致看过去有点儿像丁香。山里人告诉我，长一棵鸡蛋般粗细的六道木需要几十年。太行山降水很少，即使下雨，比它高大的桦树、松树会先行享有，轮到林缘地带的六道木就少之又少了。生长缓慢的结果成就了它坚硬的木质，山民们说，用它打人，打断的胳膊、腿儿再难康复。六道木生长的地方大多是瘠薄的山地，艰难的立地条件下它们只能长成灌木。因为它们先天不具备发展成高大乔木的条件，为了生存便尽可能地萌生多条枝干，而且枝杈短小，叶片稀疏。看着那些硬骨铮铮的枝干，我感到了它们生存的艰辛。

不过灵寿木也曾有过辉煌。汉代以降延至唐宋，皇家曾经用这种树木制作的灵寿杖赏赐臣僚，一时引领风气，拥有一柄灵寿杖成了那个时候高贵身份的象征。这事如同一把双刃剑，提高了身价的它被过度砍伐，使它遭遇了灭顶之灾。即使现在，这种树木依旧被山民做成游客登山的"手伴"出售。这样一来，本就生长缓慢的六道木一直以来都是稀有资源，即使到了今天，太行山里的六道木也不多见，自然与此有关。资源越来越少，它的传说也就愈发地扑朔迷离。

唐代大诗人柳宗元有一首《植灵寿木》的诗，记载的是他在被贬之地栽植灵寿木前后的心路历程："白华照寒水，怡我适野情。前趋问长老，重复欣嘉名。蹇连易衰朽，方刚谢经营。敢期齿杖赐，聊且移孤茎。丛萼中竞秀，分房外舒英。柔

裁一片绿影
送给你

条乍反植，劲节常对生。循玩足忘疲，稍觉步武轻。安能事翦伐，持用资徒行。"柳宗元因政治上遭到迫害被贬永州后一直心情沮丧，更因为环境恶劣患了脚疾。一头白发，病脚蹒跚。或许是为了寻求解脱植树解闷吧。但是随着时间的推移，他竟慢慢地喜欢上了永州的山水、人物，身心也逐渐康复了。此时，对朝廷重新启用已经不抱希望的他轻松感叹，脚病和心病一起好了，还要拐杖做什么呢？

说来，一种事物有其他称谓本属平常，譬如微机又叫电脑，中医别称岐黄，银杏别名公孙树，等等。与此相同，几千年来官方和文化人话语体系里的灵寿木、灵寿杖，其实就是山里老百姓口语中的六道木。

在经过了漫长的寻访之后，人们已经解开了灵寿木和六道木名称混淆的缠绕与纠结，在一步步深入追寻中掌握了这种树南方北方都有分布的情况。灵寿木最大特点是韧性和硬度的有机统一。如果用力折它，不到极限则已，一旦突破极限便轰然开裂，断裂处形成的伤口斜茬似刀，锋利如刃。

草木中我最钟情者有三：一是竹，二是黄麦草，再一个就是六道木了。这些分属不同品系的植物有一个共有特点，那就是赋有气节。

小兴安岭行迹

缝隙里的草木

　　去山里的路上我们因故停留了片刻，偏偏赶上下起小雨。站在路旁遥望四野，满眼湿漉漉的。这个岔路口连着一段废弃的柏油路，看得出它已经废弃，不再行人跑车。路面如今裂开不少口子，草木自然落种，手指头粗细的缝隙里长着半米高的榆树，还有高低错落的蒿子、野菊和狗尾巴草。雨滴敲打下的路面亮晶晶的，那里的水珠不像落在土壤里那样无声无息。这里是热闹的，有雨滴落地和弹起，有弹起后的雾化，还有地面上那些草木的摇晃和颤抖，有水滴击打枯枝败叶的零落。这片原本是草木的家园被沥青覆盖了多久我不清楚，但是现在它被人废弃了，路面开裂，不堪入目，预计用不了多久它就会瓦解。那些草木先在那一道道的缝隙里安家，发芽生长，它们从风吹过来的土粉中汲取养分，在烈日炎炎下打蔫儿喘息，在雨水浇灌下茁壮成长。可以预见，用不了多久，生长在缝隙里的草木就会把路面的缝隙拱得更大，最终让路面粉碎，恢复草木

裁一片绿影
送给你

本来的家园。

沥青路面还原成生长植物的土壤已成大局。

积水里的柳

接下来我看到一片柳树，它们的树枝开张，形象俊俏，只是眼下长在路旁的水里。我感觉到它们本是植在陆地上的，可是现在到了雨季，树下成了一个不小的水面。十来株柳树虽然看上去一体，颜色却各不相同，有的颜色深，有的颜色浅，还有的属于两者间的过渡，它们最复杂，也最动人。变化就是差别，差别就是风景。我想它们应该是一起栽下的，现在经过水的浸泡，树冠的颜色便有了改变。迷蒙的雨中天光晦暗，本是死气沉沉的，现在因了水面的亮光和树在水中的倒影生动了不少。

水里的倒影分不出颜色，空中的枝叶却千变万化。柳树形成的风景提醒我，实的颜色参差斑驳，虚的形状不同，颜色却一致。这哑铃一般的这头与那头，树冠和它的对应的存在，虚与实，谁才是真实的生态呢？

开山的日子

当地人告诉我今天是开山的日子："今天开山，你看道上那人！"随她指示的方向看过去，道上人影幢幢。

开山的消息是不消打探的，山里人对开山日子的记忆强过禁山。哪天开山，哪天禁山，他们都刻在心里，一天也不会差。即便记性差的老人也有办法，为了不误事，会把两个日子写在年历上。

今天终于开山了。其实早在头几天人们就预备好了采松子的工具：筐、钩镰，还有小推车。清早一到，人们早已准备妥当，干净利落地出发。

现在最繁忙的地方是山路，每个人都步履匆匆，连说话也不会停下脚步。在他们眼里已经看不见路边培育木耳的椴木桩子，也看不见庄稼地了。人们心里装着的、眼里浮现的都是山场，山场上结满松子的松树。眼光迷离，心头紧迫。脚步碎的频率高，频率低的步伐大。松塔具有磁性，吸引山里人奔涌而去。

松子是山里人生活的指望，没有一个人怠慢。

小牧场

牧场上十几头牛、羊、驴、马都在悠闲地吃草。天上没有阳光，却依然可以见到它们那油亮的肤色。它们好福气。在平原农区我看见的牲畜无论黄牛、枣红马，还是黑背白肚的毛驴，皮毛差不多都枯黄颜色，缺乏生机，满身挂着草屑，病病恹恹。这会儿我的心里猛地跳出一个心思：做牛马就该托生在这水草肥美地方吧！草原上的牲畜不用拉犁耕地，自由自在。眼下正是长秋膘

裁一片绿影
送给你

的时候，牧人很欣慰，笑着说："吃一月，长一尺哩！"

一只白色的小马驹依偎在母亲身旁吃奶，想是吃够了，就站在母亲身边抬头看着远处，一会儿又嗒嗒嗒地跑远了。母亲只顾自己吃草，没理会小家伙。过了一会儿，兴许是母马想起小马驹了，它抬头巡视一下，正好与小马驹看母亲的目光相遇了。于是，小马驹尥蹶子跑向母亲，母马低下头来在小马驹身上蹭了几下，四下无声，安静得出奇。

湿地

山谷里有一片水，大致百十亩。距水面稍远的地方长了一圈儿柳，或稀疏，或紧密，自然天成。与水相连的泥泞里多是水蕨、红蓼和节节草。我双脚踏进草棵那一刻脚底沸腾了，像刚出水的渔网里上蹿下跳的小鱼小虾，飞的，蹦的，噼啪作响。我猫腰细看，有小蚂蚱、蟋蟀、小青蛙。它们蹦出去的落下来，落下来的再次蹦跳。热闹一阵又复归宁静了。晚霞映照在水面上，天际是火烧云，近处水里是山和云的倒影。微风徐徐，吹皱了水面，送来的是浓重的沼泽气息。

稻田和远处的土地

一朵乌云飘浮着遮挡了头顶的阳光，天地间一下子阴凉起来。往远处看，阳光明媚，橘黄一片。须臾间，那头顶的云彩分裂开来，小块儿的云彩各自把身影投在地上。我站立的地方一会儿重见光明，一会儿恢复暗淡。仰望天际，丝状的和颗粒模样的光线从云层薄弱处倾泻而下，天空明暗变幻，大地出现了几处暗影。

林间有一片稻田。我明白，那棋盘格子一样的浅色是水稻，深色的是地埂。农人惜地，连地埂上也种了大豆。坡沿儿是野草，它们是自己挤出地盘长起来的，颜色是大豆与水稻间的过渡色。

大路近处和路肩上长满了野草，青蒿脆生生的，刺儿菜一丛丛的，头顶的花头燃烧着浅紫的火焰。

溪流里的"柳根儿"

我禁不住走过去看那条溪流。溪流边沿长满葳蕤的柳树，水色深蓝，波纹细小。临近它时听见噗的一声，一只鸟儿飞走了。没看清是什么鸟儿，目光一直追寻着，直到没了踪迹。估计是黑琴鸡，这里还能有这样的鸟儿呢？收拢目光，看见柳树叶子在微风中泛着白光。探下身子看水，是一条泥岸的小河，静水深流，没有声响。

近水处柳树根子有不少暴露在岸边，它们被水流冲着，像蛇尾似的在水面摆荡。再往前走几步，发现河面上有小鱼游

裁一片绿影
送给你

动。我知道这种鱼叫"柳根儿"，专在这样的环境里生活，青背，白腹，三五寸长短。眼前的七八尾正贴着漂荡的根须鱼贯而上，头簇拥在一起，尾巴轻轻摆动，它们和水流里柳树根须混在一起很难分辨。

我想，人们把这种小鱼唤作"柳根儿"是这个原因吗？

红松

五营林场里的红松很高大，只是眼下倒伏了不少。当地人告诉我，前年夏天刮大风下暴雨，红松树大招风，损失惨重。

我知道，华北平原上的速生杨遭遇暴风骤雨时树干也会拦腰折断。多少次在农田间的土路上看到行道树折断，露出白生生的茬口。红松不是这样拦腰折断，它倒伏的原因出在根部，一倾倒，就整个树全部倒下。

俗话说根深叶茂，按说红松的枝叶算得上繁茂，但是它属于浅根树种，主根不深，主根浅是它的缺陷。可红松的优势是密植，靠规模在森林里成就，密植的规模抵抗狂风。可是由于近年来人们对它们过度砍伐导致它们那种"团结互助"的规模优势已经不再，相对稀疏的群落在遭遇大风时倾倒也就不足为怪了。

新橐驼传

人说"路在脚下"。马三小没脚，却有梦。

马三小与共和国同龄，虽是山里娃儿，却有远大理想。同那个时代所有的年轻人一样，他的第一个梦想是当兵，结果美梦成真。1969年底他光荣入伍，在福建某部当了一名解放军战士。军歌嘹亮，精神抖擞，对于马三小来说，那是他人生最美好的时光。但是命运却捉弄他，好端端的一个年轻人竟在一次支农活动中受伤感染患了败血症。几经治疗甚至手术都无力挽回，他不能继续服役，最后只好退伍回乡。那是1974年春天，那时候的农村还是公社呢，他回到故乡参加队里劳动，组织照顾他，为他安排力所能及的农活。后来他娶妻生子，日子过得还算平稳。改革开放之初，他曾经贩卖牲口并成了万元户，乡亲们都羡慕他。然而命运多舛，退伍后的第十个年头，马三小旧病复发更添新病，因闭塞性脉管炎做了右下肢截肢手术。2004年初夏，他的左腿也因为同样的原因被截断。这些年，病魔缠身的马三小十多次住院，做了十次手术。病痛磨

裁一片绿影
送给你

人，他时常长吁短叹。想想看，一名飒爽英姿的解放军战士变成了残疾人，自己苦苦挣扎不算，还要连累家人，他怎能不痛苦？那会儿，马三小的心都要碎了。更让他心灰意冷的是左腿截去的那年他已经55岁，"有啥别有病"这句话马三小体会得忒深刻。祸不单行，他老伴近几年也因为骨质增生导致一条腿萎缩变形，如今也拄了双拐。这样一个家庭，生活拮据程度可想而知。

燃起马三小新梦的是电视里的一条消息，山东省一个农民靠种树得到政府表彰。马三小看过后寻思，这事我也能做。于是他和家人商量，要学习人家的做法自己种树。家人心里明白，出去转转、晒晒太阳对身体都好，况且是干正事呢！妻子儿女支持他，还帮他准备工具。自此，马三小买来树苗后就上山了。

栽树需要技术，但也算不得高深技术。马三小从小在山里长大，这活儿难不住他。让他犯难的是他不能站着干活。从家里出来往山里走可以拄拐，为上山他总是事先把锹、镐、撬棍还有水和干粮系在拐杖上。到了山脚不能使用拐杖时他就用身体拖着工具，用双手支撑着身子爬行。他匍匐着在山地上挖坑、植苗，是真正的摸爬滚打。

一个忍受过多少次手术疼痛，心灵经过无数次锻打的汉子，已经没有什么困难能够击倒他。即便困难再大，他也会义无反顾。有梦，有追求，困难在他眼里成了磨炼。骄阳似火的天气他在山坡上植树，在他看来不过是平常的劳动。下雨了，雨大时他会用自带的雨披遮挡身子，雨小时干脆继续干活儿。他说，淋点儿小雨痛快。我明白他的意思：在现实不能改变的情况下，最好的办法是改变自己。马三小毕竟在解放军的大熔炉里淬炼过，苦难压不垮他。他有理想，梦想着活得更好。

马三小的故事并不复杂，用一句话就能说清楚：一个有毅力的残疾人用十几年时间在太行山里栽了八千多棵树。他的事迹后来被人发现，被人肯定，被人宣传。我们的社会有各种各样的榜样，现实生活中为圆梦而做事的人不少。问题是马三小不但有梦，而且勇于圆梦。他说："我最怕一个'穷'字，最敬一个'干'字。"作为一介平民的马三小梦想或许并不伟大，但脚踏实地才让人感动。马三小没脚，可谁又能说他走得不远？他已经爬过了命运为他设置的苦难巅峰，领略了快乐的风光。梦无所谓大小，质量却有高下。他对我说："我的动机算不得崇高，就是通过植树改变家乡的面貌，也改变自己的生活。现在社会各界关心我，帮助我，我要报答。绿化这片山留给后人，美化家乡的自然环境，这就够了。"听着他说得有些轻松的话，我想到了信仰。马三小有信仰，有自己的梦想，更可贵的是有行动。

我读过柳宗元的《种树郭橐驼传》，觉得马三小和柳宗元笔下的郭橐驼有相似之处，他俩都身体残疾，又都种树。郭橐驼懂得树木生长的天性，会侍弄树木，因而受人尊敬，人们"争迎取养"他，身体残疾却活出了价值。今天的马三小

裁一片绿影
送给你

也喜欢植树，而且效果不赖。

如今的马三小有国家发给他的"带病回乡退伍军人生活补助领取证"和"在乡老复员军人定期定量补助金领取证"，每月都能按时领取生活费，有病按"新农合"的标准报销。他义无反顾地去山里栽树，完全是因为有追求，希望像正常人那样为社会做点有益的事情。可以说，是梦想让他活得更充实。

郭橐驼技在养树，马三小为圆梦在种树。两人都身残志坚，通过特长和毅力成就了一番事业。

去林场

　　刚下汽车，大老远地看见有人走过来，边走边做着招手的动作。我猜想他一定是东山林场的护林员老李，昨天电话约定好今天由他带领我们去山里参观。这个暑假我答应了爱人一个请求——她所教的班级里有一个兴趣小组，组织一次去林场参观的夏令营活动。

　　果然是老李，寒暄后他便带我们往山的方向走。一进山口，一条"V"字形的山谷呈现在我们面前。仰望远山，陡峭的山峰叠印在蓝色的天幕上，峰顶处缭绕着朵朵白云。近处是绿生生的树林，满眼是深深浅浅的绿色。没走多远，我们就看到路旁长着两棵特别粗大的油松。走到树下略一停歇，猛然听到呜呜的松涛声。同学们一定是被这神秘的声音吸引了，都情不自禁地聚集在树下。有抱树干的，有抚摸那斑驳树皮的，大家仰望着高耸入云的树冠七嘴八舌地议论，都说没有看见过这么粗大的松树。

　　我们沿着山沟走去，里面的树林越来越密了。羊肠小道旁和森林边缘的野草、野花分外妖娆，走马芹、灯笼花、勿忘

裁一片绿影
送给你

我、野菊花，有的我也叫不上名字，真可谓群英荟萃，每一枝每一朵都让人心生爱慕。这里的蜜蜂不怕人，嗡嗡叫着在花丛里采蜜。草窠里的蚂蚱等昆虫原本都高声嘶鸣，听到脚步声立即偃旗息鼓，待我们走后又宣泄一般地鸣唱起来。

不知道是谁发现了林间小溪，呀呀叫着跑过去，惹得同学们蜂拥而去。溪水欢畅地流淌，发出淙淙水响。近旁是一小片湿地，上面长着柳丛，微风翻卷它们的叶子，银白闪亮。不知道是谁在一株桦树上拴了一匹枣红马，眼下正埋头吃草，见了我们警觉地抬起头，耳朵直立，紧接着打了一个响鼻，山里的空气抖动起来。后来，它望望我们，感觉没有威胁就继续低头吃草了。它不停地用力甩尾驱赶苍蝇，空气中弥漫着马骚味道。我们赶紧绕过它，继续沿着溪流往上走。好几个学生在水面宽阔的地方弯腰撩水洗脸，都跟花蝴蝶似的飞来飞去。我们与溪水并行一会儿后山道转弯，结果那条小溪"消失"了 。走了一段路我再次想起它，好像跟我们捉迷藏似的又叮叮咚咚地跑到我们面前去了。

越往山里走草木越茂密。虽是酷暑，山林里却很凉爽。在一株高大的桦树下，一个女生跟我爱人说她闻到一种特殊的味道，不知是什么味儿。当时我正好捡到了一柄松蘑，便举着对她说，你这是闻到了森林的味道啊！你看，山里到处生长着蘑菇、野花野草、各种乔木灌木，它们各有各的味道。此外还有树林下的腐殖质，飞禽走兽也各有各的味道，它们混合在一起就是你说的味道啊。我告诉他们，森林是一座生物宝库，空气里负氧离子的指标特别高，对人类的健康很有好处。听了我的话，那个学生直点头，站在一旁的老李跟着笑了。

老李告诉大家："东山林场是20世纪50年代国家出资建设的，经过几代林业职工的经营，现在所有的山地都种了树。"我们边走边聊，当来到一块巨大的山石跟前时我们停下来。这块石头侧面长着一些浅绿的苔藓。我走过去，发现一对儿蝴蝶惊飞起来。我的视线跟着它们飞舞，吸引一些同学也学我的样子仰着脖子看起来。这时候，我爱人看到有几位同学举起水杯喝水，就对我说："走这么久同学们都累了，休息一会儿吧！"

我征求老李的意见并对他说："干脆你在这里给同学们讲讲林木知识呗。"老李微微一笑，也没推辞，站下来便抬手指着一棵大树问大家："同学们知道它是啥树吗？"

"是松树吧？"有个同学怯怯地说。

"对！是松树，可是同学们知道松树是乔木还是灌木？"

这下没人吱声了，山谷里顿时宁静下来。停顿一会儿，老李看看大家又接着说，这棵油松是乔木，也是针叶树。随后，他又抓住身旁的一枝荆条说："它就不是乔木，是落叶灌木。"

听了老李的话，同学们都怔怔的，我看了这情形知道他们没有听明白，于是建议老李再讲详细点儿。

"植物分类在大学里可是一门课程呢，如果细致说起来两三天也讲不完。认树种也有很多学问，就是我们这些'老林

裁一片绿影
送给你

业'也不敢说自己认识所有树种。在教科书里我们把这方面的知识称为林木分类学。就林种树种讲，按功用分有防护林、用材林、经济林、薪炭林等；按生长类型分有乔木和灌木；按树叶儿的形态分有针叶树和阔叶树。乔木有明显的主干，灌木则不明显；松柏的叶子像针一样，所以把这一类的树叫针叶树；杨树、桦木的叶子大，所以叫阔叶树。我们北方阔叶树多数都落叶，针叶树却四季常青。"老李这番话简直就是上课了，同学们都听得津津有味。他的话音刚落，我爱人便带头鼓起掌来。

接下来老李又针对一些同学提的问题给大家讲了树木知识，特别讲了森林的固碳功能，希望同学们以后多种树，少浪费能源，过"低碳生活"。

阳光从树叶的间隙筛落而下，地上形成了一片斑驳的图案。看看晌午了，我爱人便安排学生们午餐。午餐之后我们继续爬山。走了一程，队伍明显缓慢下来。我回头看看，原来同学们正三五成群地观察树木呢！

岭南春早

　　依偎在冉冉升起的太阳附近的薄云正慢慢散去，一会儿工夫就朝霞满天了。近处缕缕霞光与浓重的水汽融合，一派湿漉漉的气息，增江两岸的榕树、木棉、羊蹄甲等树的叶子如同镀了一层金粉似的嫩黄明亮。江水泛着轻柔的光晕，眼下处子一般安静。在岭南的日子里我一直考虑，现在的节气虽然是春分，可它的温度却早早地跑到前头去了，夏日的风采已经非常明显，全不像北方的春天，黄与绿总是纠缠不休，磨磨蹭蹭。我一到广州就像被谁猛地抛进了绿色的海洋，突兀而措手不及，已经把冬衣脱去，还要再脱吗？无疑与这种心情有关，我多少次地哼唱起《岭南春早》，愉悦的心情同歌曲的旋律一样跳荡。

　　你听：春天来了，木棉含苞。春天来了，五羊报晓。五羊报晓，岭南春早。春风春雷春雨，绿山绿水绿秧苗。

　　亲爱的读者朋友，我们伟大祖国的疆域实在是太大了。广州地处岭南，距离中原两千公里，怎会同此凉热呢？此时我心中固化很久的节气概念正被融化，以至于我强迫性地提醒自

裁一片绿影
送给你

己，岭南的春天虽然还是传统节气里的春天，可它无疑是已经加快了脚步的春天！

增城之行时间有点儿紧，脚步有些快，不过所见所闻使我感觉到的尽是超前的理念和健步如飞的频率。我在增城看到持续不断提升森林质量的举措，"绿道"建设给市民带来的好处，感觉到广东全省林业和生态建设领风气之先的创新理念与实践，同这边春天里花草树木长出了夏天般繁茂的绿色一样让人欣喜。

广东不单单是我国改革开放的前沿，生态文明建设同样走在了全国前列。说起这事，我们不得不把时间拉回到70年前，那是中华人民共和国刚刚成立的时候。南粤大地本来雨水丰沛，植被完好，可连年战乱把这里折腾得山河破碎、满目疮痍。新生的共和国经济复苏，造林绿化事业也取得了长足进步，经过近十年休养生息，南粤大地森林植被得以复苏，森林质量有了很大提升。但是好景不长，1958年、1968年、1978年广东却出现了三次大规模的乱砍滥伐。

朋友你应该知道，第一次是因为"大跃进"运动中大炼钢铁，村村点火，处处办厂，树木遭遇了灭顶之灾。那是理直气壮地砍树啊，刚刚恢复的元气毁于斧锯。第二次因为"文化大革命"，人都弯腰了何况树木？动乱之中砍树更多。第三次是分山到户，由于一时管控缺失，大量森林被毁。

1985年，林若担任广东省委书记，这位姓林也爱林的"一把手"对大面积荒山秃岭极为不满，刚上任他就提出了"五年消灭荒山，十年绿化广东大地"的口号，并千方百计把自己的主张变为全省干部群众的共识，最终形成了广东省党政工作的重大决策。他小会说大会讲："不把广东绿化起来我死不瞑目！"省委书记大力度推动，表彰奖励与"黄牌"警告并举，加之他本人身先士卒，四处办绿化点，组织了五次全省范围的督导检查，结果五年时间真的做成了一件事——广东大地绿起来了。标志是什么？核心的是消灭了森林资源赤字，森林生长量开始大于消耗量。这是一个拐点，反映广东林业建设成就的动态走势自此持续上扬。他们因此得到了国务院的表彰，各级干部群众看到林若是个干荏子，亲切地称他为"造林书记"。

森林是陆地生态系统的主体，生长在山间的每种乔木灌木、野花野草、苔藓地衣、藤萝山菌，还有隐藏其中时而出来觅食的野生动物共同组成一个稳定又不时变动的生态系统，它们依靠竞争能力组成了一个环环相扣的生物链。森林演替按说有自身的规律，可如果人为干预，那又是另外一种情形。增城的生态建设与广东省的林业发展轨迹大致相同，经过多少回开发与重建，大面积发展人工造林，森林资源增加了，却明显带有人工经营的痕迹。

越野车沿着山道在黄牛坡上攀爬，左拐右拐后停在了金鸥湖畔。山地里林木茂密，近旁半个足球场大小的山坡上长满了半米多高的铁芒萁，高低一致，密密麻麻，猛地看去很像人工经营的菜园。我清楚，它可不是芹菜和辣椒，它又名芒萁骨，

铁芒萁

是地道的山间草本植物。看着它们绿生生的样子，我脑海里又一次出现了想过多少回的心思：大自然会告诉我们很多事情。比如这芒萁，它就是单单生长在荒坡地带的一种指示性植物。指示什么？森林被砍伐了，发生过火灾了，它会及时出现在这样的地方。这么说吧，但凡一片茂密的森林被砍伐，它就会填补空白，在新环境里形成一种优势植物群落。

看看四周，按说这里早就不是荒山，芒萁本不该大面积出现。问题出在哪儿？仔细观察后我明白了，原来这里不久前修过路。修建路基取土毁坏了林地，芒萁便不失时机地占领了这里。芒萁群落间还生长着一两株桉树，长得跟灌木似的。透过那娇嫩的新梢我判断，过去这里一定是一小片桉树纯林，修路挖土时把它们皆伐了。施工的人无意中留下的树墩萌生出新的桉树——这里本来就是它的家园，它们怎会安心地退出自己的领地！

稍远地方有左一株右一株的马尾松，长势不错，枝条上的针叶足有巴掌长短，浅黄色花穗在微风里轻轻抖动，现出生长的活力。当地人提醒我，这样粗的马尾松应该是绿化荒山那个年代栽植的。作为这片林地的先锋树，如果有一个稳定的生长环境，一定会长成一片以针叶林为主的用材林。不过现在它的经营方向有了变化，几年前开辟森林公园的举措改变了林地属性，森林经营的着力点演变成了以生态效益为主、木材生产为辅的方向，对马尾松实施间伐，代之以更有优势的乡土阔叶树种。在山地里跋涉，看得出这一回本着林分质量提升的营林行为把疏残林地和纯林地一并进行了改造。公园道路两侧人们活动多的地方还增种了多花树种，形成了远观有绿、近看有花的风景林。

一个稳定的森林生态系统遭到毁灭性破坏后很难恢复，可以说要恢复到原有的森林质量几乎不可能。不过我非常惊讶大自然的修复能力，钦佩在大自然修复过程中辛勤劳作的务林人。我曾经多少次叮嘱自己：为大地母亲的健康做出自己的贡献吧！眼前这个名为"太寺坑"林场的山地同整个南粤大地一样，多少回遭遇破坏，林木被毁，土地被挖，鸟兽昆虫四处潜逃，有的甚至在刀耕火种时被活活烧死。但是大地母亲的胸怀是博大的，她足够顽强。我多少次想过大地母亲遭遇的灾难，深深感到她宽厚仁慈，心甘情愿地做她的儿子，因此日常生活里我不会故意踩死一只蚂蚁，也不会随便拔掉地上的一株野草。

有一句话说得好，我们现在之所以能够取得进步，往往源于我们对过去的不满，进而采取行动。广东省的绿化事业在林若书记及后来继任者的领导下一任接着一任干，一张蓝图绘到底，持续不断，抓铁有痕的精神值得称赞。正是由于他们这种不满现状、勇于进取的拼搏实干，才有了今天南粤大地无山不绿、有水皆清的美好环境。

我感觉，看到不满就是看到了差距，看到了改进的必要。在改进中提高，在提高中发展，我们的事业才能大踏步前进。

广东的朋友说："不能一本书读到老。"这句话对我的触动很大。在这绿风鼓荡的山林里，我感觉到了南粤大地之所以能够在消灭荒山、绿化广东大地之后再接再厉，不断提高绿化水平，与一大批干部群众具有的创新意识和领风气之先的精神息息相关。就拿增城来说，最初他们从消灭荒山的实践中认识到本地育苗的重要性，便开始大力度地繁育树苗，为几年后用材林基地建设打下了坚实基础。之后他们实施世界银行贷款造林项目，从外资造林项目里学到国外先进的造林营林理念。20世纪90年代中后期，他们针对工业化大量消耗木材的市场需求大力发展以桉树为主的速生丰产林。2012年，广东省开始实施"新一轮绿化广东大行动"，增城人在又一轮的造林绿化事业中再次攻坚，实现了生态公益林全域覆盖。2015年，他们出台了让森林"公园化"的政策，一直干到今天。正如他们说的那样，不能一本书读到老！增城的务林人是永不满足的一群人，是一支具有创新意识的队伍。新中国成立以来的70年，改革开放后的40年，他们正是靠着这种读新书、做新文章的开拓精神在这片土地上持续耕耘。不能说过去我不理解创新的概念，但是在增城走过之后我对它的理解更深了。

山间的大叶栲已经进入盛花期，浅黄淡绿，它的花瓣与山腰的红椎树相仿，一堆堆，一簇簇，规模宏大，翻江倒海一般，任谁看到都愿意凑近它、摩挲它。顺着平台边缘的大叶栲枝丫远望，对面山脊分割出的坡面上竟是一片云南哈尼梯田的

裁一片绿影
送给你

模样，四周浓绿的树林包围了它，不晓得为什么好端端的山地竟变成了这个模样。询问才知道，那是老百姓的山地承包给个体老板后栽种的桉树纯林，现在正在改造中。广东林业大的发展方向是发展生态公益林，逐步提升森林生态质量。政策出台后，他们强调要一管多年，每一条水系的沿岸林，每一条山系的防护林都有各自的具体情况，必须实事求是地引导才能与大的方针合拍，兼顾社会要绿、群众要利的多种诉求，进而保证林业的可持续发展。

黑龙山

橘黄色的夕阳从石壁的齿口投射过来那一刻，山脚已经晦暗，山前平原上的树木花卉浸染成娇嫩的光晕，一片斑驳。

我们从赤城县城而来，在一个多小时的车程里，山路牵扯着车子左奔右突，我竟断断续续地产生了乘船的感觉，晃晃悠悠地漂到了黑龙山的山口。进山不久，只听赵海玉局长轻轻地对王师傅说了一句什么，我们的车子便嘎的一声停下来。我从车上跳下来时，赵局长已经用手示意我看那路边的悬崖："石林！"他一副自豪的样子，没说什么话就微微笑起来。

嚯！真是好大一片石壁啊！仰头望过去，石头的节理竖立，一条一条互相挤压，从南向北铺展开去，极像一副巨大的画卷。见此情景，我不由自主地举起相机拍摄起来。这一面山坡全是直上直下的石壁，好不险峻，峰峦叠嶂的模样很像张家界高耸的山头，犬牙交错又堪比狼牙山的陡峭。石壁平整巨大，是旁的地方所没有的。仰望石壁上的坡顶，葱郁的树木在夕阳中跳荡闪烁，让我知道那里的风一定不小。巉峻的悬崖之上以至蔚蓝的空中，眼下正有成群的山鸦追逐，哇哇叫着。

裁一片绿影
送给你

我把视线收回时才看清这个有百亩大小的山前平原的模样。路边以至河畔，柳兰花儿正在蓬勃开放，它们高大、水灵、鲜艳，一丛丛，一片片，汪洋恣肆，无拘无束。花丛外面是河滩，近处长着好些艾蒿、水芹，还有白屈菜等野草。河石没有一块鹅卵石，各个都有棱有角，踩上去有些硌脚。再往前一点儿，我望见了河面。河水流淌，或漫过野草，或绕过河石。流速很快，有落差的地方能听见淙淙水响。赵局长说，这就是黑河，北京主要的饮用水源之一。因为河底有青苔，河水呈黑色，因而得名。他说话时我走过去看河水，的确有些黑。我好奇地弯腰从河里捞出来一块河石观看，石头也是黑色。我

黑龙山里的柳兰花

用手掬一捧水看，水是无色的。接着我放到嘴边吸溜一口，河水甘甜凛冽，给人精神。

　　一阵山风吹过来，清爽的气息让我愈发欣喜。举目四望，弯弯的河道旁侧是一片绿地，绿地上长着稀疏的榆树。榆树林到河畔边缘长满了碧绿的青草，一群牛正在那里低头吃草，黄色的，黄白相间的，数数竟有三四十头。它们吃草时发出唰唰的声响，传递给我一种安然的情绪。这里的牛浑身泛着油光，一眼就能看出健康来。看着它们，一个念头突地跳上我的心头：做牛就做这大山里的牛吧！山里的牛不用耕地，日日在草地和林间散放，真有福气！

　　现在这群散漫的牛里，一头小花牛正依偎在母腹下吃奶，母牛走动，那头调皮的小家伙被迫离开母亲后竟三步两步地跳荡，在草地上撒起欢儿来。这是一幅多么美妙的山野牧牛图啊！这样想着的时候，我开始向四处张望寻找牧牛的人，待我搜寻一阵后才发现，一个精神矍铄的老汉正靠着一棵粗大的榆树抽烟呢。

　　站在车旁向沟谷深处张望，山路弯弯不见尽头。车轮滚滚，在颠簸着走了一段土路后，一个散落着房舍的村庄映入眼帘。走过雨后略显泥泞的街道，只见三五头散养的黑猪撞见我们后哼哼唧唧地逃散了。一只母鸡带着七八只鸡雏儿在路旁觅食，见到我们，那只母鸡"咕咕咕"地鸣叫，小鸡雏们"唧唧唧"地轻声回应着跑到不远处的柴火垛背后去了。见到路旁的

裁一片绿影
送给你

老屋，目光落在墙根儿底下三五个老人上，他们坐在石板上抽烟，见了我们的车个个仰起脖子。老屋，老屋周围的绿树，老屋南墙根儿晒太阳的老者宛如一幅古朴的油画在眼眶里定格，耳畔似响起一首久违的老歌。

黑龙山自然保护区所在的东栅子给我的第一印象是凉爽，第二个印象还是凉爽。刚刚逃离中原酷暑的朋友们跳下车就大呼小叫起来："啊，太凉快了！"

晚饭没海味，山珍却多：蕨菜、蘑菇、木耳、黄花、柴鸡蛋、野猪肉。山里人朴实，让让酒就吃饭。进屋休息，一觉醒来时天已经大亮。

上午，护林员小安带领我们向黑河源、向着远处的马蜂沟进发。进山的路往往都与山溪并行，水往下流，人往上行。从老栅子走不多远，路旁有一片榆树林，已被保护区开发为"榆林栈道"。从这里再往上走，不远就到了黑河源。为什么管这里叫黑河源？因为这里的山崖底下有一个泉眼，泉眼旁边的山石上刻着"黑河源"三个大字，流水淙淙，白花花地流入河道。河道尽是山石，边沿长满了山榆、刺梨、紫椴等树木。一般人走到这里便认定到了黑河的源头，在附近的山野流连一会儿就回头下山。其实只有当地人才知道，这里只是标志性的黑河源头，山沟远没到尽头，山里的路还很远。在护林员小安带领下，我们继续前行，我们要到更远的马蜂沟里去，那里的落叶松是真正的天然林。这里的务林人明白，山泉的真正源头是山里的草木。它们的树根草茎在降雨时把自然降水储蓄涵养起来，涓涓细流不断汇集，逐步归集到山脚形成泉眼，最终流到山下形成了黑河。

马蜂沟的沟口起初还算开阔。树林尽管茂密，总还有一条羊肠小道可走，可那条羊肠小道走着走着就没了去路。马蜂沟里的植被垂直分布，海拔2000多米，是一个典型的北温带山地生态系统。海拔1500米以下的地方为落叶、阔叶林带；1500米到1800米为针阔混交林带；1800米以上为寒温带针叶林带；2000米以上为亚高山灌木和草甸。我们跟随小安穿密林，蹚溪流，完整地进行了四种林相的考察。从落叶、阔叶林带穿行时我们披荆斩棘，全靠用手拨开眼前的灌木丛才能行进。有时候走了一段路才发现前面无路可走，不得不折回，重新选择路径继续前进。走到针阔混交林带时，树林的密度疏朗了，蒙古栎、桦树、六道木等长满山坡，树苔、地衣、牛蒡、鹿蹄草密密麻麻地长在林下。阳光穿不透密林，从高空筛落下来的阳光透过树枝树叶照到林下形成斑驳的光影。再往上走就是落叶松林了。这里的落叶松高大挺拔，树枝平展，每一棵都翠绿健壮。小安说，这里的落叶松树龄起码有150多年了，能保留这么久，完全是因为山大沟深，少有人为干扰的结果。

走走停停，我们攀爬到马蜂沟与东山的分水岭——一片被称为"空中草原"的地方。站立山巅极目北望，满目青山，莽莽苍苍，沟壑纵横，日照青岚，白云朵朵，好一派北国风光。

裁一片绿影
送给你

脚下的亚高山地榆草甸我很熟悉，满地的高山植物，蝴蝶翻飞，各种野花竞放。疑似一个蝴蝶落在草茎顶端，我蹑手蹑脚地去捉，待张开手掌看时发现竟是一朵野花。随后，我采了一把地榆叶子使劲儿地在手掌上捭打一番，一股清甜的草味溢满了我的心间。

我们从沟底爬到山顶共经过了四个类别的林带，有的地方不见山路，却偶尔看见有水汪在沟谷的草窠间，诧异的一刻让我想到"山有多高，水有多高"的俗话。

黑龙山里一年内除盛夏外，春秋冬三个季节都有冰，哪个季节都不缺水的浸润。它尽管是山，却用"黑龙"命名，应该与山间的这条溪水有关。

感受草原

　　在都市里住得久的人大都会患"文明病"。待人接物要讲究修养，遇到高兴的事不能忘乎所以，碰到晦气的事要勿形于色。不知有多少人以"夹着尾巴做人"为座右铭，哪里有真正的轻松呢？现在我站在没过膝盖的五花草甸里直想喊，想跳，

五花草甸

裁一片绿影
送给你

想跺脚。

在草原，也只有在这"天似穹庐，笼盖四野"的草原你尽可以选择一处草地流连半日。在这样一个荒野的世界任你怎样手舞足蹈，任你怎样呼天喊地都不会妨碍别人，也只有在这样的地方你才会感到自己是这世界的主人。

在草原上走了一程后我轻松地躺平了，仰面朝天地放平的不仅是腰身，还有心情。眼下天上没有一丝风，云彩一动不动，四野万籁俱静。身下的碧草柔顺服帖，热烘烘的让人感觉舒服。闭上眼睛也能看到景象——脑海里红彤彤的，我想那该是自己的血液经过阳光照耀产生的效果。偶尔身边的花丛里会飞来蜜蜂，或许它们以为我是另类，嗡嗡地鸣叫，来试探一个庞然大物来这里的原因。是要赶跑我吗？静静地待一会儿，周遭安静异常，只能感觉到自己平静的呼吸。

我舒展地躺在草地，想着"舒坦不如倒着"这句俗话，快活的感觉霸占了我的周身。说来可能会有人不相信，刚走进草原那会儿我感觉新奇，竟连呼吸的顺序都改变了。站在漫无边际的绿色海洋里，清爽、芬芳的气息沁入我的胸膛，我努力地翕动鼻翼，直想把这里清香的气息全都吸到肺腑里去。

平常有谁会在意自己的呼吸呢？可在草原上我不但注意到了，而且还真切地感受到了。闻着一朵朵野花袭人的香气和青翠的草甸散发出来的泥土气息，我本能地吸入空气且屏住呼吸。我竟突然发现和注意到了自己的呼吸：我的呼吸由原来的呼——吸、呼——吸，变成了吸——呼、吸——呼了。

或许是雨后的原因吧，空气中散发着土地的芳香，清新、甘甜，我不由自主地大口吸气，再吸气，然后是呼出再呼出。我感觉，在这深深地吸与呼中，我尽吐沉疴，神清气爽，身体轻松了许多。

草原上，名利场上遭遇过的"大气不敢出"的情形消失了。只要愿意，你完全可以尽情地吸，尽情地呼，甚至可以大声地喊，歇斯底里地叫！

裁一片绿影
送给你

竹子开花

　　在蜀南竹海里沿着林道进入竹林深处，目光能看到的地方都是近景，一根一根生长密实的竹子。阴阴的竹林光线很少，只有走到高一些的山地才能看到光束射进竹林：竹叶明亮，空隙的地表也明亮。

　　竹子和树木相比区别在枝杈。竹子分枝短，也不开张，它是靠着众多竹竿密集地组成一个集体。树林虽然也是一个集合体，但每一株树木独立得多。一棵树可以独自长在海岛或荒原，而一根竹子不行，它单细，经不住风。

　　欣赏竹海须站在高处，越高越能领略竹海的整体风貌。山体起伏，翠竹也跟着起伏。山里弥漫的雾气包裹起竹子，白雾覆盖绿色，一抹淡绿，一团乳白，共同营造出一个神秘的世界。世人管这里叫"竹海"，应该缘于它有绿色的海洋，有云雾的缥缈虚幻。

　　近处端详竹海里的一竿竹似于在海边欣赏冲向海岸的浪花，品鉴它的细节美。眼前的一株毛竹长着翠绿的皮，节节高的身段，鞭子一样直插云天的梢头。山风吹起，它们整群摇荡，现出婀娜多姿的身段。看着它，我想起不少古人对于竹子的赞美。竹子是君子的象征，正直、虚怀、善群、卓尔，把这么多兼容的品性放在一物身上，可见人们对它有多崇拜。我想，人们爱竹，是热爱生长得苗壮、健康的竹。南方适合竹子生长。在我常住的北方城市公园里偶尔也能见到竹，园林部门甚至不惜花费巨资建设竹园，从南方引种尽可能耐寒的品种，为它们创造好的生存条件，可是大部分竹子因为水土不服不怎么成长，表现得枯枝败叶，灰头土脸，看着让人心里不舒服。看得出，在不适合的地方生存，植物与人一样悲催。

南国也不是处处都适合竹子生长。有一次我去安徽看望老友宋先生，他带我去看一个荒废的园子。进那园子走不多远他哈哈地笑起来说："老冯啊，你真会来，这儿有新鲜物件让你开眼。"我说："啥玩意儿让你这样高兴？"他说："别说你从北方大老远地来，就是我长期生活在这里也很难看到。"说着，他把我带到一丛竹子前："竹子开花，主人败家。"竹子开花，你见过吗？人用"昙花一现"比喻难得一见，这样的竹子开花也是十年八年难得一见。老宋感慨着自言自语："难遇，实在难遇。"

那些竹子长在墙角，规模不大，我也没看出有啥特别，就是有些蔫儿。拉过来仔细瞧瞧，枝头上果然有花，模样像北京街头的白蜡树结的翅果。那些所谓的花儿不美观，一簇一簇的枯黄颜色。我知道老宋是内行，询问他竹子开花有什么说道。

裁一片绿影
送给你

他告诉我，这不是好现象。但凡竹林土地板结，或是杂草丛生、竹子老鞭纵横的竹园就会出现这种情况，是缺水、营养不良、光合作用减弱、氮素代谢水平低造成的，竹子体内糖的浓度高会促进花芽形成。这些条件具备时竹子就开花。不管哪种具体原因，竹子开花总体上是恶劣的生长环境造成的。

据说，竹子不仅能开花，还能结实并收获竹米。二战末期，美军轰炸日本占领下的台湾，新竹军事基地附近的老百姓为躲避轰炸藏进竹林里，时间久长断了粮食。幸好那里有竹子开花，地上落满竹米，难民们靠吃竹米度日，躲过了劫难。

这只是竹子开花引发结果的一个方面，总体上讲，竹子开花不是好兆头。人们发现，竹子大面积开花后会成片死亡，经济损失不消说，关联递进的影响更大。竹林毁了，依靠竹子存活的动物便没了食物，缺少食物就被饿死。据报道，1984年四川卧龙自然保护区曾经发生过大面积竹子开花的事件，结果殃及动物，饿死了不少大熊猫。

自打那回见过竹子开花后，再次看见竹子时我总会走到它们跟前去看有没有开花的情况，可到今天再没见过。后来我查过这方面的资料，原来给我们四季常绿印象的竹子其实是有花植物，开花结实是正常现象。不过竹子是特殊的有花植物，它不是每年开花结实，这常常使对它不熟悉的人产生误解。

竹子是一个大家族，每个品系的生长规律不同。受遗传基因的影响，牡竹30年左右开一次花，马甲竹32年开一次花，桂竹120年开一次花，群蕊竹一年开一次花，有的品种没有规律。因为竹子开花很少见，开花后绿叶凋零，枝干枯萎，竹林成片死亡，所以有人感觉败兴，认为竹子开花是不祥之兆。也有不认可竹子开花会给人带来灾难的说法，认为风马牛不相及，属于迷信。

后来我一直琢磨这件事，考虑久了竟有了自己的想法。在我看来，"竹子开花，主人败家"这说法是成立的。虽然成立却不可机械、拘谨地理解。设想，一户人家家业中落，竹子这类花草还会有人打理吗？不用说施肥、浇水、防治病害等费事的劳动，如果连必要的看守都没了，直接的后果就是为竹子开花创造了适宜的环境。只是因果要倒置表述，主人败家在先，竹子开花在后。如果顺着"竹子开花，主人败家"的意思去理解也同样成立。竹子开花，导致衰败、枯竭、死亡，对人类来讲无疑属于负面信息。相对于蓬勃、茂盛、初生的正面消息，人们感觉悲伤，难道不能理解吗？

裁一片绿影
送给你

黄牛坡上

隔着金鸥湖水面，我看见几个人正在对岸忙碌着，他们提着植树工具，用手推车装着树苗，看得出他们在种树。增城这地方最好的植树时段不能晚于清明节，如果晚了树木成活率会降低。该是这个原因，林场的人们正在紧张造林。

增城是著名的荔枝之乡，栽培面积超过一万公顷。山路的缓坡上长满密密麻麻的荔枝树，圆圆的树冠与圆圆的果实相似。现在正是花季，看到好些荔枝树冠分出深绿、浅黄两种颜色，我不假思索地以为那些浅黄的是果穗，结果弄错了，到近处才看清楚原来那些浅黄颜色是新生的嫩叶。

当地人告诉我，吃荔枝要到六月，我可等不及。感觉遗憾的我从酷似葡萄花穗般的圆锥花序里掐下一朵小花瓣放进嘴里咀嚼，略苦，回甘。

半山腰上的高大乔木很繁茂，它们的树形犹如北方山地里的板栗树，枝头上的花穗儿犹如空中炸裂的烟花，一缕缕地从高处倾泻而下，团团浅黄，汪洋恣肆。有规模的大树花海很能给人带来冲击力，一棵树开放着上千朵花穗，一片林子汇集起来数万、数十万，谁看了能不感觉震撼呢？我们走过去细细端详，询问树种，当地人说这种树叫红椎。眼下它们周围长满了数不清的小乔木和浓密的灌木，篱栏似的阻挡着人们走近，使我只能远远地仰望它。过去我不认识这种树，听了名字便习惯性地打开"形色"搜索才知道了这种高大树木的前世今生。原来它是汉朝那会儿南洋藩属国向皇帝供奉的树，引入大陆后慢慢传播开来。这种树干形通直，木材硬重，是制作家具、造船、打车的优良木材；它的树皮与果壳富含鞣质，是上好的栲胶原料；果实富含淀粉，深受人们喜欢。

沿着山路走一程，不远处传来哞——哞——的叫声，我一下子想到老牛。果真是，黄牛坡上遇见黄牛名实相符。

在路旁又一次见到马尾松，一株树干上挂着木牌，告诉人们这里是防治松材线虫的改造点。南方林区被这种松材线虫危害的疫区不少，它又称松枯萎病，是一种发生在松树上的毁灭性病害，通过"松墨天牛"等媒介传播，进入松树体内引发病害。被松材线虫感染后的松树针叶变色，萎蔫下垂，停止分泌松脂，最终腐烂死亡。

站在山头往下俯瞰望得见增江，遥望山川，"一览众山小"的感觉油然而生。从毛泽东"极目楚天舒"联想到"人有病，天知否"的诗句，一时顿生感慨。人会患病，动物、植物也会。给人治病的人我们叫医生，给牲畜治病的我们称兽医，有没有专门给树木治病的人？当然有。他们正规的称呼是森林

裁一片绿影
送给你

病虫害防治人员，艺术范儿的说法叫"森林啄木鸟"。各地的"森林啄木鸟"们既监视着森林的疫情，开展病虫害测报，还要组织防疫。当森林大面积发生病虫害时甚至动用飞机实施飞播作业。

我们这个时代是化肥的时代，农药的时代，激素的时代，添加剂的时代，这些东西都与人类有关，有帮助，有干扰，更有危害。人类研究农药本是为了对付病虫害，结果这柄双刃剑在杀伤虫害与病毒的同时也大大伤害到了人类。随着农药过量和不恰当使用，给我们人类造成的危害日益加剧，罹患各种疾病，特别是癌症的人越来越多。除了身体疾患外，精神疾患也在持续增加，不知道问题究竟出在哪里，该怎样解决。难道我们人类真的走进了死胡同？

人有病，天知否？树有病，奈若何？人类中心主义的观念现在牢不可破，短期内难以改变。花草树木不会说话，即使是枣树得了枣疯病，长疯了，不结果子，马尾松的枝干溃烂了，控制不了，目前最有效的办法也就是把它们"定点清除"，还没有研究出更好的解决办法。森林病虫害的危害程度被人们称为"无烟火灾"，它虽然不声不响，可是成百上千亩森林一夜之间被毁是常有的事。科学家多少年的研究表明，人工种植的纯林发生病虫害的概率非常高，而天然林或人工混交林要好得多。为了防控病虫害，黄牛坡上纯林在减少。这是增城乃至整个广东省顺应森林演替规律和科学经营的明智选择。人定胜天表明我们人类战胜自然有勃勃雄心，但雄心毕竟是雄心，结果是否有效是另外一码事。战胜自然、取胜天地大多时候是口号，是空谈，蛮横自大的种种行径一再成为笑柄。

黄牛坡上的绿地堪称人与自然和谐相处的样本。接近山顶平台的边缘有一条通往更高处的山路，路边栽植了两行红荷树，浓密蓊郁，湿漉漉的树荫里落满树叶，还有经年没有腐朽的果壳。我以为它们是行道树，结果却不是。当地人告诉我那是防火隔离带。木荷树脂类液汁少，富含水分，枝叶浓密，是一种理想的防火阻燃树种，正是这个特点，它被人称作"烧不死的木荷铁"。人们把森林安全托付给树木，从中见证了人类的聪明才智。用生物防火，用木荷防火，是人类在长期观察中获得的经验，堪称人与自然和谐相处的样板。

周围平地看似一个小停车场，是"增城绿道"在太子山森林公园的一个终端。现在林场加挂了森林公园的牌子，自然要考虑旅游问题。"绿道"是增城林业持续发展路径上的一个新目标，已经成为珠三角绿道的重要组成部分。富有灵气的增江水系与增城绿道手挽着手走过500多公里，木棉、樟树、杉木、羊蹄甲等林木遮阴挡雨，连贯起了以瀑布漂流和登山为特色的大封门森林公园、以温塘为主题的高滩森林公园、畲族村与兰溪森林公园等多个森林绿地，还有何仙姑故里、农家乐等各种场所，成了增城与外地旅行者经常光顾的绿带。行人和骑行爱好者倘徉其间，安享休闲快乐，成了提升人们幸福指数的有效

裁一片绿影
送给你

载体。流连在水畔林间，我想，如同人们穿衣不再单单为了御寒而更为追求美丽一样，当道路不仅仅是为了交通，还同时具有为人提供休憩场所功能的时候，那么它的意义便与人们的幸福生活联系在一起，有了实质性的改变。

在塞罕坝打号

　　红彤彤的朝霞投射进松树沟那一刻，整个山地都苏醒过来。匍匐在地表的荚果蕨湿漉漉的，有的枝条猛地弹起，我好像听见了它愉快的低语。不远处有鸟鸣传来，林间更显清寂。这片成熟的落叶松林薄雾氤氲，灌草被阳光切割得一道暗影，一道明亮，那模样跟城市街道上的斑马线似的。它当然不是斑马线，那是晨光勾勒出来的图画，是粗细不等的树干在地上留下的投影。

　　同样让这片静谧的天地醒过来的还有我和长腿泡子营林区施工员曹紫朋的脚步。曹紫朋，一个三十出头的年轻人，一米七八的个头儿，脸色黝黑，目光明亮。2015年从河北科技大学毕业，先后在中铁大桥局、内蒙古的一家私营企业和家乡围场县的朝阳湾中学工作，竟没有一家留住他的心。直到2019年听说塞罕坝机械林场招人，他果断报名参加了河北省直属事业单位考试，结果让他兴奋。录取后他如愿以偿地来到塞罕坝机械林场工作，被分配到千层板分场长腿泡子营林区做了一名施工员。

　　去年春季，我曾经跟他在松树沟打号。今年夏季我再次

裁一片绿影
送给你

来，是要看一下经过抚育后林木的长势。山路上，我和他聊起去年进山打号的事。那会儿我记得小曹听我要跟他进山好像有点儿不愿意，脸上掠过一丝难以觉察的表情。可他看我很真诚也就同意了，随手递给我一把斧子，他自己也拿了一把，带上两瓶水我俩就出发了。

我知道"打号"是砍伐树木前的重要环节。说它重要，因为它是树木采伐前必须做的一件事，目的是提醒采伐工人要砍伐这棵有标记的树。去年那次我执拗地跟他进山，是缘于我在塞罕坝林场场部听说了各分场当下正在做森林抚育，他们建议我去千层板分场，到那儿后场长喊来了长腿泡子营林区的曹紫朋。

那是早春的一天上午，松树沟里的落叶松刚萌芽，冬天冻得硬邦邦的枝丫现在已经变软。坝上多风，枝丫使劲儿摇摆，林子里松涛很响。为了不落后我不停地和他说话："这深山老林的，平时就你一个人上山吗？"

"嗯。我们营林区有两个施工员，平时不忙我们会一起上山，如果忙起来只好分开。"他的回答很轻松。

走了一会儿，他在一片密林边缘停下，慢悠悠地瞅了一会儿眼前的树林，随后就挥着斧头砍起来。欻！欻！他的动作不算猛，也不太轻，三下两下就在齐肩高的树干上砍掉树皮，现出一个白生生的茬口。我站在离他不远的地方瞅着，砍破树皮连着白生生的木屑落到树根处，我捡起一块，放在鼻子前闻闻，一股浓烈的松香气息沁人心脾。

他一边观察一边打号，走走停停。草地有点儿打滑，还有松针枯草掩盖的小坑，我不慎打了一个趔趄，他见后停下手里的活计嘱咐我多加小心。我谨慎起来，停下来仰望树梢上的蓝天白云，心里想起几年前来塞罕坝拍电影《那时风华》时出现的事。有一天导演召集主创团队开会，讨论电影剧本的故事情节。当时有人提议最好有再现当年林场职工爬冰卧雪采伐薪柴的镜头，还有人询问塞罕坝林场现在是否还在砍树，我据实做了肯定回答。结果我听见周围发出了唏嘘声，有人惊愕地张开嘴巴，还有人大声问我："为什么呢？"即使这事过去四年多了，我还依然记得人们不解的表情，有一个人的眼睛睁得跟黄牛眼睛似的，很不解地质问我。

哦！简短的回忆很快结束，我回到了现实，这个叫松树沟的地方。施工员曹紫朋一直在不紧不慢地打号，他一会儿仰头观察树木，一会儿拿定主意后举起斧子在树干上砍几下。

我在树林里选择那些长得不好的树征求他的意见，在得到肯定后也学着他的样子打起号来。

"上次拍电影时，有人问我塞罕坝林场是不是也砍树，我的话把他们吓着了。有人不理解地说，生态环境这样不好，年年都刮沙尘暴，栽都栽不过来，怎么还砍树？特别是阻挡风沙被誉为绿色长城的塞罕坝更不应该砍树啊！"

曹紫朋笑了："是有误解，在普通人眼里，我们做的工作就是砍树。你知道，其实说砍树是不准确的，科学的说法是森

栽一片绿影
送给你

林抚育。盲目砍树破坏生态环境，有目的的采伐是为了让森林长得更好。"

曹紫朋说得够形象："这事如同给庄稼间苗，密植了就要拔掉多余的，这样才有利于它们苗壮生长。当然森林经营有它的特殊性，它不是种高粱玉米，庄稼需要间苗，林子需要抚育。"

"通过类似间苗的做法提高森林质量，让它长得更好。"我回应他。

"当然，包括伐树在内的森林抚育有多种方式，不同树龄采伐的强度也不同。为了提高成活率，栽植人工林时往往提高密度，这是坝上恶劣的自然条件决定的。森林在持续生长，老不抚育，阳光照不进来，林下那些灌木和花草因缺少阳光会逐步衰亡，随之而来的野生动物因食物匮乏而跟着消失。好比人的成长需要调理一样，森林抚育是要干预它野蛮生长。"

"是啊。"我感觉他说得挺通俗。

"当然，森林抚育要讲科学，要按规程办事。根据幼龄、中龄、近熟、成熟和过熟的情况分类制定方案，确保留下来的森林健康成长。总的原则是去劣留优、去小留大、去密留匀。"

"打号后就可以砍树了吧？"

"理论上是这样，不过还有不少细节。打号不是一打了之，还要回测，确保留下的树木有足够的生长量。好不容易种的树不能因为我们的大意造成损失。我们要按着株树和蓄积双向控制的原则复盘，确保不超采。打号常常与其他环节互相衔接，招标确定承包抚育工作的施工队，签署施工协议，培训伐木工人等，或提前或同步都要整体推进。分场技术员、营林区主任在抚育阶段会多次到现场检查，林场营林科的技术人员还要复核，至于我们施工员监督检查是义不容辞的责任。"

小曹不停打号，我俩边干活边聊天。好几次树冠上的松针、鸟粪落在我们的脖颈里。出现这种情况时曹紫朋就用毛巾帮我清理，他自己也摔打几下继续干活。

"有一次干活时我惊动了树干上的一条蛇，它猛地逃跑吓了我一跳。"曹紫朋回忆自己的往事，说完瞅着我龇牙笑起来。

"有难忘的记忆吗？"

"不少。我刚入职时张彬师傅带我，那年他47岁，初夏时他带着我在山里打采伐样地。干着干着我发现他老捂肚子，就问他怎么了，他说肚子丝丝拉拉疼，我劝他下山瞧病，结果师傅看了我一眼没吱声。我明白，这里的活儿到了扫尾阶段，他一准儿是要完成任务再去瞧病，这样想着我就没再劝。他坚持着把这片林地的活儿做完才去的医院，医生确诊他患了阑尾炎，说本该早来，耽搁得已经化脓。后来医生为他做了微创手术，本来一周就可以出院，结果他住了两周。"

裁一片绿影
送给你

"是不是有点儿不值啊？如今是和平年代，交通也方便，为啥非把小病拖大呢？"

"是，也不是。这就是塞罕坝的精神传承。完成林场交给的任务对我们普通职工来说就是使命，撂下没做完的活儿心里不得劲儿。"

"本来住院一周就可以，反倒住了两周，是不是损失更大？"

"那不一样啊！如果打号没做完去医院不是误事了？咬牙坚持一下，抓住时间圆满完成任务心里踏实。"

"嗯，那倒是！"

"塞罕坝人就这样，一代代坚守60年了。"

"你在工作中有过不愉快吗？"

"怎么没有？去年在长腿泡子伐树时就闹过一出，就是你上次和我打号后发生的事。本来技术规程里有'伐根为零'的规定，或许与松针过多有关，我发现一名伐木工在作业时留的伐根过高，明显地浪费资源。我制止时他有些不高兴，强调客观原因，和我顶撞起来。施工队长严厉地批评他，要扣他的工资，后来他认识到了自己的错误。我再次向他强调了技术要点，最后他转变了态度。"

这个话题有些沉重，我俩停下手里的活儿站了一会儿。

从去年早春到今天，距我上次进山已经一年多了。行走在熟悉的林地里，我发现眼前的林地变了模样，过去树木过于稠密，树冠下部的干枝乱蓬蓬的，经过森林抚育明显清爽了。

先前林地上的病死树和孱弱的树都被清理，地上的枯草也不见了，取而代之的是更为整齐的林相，阳光照进树林，林下的花草很繁茂。

太阳从树梢上缓缓上升，慢慢爬上中天，再跃升到头顶上时曹紫朋招呼我下山。林缘草地上的露水已经消散，看到经过抚育的树林不再蓬头垢面，我一身轻松，观看路旁的野草也就从容些，那里有黄花乌头、金莲花、地榆和五味子，更多的都叫不上名字。

不一会儿我俩走上羊肠小道，愉快地踏上归途。

爱杨

杨树是自然界里我最为熟悉的树木，我把它看成我的朋友。在我熟悉的树木家族里它质朴随意，没有架子，我和它像那种什么话都可以说，不隔心的朋友。

杨树家族很大，不知底细的人很可能以为这是随便说的，而明白人知道，杨树家族的确大得很，不从事这方面业务的人认不清，不按派、种、亚种、变种、变型区分几乎难以辨识。按"派"区分，杨树有白杨派、大叶杨派、青杨派、黑杨派和胡杨派等。仅从其中青杨派的小叶杨来说，又有短毛、塔形、弯垂、毛果、垂枝、菱叶、扎鲁、宽叶、辽东、圆叶、秦岭、洛宁等多个小叶杨品种。当然，这只是一个动态的分类，事物总在发展，不可能穷尽。地球上好些地方都有杨树生长，尤其在我国北方地区，道旁、村旁、水渠旁几乎到处都是。

杨树家族里有一种"响杨"，它给我的印象很深，原因是它会"拍巴掌"。老家村后的高地上有一株特别粗壮的"响杨"，晚秋时北风吹拂下它会整天在空中"拍巴掌"，声音山响。住在西山时我家院子里也有一株这样的杨树，起风时哗啦啦响。

奶奶判断风的大小往往靠它："哦，好大的风啊，得收拾房顶上的萝卜干子了。"她仰望着高大的杨树常常这样叨咕心思。

毛白杨是一种很有灵性的树。它们的树干上长着形态各异的"大眼睛"，那是它们在修枝后的成长中留下来的，机缘巧合地长成各种样式的伤口，酷似人的表情，有的怒目，有的睥睨，有的垂泪，有的微笑，像怀着不同心思的人。

不少长在路旁的杨树伤痕累累，是被车辆撞破了还是人为损毁？是头顶上那些可恶的天牛和美国白蛾在啃噬头发？我凭自己的心思揣摩它们，就像"子非鱼，安知鱼之乐"似的莫衷一是。树干上的"大眼睛"是它们的枝丫被砍后的自然形态。树干被暴风折断常常结束性命，断裂的茬口白骨一般，看着让人心痛。树木不会思考，它们的生存秘籍是适应。

相对来讲，杨树的树冠比一般树种要大，好多品种的树冠都枝丫疏朗。它们开合角度大的特点使得每一片树叶都能够采到足够多的阳光。叶片大而肥厚，光合作用发挥得好，生长自然快。生长快出材多，便成了北方城乡绿化的首选树种。我常年做林业项目，知道乡间的老百姓喜欢它们，在造林树种选择上把它们作为主栽树种，这与它具有的特性分不开。

我自己感觉京津冀地区的人对两样大路货比较亲近，蔬菜中的大白菜是一种，树木中的杨树是一种，原因是它们在我们的生活中占的比重大。大白菜经常吃，杨树产材多，用途广，它们虽然寻常，却对我们的生活帮助很大。

裁一片绿影
送给你

我和同事们在工作后常常说起杨树。有些城市里杨树栽多了一些，人们便说它"一树遮天"，言语里含着厌恶的情绪。特别是在大城市，当雄株与雌株混植时，母树春季飘絮常常惹人诟病，尤其是过敏体质的人更是把自己患病的罪过推到白杨身上，抱怨和记恨它，呼吁尽早砍除。其实这样的认识有些冤枉杨树。花粉飞絮致人过敏，选择雄株栽植就能避免。杨树听从人的安排，怪罪它没有道理。好多人不知道树木也分雌雄，不分青红皂白地埋怨杨树，甚至刻意毁坏它们，这是一种愚蠢的行为。林业科技人员认识到自己的责任，在城市的闹市区种树时多选择雄株，使杨树花期飞絮的情况有了改善。

今年春夏之交，我去张家口坝上时发现那里的杨絮格外多，与那里的林业技术员说起这事，他们说也注意到了，认为这是气候和降水等因素影响的结果。杏子、苹果等果树每个年份结果有多有少，人们称之为"大小年儿"，杨柳飞絮各个年份不一样，也是这个道理。

同样让杨树背黑锅的事外邦也有发生。记得一位作家写文章引用苏格兰的一个传说："耶稣受难时所用的十字架是用白杨木做的，所以白杨自此以后永远在发抖，大约是知道自己罪孽深重。"作家认为这很不幸。其实耶稣受难的十字架是人做的，罪孽在人，将其推到杨树身上有何道理？人祸汹汹，并不关杨树的事。

较量

　　雄鸡叫过三遍后，特四从睡梦中醒来。起先他磨蹭了一会儿，然后起身靠在床头上。他扭头看看窗外，透过薄薄的红蓝白三色条纹窗帘，他感觉外面雾蒙蒙的。天亮是亮了，只是不见阳光。他伸着懒腰，嘴里发出嗯——嗯——的长音，把妻子门培弄醒了。她扭头瞅着他嗔怪地说："你这人真是，咋睡得晚反倒起得早呢？"

　　"起床吧。醒了我就想起昨天那件事，倮夯这家伙真可恨。"

　　"可不嘛，好端端的一片杂树毁在他手里了。"

　　"最可恶的是把那么多的树剥皮，难为他下得了手。"

　　门培眼下也躺不住了，她挺身坐起，没做片刻停留就直接拿起床边板凳上的上衣披上，接着特四的话头说："反正我们上报到森林公安局了，他就等着判刑吧！"

　　"真不愿意看到这样的结果，日子过不上来吗，非要砍树！"

　　"他不砍树能种茶吗？谁知道普洱茶价格会高到今天这地步！"

裁一片绿影
送给你

"嗯……"

几句对话后，他俩又一次听见鸡窝里的鸡子闹腾起来，估计它们要出窝等着主人来撒米。意识到这一层的一对夫妻先后下了床。

男人特四现任西双版纳州勐海县苏湖国有林管护站站长，妻子门培是管护站里的一名员工。他们从睡醒到现在议论的这件事情很让他俩心里添堵。勐海县林业局公示了和他们同一个民族的僾尼农民保夯毁坏森林的事情，抓人的事马上就要发生。

云南是一个少数民族最多的省份，大约有26个民族，而西双版纳就有13个，特四他们的管护站8位员工竟有4个民族，算得上民族大家庭。虽然每个民族各有各的文化传统，服饰有区别，习俗有区别，可对于长久不在寨子里生活而在单位工作的人来说已经大致同化了。虽是这么说，就要被抓的保夯是僾尼人，特四和门培一直为本民族的兄弟犯法感觉不安。

昨天，一个多么风和日丽的早上啊，早饭后特四招呼布朗族员工黄大成，傣族员工玉儿西丽一同出去巡山。特四自己是哈尼族，妻子门培也是。现在他们都穿着单位统一配置的迷彩服，出门后向着雷达山方向进发了。

亲爱的读者朋友，我虽然不是护林员，可我多少次到过山里的森林管护站，也多少回跟随他们巡山，所以对巡山的情况多少还是了解一些。您要知道，这工作起初感觉还不错，拿上一件工具比如镰刀走进山里，满目青翠，鸟语花香，流水潺潺，空气新鲜。这些都是城里人向往的美景，让人感觉新奇而惬意。但是日复一日，年复一年之后，你就会感觉到它的单调和乏味。如果再遭遇一些诸如蚂蟥叮咬、野兽追逐、同盗木贼发生冲突等事情，你就不会像刚开始那样屁颠屁颠地欢呼雀跃了。

就比如这一回吧，特四和他带领的三位员工起先骑了两辆摩托车，到不能骑行的地方就撂在路旁徒步进山了。他们每个人手里都拿着镰刀，背着水壶和干粮。林间温度适宜，艳阳高照，大家的心情都很愉快。现在正是三月中旬，要是北国的漠河一准儿还是冰天雪地呢，可西双版纳早已经春暖花开，高大的羊蹄甲花开得正旺盛，风铃木和含笑树都蓬勃生长，林间隙地上一棵棵海葵叶片伸张，铁芒萁、三叶草和丝毛草也都铆足了劲头生长着。一年一度的泼水节的热闹氛围已经过去，管护站的每个人都收了心，开始塌下心来护林了。

傣族等少数民族地区虽然早已经不再刀耕火种，可是某些人的传统意识还不时复燃，加之这几年勐海这边的茶叶产业如火如荼，价格持续走高，总有一些农民怀着侥幸心理毁林开荒种茶树。这对于全域列入天然林资源保护工程区的西双版纳州景洪市、勐腊县和勐海县各个国有林区的管护员来说，任务更加繁重起来。

眼下，高大的木荷、云南石梓和含笑树的树叶洒满阳光，片片油绿，亮晶晶的。缠绕在小灌木上的山扁豆和攀爬在高大

裁一片绿影
送给你

乔木上的鸡血藤的嫩梢也长出更多嫩叶。天空瓦蓝瓦蓝的，知了叫个不停。不时有林鸟掠过树梢，招来高空的雄鹰向下俯冲。林道上的紫茎泽兰是典型的外来物种，不知道什么时候侵入到勐海来了，它的竞争力格外强，长势旺盛，如今已经在这片林地的边缘蔓延起来，几乎把林间小道占满了。特四和他的工友们一边走一边用镰刀斜着砍伐它们，紫茎泽兰一片零落，伤痕累累。现在他们四个人顺着发白的羊肠小道前行，脚步声和说话声惊扰了隐藏在灌木丛里的山鸡，不远地方不时传来噗噜噜的鸟雀起飞的声音。

队伍打头的自然是特四，这个哈尼族汉子今年已经45岁，他黑黑的国字脸，黑脸膛，单眼皮，阔嘴巴。平时不苟言笑，给人一种不怒自威的印象。他17岁参军，在云南河口边防检查站看护中越大桥，三年后退伍到勐海县林业系统，先在木材检查站工作，不久来到苏湖管护站。所做的工作不是检查就是管护，无论职务高低，天生就是个管人的人。

眼下他们已经跨过山谷里的溪流，穿过密林，来到了森林的边缘地带，一个离格朗和乡帕真村不远的地方。走着走着，他们猛地听见林子里传来砍树的声音，四个人本能地原地站定，屏声静气，判断着声音的方位。此时，黄大成、玉儿西丽和门培三个人不由自主地把目光投向特四。特四这会儿脸色更黑了，他告诉大家，今天我们遇上情况了，我们分拨行动，大家要多加小心。之后他做了分工，安排黄大成和玉儿西丽一组，让他们从左侧包抄过去，自己和门培一组从右侧包抄。工友们点头会意，之后就行动了。

山里砍树的声音一般能传出去很远，他们知道真正砍树的地方与他们还有一段距离，因此他们起先并没有放慢脚步，而是在森林里快步前行，待到声音越来越清晰时才放慢了脚步。越走越近，从树林的间隙里都能看到那个挥舞着斧头砍树的人了。

"不许动！"待到距离砍树的人几米之遥时，特四冲着砍树的人大喝一声。

"哦？"正在聚精会神砍树的人停下来，本能地从嘴里发出这样惊愕的声音。

"你是哪个寨子的？叫什么名字？"

"我……"这家伙用眼睛瞟了一下四周，发现特四的个头不高，身材单薄，身后只跟着一个矮个子女人，心里一下子镇定了，"哪个寨子关你什么事？"

"我们是苏湖管护站的，你怎么私自砍伐国有林？快住手！"

"你看不到这地方的树木都死了吗？不知道是谁剥了它们的皮，我是砍死树，犯什么法！"他梗直脖子，站在原地和特四说话。

"怎么证明这树皮不是你剥的？"

"我没有剥，不知道是谁干的。"

裁一片绿影
送给你

"上次我们就发现了，只是没有抓住现形，你抵赖也没用。"

特四和砍树的人交涉的当口，黄大成、玉儿西丽已经站在那人身后。特四看到了，那个家伙没发现。

"再问你一遍，你叫什么名字？"

"我凭什么告诉你？"

"不要狡赖了，现在你砍树没错吧？"

那家伙看似嚣张，其实心里有鬼，并不想过分纠缠，虚张声势的目的是想逃跑。他佯装冲向特四，没跑几步却奔着自己摩托车的方向跑过去。特四和黄大成看出了他的想法，说时迟那时快，特四与对面站着的黄大成使了一个眼色，黄大成立刻从背后扑上来，一个箭步把那人按倒在地，同时大喝一声："老实点儿！"

这一突然出现的情况把那家伙弄蒙了，看看对方人多，自己难以逃脱，嚣张气焰立时熄火，脸上表情变得非常迅速。他先是凶狠暴躁，后来泄气打蔫儿，最后蹲下来抱肩缩头，不再说话。

看着对手已经认怂，特四继续审问，安排黄大成用手机设置着的"勐海县森林巡护系统定位终端"对破坏地点进行坐标定位。

黄大成看着手机屏幕喊着："坐标，横0649750，纵2416312。"

玉儿西丽和门培也拿着自己的手机看起来，呼应着肯定了黄大成的数据。

按着"一键上报"要求，黄大成把信息上传到勐海县森林执法大队去了。

下一步，他们手捧GPS仪器，沿着被毁林地的边沿走起来，又逐一清点树墩和被剥皮的树木，确定了毁坏林地的面积和被毁林木的株数。

忙碌的取证工作让这位砍树人看得眼睛发直，他不再嚣张，如实交代了自己毁林的动机、村寨和姓名。

事实已经弄得很清楚：砍树人自报姓名保夯，西双版纳勐海县格朗和乡帕真村僾尼农民，为了种茶树在雷达山路边侵占国有林地砍树，毁坏疏林地20亩，其中给树木剥皮200株。

随即，特四安排门培与玉儿西丽两个女同志给保夯宣讲他破坏国有森林的性质，问题的严重程度，向他宣传了《森林法》的有关条款，警告他停止砍树，听候处理。

勐海县森林执法大队接到了苏湖管护站的"一键上报"信息后迅速出警，到达现场后进一步核实保夯毁林种茶的事实。之后迅速立案，在帕真村和相关地点张贴了"森林案件公示"。

这类案件2018年春季在特四他们的苏湖管护站发生了三起。保夯、三大和二戈三个毁树种茶的人全部来自僾尼村寨，他们先后被抓判刑，得到了应有的惩罚。

自此，勐海县苏湖一带新一轮砍树种茶的嚣张气焰被压下去了。

裁一片绿影
送给你

望天树精神

　　在没有深入且带着研读意味走进热带雨林之前，我对很多树木的理解是粗浅的。比如我喜欢白杨树，欣赏它具有伟岸和正直的品格，为茅盾先生的《白杨礼赞》所陶醉。又比如我赞美松柏，欣赏它不畏严寒、凌风傲雪的风格，为陶铸先生的《松树的风格》所感染。也读过不少作家歌颂树木的美文，感觉他们那些把树木人格化的描摹手段的确高超，令人佩服。不过，在见过西双版纳的原始雨林后，尤其被望天树的精神感动，它给我心灵的冲击力无与伦比。

　　望天树长得什么样？它有怎样的品格呢？

　　我没有见过幼年阶段的望天树，也没有见过青年阶段的望天树，我和它素昧平生，第一次相见就直接见识了已经成年的望天树。它们站立在一望无际的绿色海洋里，地上青苔一层，野草一层，灌木一层，乔木一层。这样说不一定准确，算是一种大致的区别吧。这些旁的树木无法企及的半空才是望天树独有的世界，墨绿色的树冠像雨伞一样笼罩着雨林群落，你说它们有多高？走在蓊郁、阴暗的林荫道上，我和来这里的所有人一样仰着脖子往天上看，起先我看到了那些凌乱的、分不清楚归属于哪条树干的枝叶，看到了阳光被密集的枝条切割成斑驳跳荡的星光，最后才看清了一坨浓郁的绿云，那就是望天树。在脖颈酸楚，有点眩晕，简直就支持不住的时候，我明白了人们管它叫望天树或擎天树的理由。

在我看来，望天树之所以如此高大，首先是因为它生长在西双版纳的热带雨林，如同高原上的高峰一般。也就是说，它有基础的优势。自然，这种高不同于一些长在巉岩绝壁上的松柏和高原上的云杉，这里的高是指它在汪洋恣肆的热带雨林里"鹤立鸡群"。它俯瞰着的那些林木宛如画布上的底色一般，起着为它打底和衬托的作用，然后才是望天树横空出世。你要知道，基础好坏是不一样的。用唱歌打比方吧，它是属于专业团队里的顶尖歌手；拿打篮球说，它又是专业球队里的先锋人物；也就是说，它不是零星的、分散的、孤零零的，它是在竞争中脱颖而出的骄子，是羊群里的骆驼。

我没有天长日久与望天树厮守的福分，短暂地观察后，我想到望天树之所以被称为雨林巨无霸，有外部优势，也有内部优势。它生长在湿润沟谷和坡脚台地，在独特的自然环境中造就了生长的强势地位。经过长期的自然进化，它没有因出人头地而故步自封，没有在低矮的层级里因迷失信念而踟蹰不前，它坚守着，向着阳光的方向一路前行。它定力十足，不惧电闪雷击，心无旁骛地埋头生长。我感觉它应该摒

裁一片绿影
送给你

弃过旁逸斜出的欲念和冲动，也摆脱过不知道多少寄生与附生植物的纠缠，它一门心思地把所有精力都内化成了蓬勃向上的动力，一鼓作气地超越了不知道多少野草、灌木和小乔木的生长速度。它义无反顾，专心致志地奔向自己的目标，不达目的绝不罢休。否则，它的树干怎么会几十米高都不长侧枝，把自己塑造得这么浑圆通直？

上百种共存于热带雨林里的植物，哪一种不是怀着生长和传递基因的本能参与竞争呢？譬如那叶尖如刀刃一般坚硬的山蕨，那些只要发现阳光从"天窗"里投射下来就试图把身体挪移过去的山草和野葵，还有各种凭借寄主生存的绞杀榕、蟒蛇一样扭曲翻滚着躯体的藤萝，它们哪一个没有抱着挤占生存空间的动机？"万类霜天竞自由"是自然法则，谁都要存活，谁都要生长，谁都须传宗接代。问题是谁会最终胜出？内因重要，外因就不重要吗？有优秀的基因和品质，有机缘巧合的外部环境，才能在残酷的竞争里平步青云。我没有打小就跟踪望天树的生长，可我从它那一干冲天的结果看出，望天树应该具有超越他物的优秀品性，又遇到了旁物所不及的优越条件，所以才成就了它高俊挺拔的地位。在众多植物群落里，它是完全可能在20米、30米乃至50米的高度停下脚步的，就算没有沾沾自喜，也足以安慰自己独领风骚了。可它没有，它是勇往直前的，生长再生长，在密不透风的绿植群落里从未停步，总是积极向上，直到最高。自然它也有局限，也不是地球上最高的树，那是土地、根系等不知道多少因素造就的结果。但在西双版纳森林里，它是王者。

要是在北方的森林里，这样疯长一准儿它会长成"豆芽菜"的，如果那样，命运的结局自然是枝丫劈裂或主干折断。但热带雨林不是这样，这里没有足够强大的风，安静的气流和足够的降水为各种植物提供了优越的外部环境。望天树是其中的一员，丰沛的雨水造就了它稳固的板根结构，为支撑树干耸入云天的生长，它牢牢抓住山石和土壤，进而保证了枝丫伸向蓝天时整棵大树坚定稳固。树干高一寸，板根壮一层。树高千尺依赖根，脚踏实地筑牢了它葳蕤挺拔的坚实基础。

我以为，见过望天树的人是幸运的，而且越早认识它对自身越有好处。在我眼里，天然林是一本书，原始热带雨林是一本书，望天树虽然只是一种树，却依旧具有教科书的意义。看看它，我们会明白很多事。望天树身上蕴藏着的品质和精神对我们有益：它的板根结构告诉我们做事要脚踏实地，心无旁骛地成长提示我们要坚守信念，勇往直前向上的精神告诉我们明确了目标就要一以贯之地追求下去。如果我们具备这些品性，收获出类拔萃的结果还难吗？

裁一片绿影
送给你

克里木和他的工友们

　　伊犁的正午时光北京时间该是下午两点钟，红彤彤的阳光照耀在阔克苏河面上，那里蓝晶晶的水波上泛着鱼鳞一样斑斓的光带。我站在河岸，观看着河道里大大小小的鹅卵石，还有稍远的岸边长着一片白杨树，树冠上是迎着阳光闪烁光芒的叶片，个别凋零的树叶在微风中打着旋儿，落在河面那一刻被水流冲走。再远处是一片山，浅阴坡上存着少量白雪。看得出那是高山牧场，山坡褶皱不深，有点儿像丰腴的象皮。阳光照耀在草黄色山岭上，传达给我一种舒适温情的印象。走到近岸，我发现河道里有三四块棱角分明的巨大石块，也不知道它们滚落到这里有多少年月了。按说在河水冲击下应该圆润起来，可是没有，说明它们来到这里的年头不长。今年的丰水期过去了，这从河水平静的状态能够判断出来。人们告诉我，这条河的下游是伊犁河，经过伊犁河后流入哈萨克斯坦境内。

　　天山西部国有林管理局特克斯分局下属的"绿森苗圃"就坐落在河边。我们到苗圃时，田野上正飘荡着一个男人的歌声。它来自不远处的平房，我询问带着我参观苗圃场的老张这是什么歌曲，他说是哈萨克民歌《黑眼睛》。说着，他还附和着那歌曲的节奏轻轻地哼唱起来。

我一边走一边听，远处的和身边的，感觉曲调很好听。我询问老张歌词的意思，他告诉我是歌唱爱情的。说这句话时，他像变了一个人，口吻一下子变了，字正腔圆地朗诵起来。

　　你还在独自徜徉吗？我的红花，你还好吗？你那如月色下湖水般悠悠的眼神，是否仍抛开一切，在独自徜徉？

哦，多么浪漫的歌词哟！我赞美着，踩着高出地面的田埂加快脚步循着歌声走去。

原来，房间里有一个哈萨克男人正躺在床上唱歌。我们的脚步声打扰了他，见了陌生人他马上坐起身来。

老张抢先和他打了招呼："是克里木啊，你好！"

"场长好。"

"唱得真好。"

"哪里，哪里，唱着玩儿呢。"

寒暄后，张场长把我介绍给克里木，握手后我说明来意。

这位50多岁的哈萨克汉子很热情，他带领我们沿着平滑的土路走进苗圃。我们边走边聊，听他介绍苗圃的情况。新疆给我的印象多是干旱的沙漠和戈壁，可这里的土地还不错，树苗长得很茁壮。

克里木告诉我他是"林二代"，一直在特克斯林场工作，年轻时候做采伐工，近年来主要育苗了。妻子原来也在这里上

裁一片绿影
送给你

班，前些年苗圃实行企业管理时允许职工提前退休，那会儿她办了退休手续。他大儿子师范大学毕业后找到了可心的工作，他感觉很自豪。一家人衣食无忧，已经提前过上小康生活。

"阔克苏河畔这一片是老苗圃，2014年适应天然林保护工程需要在不远处开辟了一片新苗圃地，新老苗圃共计420亩。"张场长向我介绍。

我们聚在一起说话时，克里木的工友艾塞提走过来，大家认识后接着往前走。我看到苗圃的每一块苗床的地头上都插着木牌，上面写着苗木名字。我用本子记下它们，有雪岭云杉、樟子松、大叶白蜡、白桦、黄波楞、刺槐、山桃、卫矛、疏花蔷薇、火炬、丁香、锦鸡儿、野苹果、连翘等。我们在一块五角枫苗圃地停下来，那些苗木高不足一米，树叶即将落尽，黄里透红的叶片在正午阳光的照耀下很好看，个别的在飘落，在空中追逐打滚儿，三下两下落在地上。我喜欢用树叶做书签，便随手捡起一片夹在笔记本里。

我们聊起苗圃的生产和销售情况。张场长说，特克斯这地方属于温凉半干旱山区，昼夜温差大，降水充沛。阔克苏河岸边土壤肥沃，适合建设苗圃。分局坐落在八卦城，交通和信息都便利，为苗圃发展奠定了很好的基础。天然林保护工程实施后，新疆各地苗木需求量增加了，"绿森苗圃"上百个品种和不同规格的苗木远销到了天山南北。

苗圃场40多名职工分别属于哈萨克、维吾尔和锡伯族等好几个民族。民族虽然不同，但有不少职工来自新疆林业技工学校，教育背景一样，生活习惯都同化了。我们走了一会儿回到场部附近，克里木的工友们围拢过来，合影时呼啦啦来了十几个人。我怕记不住他们，就让克里木在我的笔记本上写下他们的名字。他们是阿布都·克里木、玛丽娅木、帕提古丽、沙依甫·加玛丽、阿布都·热西提、艾塞提等。

后来我想起需要了解一下他们培育雪岭云杉苗的技术，就和克里木提出来。他略作停顿，瞅着大家说："还是大伙儿一起说说吧！"须臾，他又看着艾塞提，"艾塞提，还是你先起个头吧！"

从容貌上看，艾塞提该有50多岁。现在他被克里木点名，显得有点儿腼腆，瞅了一眼克里木不说话。他的眼窝很深，鼻梁很高，面相很"老外"。他微笑着，轻轻晃了一下脑袋才张口说话："嗯，说起来挺费工夫的，第一步要去江布拉克的山林里采种子。"

克里木接过他的话茬："对，说育苗还真要从采种说起。这个事情都是从先年的9月开始做。男职工爬树打松塔，女职工在地上收拾，最后收集起来运回苗圃。"

沙依甫·加玛丽头发花白，眼窝很深，这位老职工很爽快，微笑着说："采回来的松果要找平地晾晒，自然风干。待到松塔开裂，种子蹦出来时再把种子和松塔分别归置起来。之后用筛子筛几遍，按每千粒7克的标准选择优良种子储

裁一片绿影
送给你

存起来。"

"喔，种子太小了！"我这样说。

大家的热情开始高涨，七嘴八舌议论起来。

帕提古丽说："第二年5月根据天气情况安排育种。要事先整地,边整地边在育苗房里浸泡种子。"

"这会儿还会发现秕种浮在水池上面，要进一步去除它们，把剩下的饱满种子泡三天，泡的时候要用高锰酸钾。"艾塞提补充说。

"浸泡催芽儿的过程在房里进行，中间要生火增温，室温达到20度以上发芽最快。"阿布都·克里木接着说。

年轻的玛丽娅木也加入进来："要经常去房子里观察，种子开口了，看见嫩嫩的芽子露头那会儿真高兴。待到种子七八成冒芽儿时，就可以播种了。"

"以后的工作还很多，浇水，间苗，移植，直到出圃。"帕提古丽笑着说。

我说："你们是真正的园丁啊。"

大家笑了。育苗的话题让大家情绪高涨，气氛活跃多了。

我接着说："你们能歌善舞，哪位能为我唱一首歌，或弹奏一首熟悉的曲子？"他们或许没有想到我会有这样的提议，你瞅瞅我，我看看你，没人表态。特别是女职工们，都把笑脸埋进自己的围巾里去了。推让一番后还是克里木说话了，他建议艾塞提弹奏一曲冬不拉。我知道艾塞提腼腆，担心他不答应，结果出乎我的意料，他竟笑着转身走了。

我正在不明就里时艾塞提回来了，原来他是去宿舍取冬不拉去了。他坐下来，叮叮咚咚地弹响了。

这时候我发现，在他弹奏的同时在场的其他人都跟随音乐唱起歌来。随着旋律和节奏，有的人甚至情不自禁地跳起舞蹈，欢快的气氛弥漫了整个房间。

　　小伙儿不跳黑走马，

　　英俊潇洒哪里来？

　　姑娘不跳黑走马，

　　爱的心房谁打开？

　　婚礼没有黑走马，

　　欢乐气氛哪里来？

　　优雅舞姿着人迷，

　　甜蜜爱情如花开。

　　来来来，黑走马，

　　咱们一起跳起来！

弹奏结束，歌舞停歇。我发现，克里木和他的工友们每个人的笑脸都红扑扑的。

我问克里木："什么歌曲啊这么好听？"

没想到，克里木和他的工友们竟异口同声地喊起来："黑走马！"

"哦！真好听！"我说着赞美的话。

裁一片绿影
送给你

一曲结束，克里木又带头唱起了《我们新疆好地方》来：

我们新疆好地方啊，

天山南北好牧场，

戈壁沙滩变良田，

积雪融化灌农庄。

来来来来，

我们美丽的田园，

我们可爱的家乡。

……

这一回连我也跟着唱起来。瞅一眼那些民族各异、相貌不同的人，我发现他们个个心满意足，笑靥如花。

离开"绿森苗圃"时太晚了，以至于原本要去县城看八卦城的安排都落空了。

清晨，我与岐山湖对话

一

　　山野里的睡眠总是香甜。静谧的岐山湖宾馆里，刚一睁眼，目光便与红彤彤的阳光相遇了。定定神，伸一个懒腰，走到窗前才看清四野有淡淡的雾岚。几株杨柳很高大，庭院中心的荷塘在树枝遮挡下一块儿明亮、一块儿晦暗。远处的山脉有些朦胧，稍远处的白色大理石观音菩萨雕像看得还分明。

　　约了同住一室的杨先生到附近走走，清晨的岐山湖景区非常凉爽。经小广场往下行，经过不多几级台阶来到盛开着荷花的池塘，花蕊的娇嫩让我有了与之亲近的冲动。我一直觉得，世界上会有不同的荷塘，却没有不同的荷花。我曾在散文《荷与邻》中呼吁不要栽荷单栽荷，种莲只种莲，最好营造荷塘时安排一些其他水生植物。当然，有水的地方水生植物往往自然萌生，用不着刻意种植，需要种植的倒是那些荷花与莲藕。可是我发现这样简单的需要常常难得，越是那些名胜级的景区却越是见不到富有野趣的荷塘。清一色的荷花莲花，规模再大带

裁一片绿影
送给你

给我的也是单一乏味。

没想到的是，我这样不算奢侈的愿望今天竟在这个并不怎么著名的岐山湖景区实现了。虽然我不知道这处荷塘的"野草"得以生存是主人刻意而为还是没有工夫剪除，反正今天我在这里观赏到的荷塘不单有荷，而且有蒲草和野菱角等几种水生植物。这样具有生物多样性的荷塘我已经好久不见，所以看见它那一刻我很兴奋。"荷花都是一样的荷花"，这种说法当然不可吹毛求疵，与世界上没有相同的两片树叶的说法相似。我感觉现在不少园林里的荷莲几近被人豢养，其专宠的表现与周敦颐在《爱莲说》里赞誉的莲花品性背道而驰。不管是怎样的原因造就了这样的荷莲，它们完全唯我独尊，体现出的是种植它的人积习已久且根深蒂固的崇尚专一的理念。一片荷塘里只有一种花才感觉正常，感觉美好，也就容不得其他野草出现，认为杂草丛生会坏了规矩。

当下，我与杨先生流连荷塘，因为荷塘里面长了一些野草，它们与荷花相生并长，自然天成，哪怕只在池塘的一角。或许那些野草长得并不茁壮，但看上去却生动活泼。想必我们人类天生喜欢大自然多样性的品性吧，我也一样。

营造一个生物多样的荷塘难道难办吗？按说不难。其实连刻意而为都不用，只要有一颗尊重自然的心就好。可是好多管理者就是喜欢培植独一，习惯整齐划一，这种审美难道不是病态吗？表面上看是荷花一品独尊，实际上是培植它们的主人的观念在作祟。眼前的岐山湖畔的这片荷塘虽没有杨万里"接天莲叶无穷碧"那样博大，也不是朱熹"半亩方塘一鉴开"那般小巧，但是它这自然美的特点让我喜欢。

当下正有一阵微风吹过，荷茎摇摆，水面褶皱，肥大的叶片在抖动，白翡翠一般模样的水珠浮在荷叶凹处滚动。比荷花高得多的蒲草在跳荡，还有水面涟漪间菱角秧子在光影水波间晃动，叫不上名字的多种野草在摇摆，窸窸窣窣地低声细语，如天籁一般。耳畔嘤嘤之际我认真起来，仔细谛听才知道，不单有荷花在低语，更有包括它在内的各种植物在进行着集体的合唱。

二

岐山湖畔最有特色的景观是文化长廊，据说比颐和园里的画廊还长100多米。当地人在修造它时是否参照了颐和园里的画廊而且非要比它长？我不知道那会儿他们的心思，但我知道当地人跟我说起这个长廊时自豪地、特意地提起这一点，而且深以为傲。

从码头不远的地方起首，长廊贯穿着几十处亭台楼阁，蜿蜒起伏，蔚为壮观。在莲花桥我们遇见了也在游园的另一拨儿朋友，大家自然会合起来一起在文化长廊里行走。人们或观看旁侧的景物，或读长廊上的天花板绘画故事以及廊柱上的经典诗文。走走停停，谁也没刻意记下究竟走了哪些地方。待同

裁一片绿影
送给你

行中有人询问景区里有多少景点时，朋友们你一言我一语地说了一些自己记下的名称，最终也不知道是否齐全。烟雨楼、与谁同坐坊、玉带桥、莲花桥、邀月轩、云霞阁、留佳亭、寄澜亭、清瑶亭、澜桂轩、润泽园、寄柳桥、听荷轩、文韬阁、月来亭、云起亭等，廊桥相连，甬路旁斜，各类景观星罗棋布。

岐山湖就是这样一处近年来新开发的旅游地，在邢台市临城县境内，泜河北岸。900多年前苏轼遭御史赵挺之弹劾被贬，南迁时途经临城，在涉水泜河时曾经写下《太行山·临城道中作》的诗文，使这条很普通的河流增添了名气。岐山湖坐落在太行山南段的丘陵地带，人们从岐山湖引水，在丘陵山地遍植草木，立"太湖石"于园，运太行山石造景，到处怪石嶙峋，参差错落，荒山野岭一下子成了具有旅游价值的景点。

走在岐山湖的长廊里，清风扑面，畅志抒怀，想到芸芸众生，大多数的人都墨守成规，只有极少的人能够轰轰烈烈地干成一两件具有突破性的大事。心里有这样的思考，便非常钦佩开发这个叫岐山湖景点的人。无疑岐山湖的投资者正在做着一项"化腐朽为神奇"的事业，他们靠自己的智慧和财力重新装点江山，本来是一片浅山丘陵，经过规划设计，利用岐山湖的水，开发附近的山，已经初步营造出一处老百姓游山玩水的山水胜景。他的举动顺应潮流，利国利民，自己也能创业致富。看似经济之道，也体现了开发者的眼光。市场经济已经激活了各层面的神经，资本具有天然的增值属性，它会扫描一切领域包括旅游业进而让自己更加强大。无疑，岐山湖北岸的开发是我国社会转型阶段启动开发的。我从宾馆住宿热闹情况看到这里周末已经一房难求，可见投资者很有眼光。我相信经过进一步的造势宣介，在泒河边上打造一个有影响力的近水公园指日可待。

三

在岐山湖里游湖实际上就是坐船看风景。一湖碧水被大坝挡在三面环山的凹地，形成了一片近800公顷的浩瀚水面。今天我们游湖时遇上阴天，已经有了下雨的迹象。眼下云低水暗，白鹭低飞。我站立船头向上游的水道远眺，或远或近的苍山朦胧一片。

船行数里后，我走进船舱与舵手去聊天。询问有关岐山湖的情况，他没有拒绝我，还非常健谈。舵手老赵就生在附近的西竖村，打小长在泒河边上，过去没少做抓鱼捕鸟的事，长大后种地，偶尔也做"靠水吃水"的营生，岐山湖开发后来到这里从事游船的营生已有十年。

说起岐山湖的历史，看得出老赵有点沉重："唉！把它叫岐山湖是承包商开发旅游的噱头，其实就是临城水库，也叫西竖水库，那会儿是根据我们村名叫起来的。修它时可不容易呢。20世纪50年代末期正是国家三年困难时期，人们饭都没得吃，上级调集全邢台地区的社员修水库，难着呢！当时人们总体上觉悟高，都积极主动报名出工。不过也有人不愿意来，对他们这样的人，各级干部采取了措施，我们附近的公社是把他们的家属拉到工地参观，你想哪个男人愿意让自己的老婆去工地参观？于是都服从安排，带上简单的行李来到水库工地。修水库、挖土、运石头，工程量非常大，冬天也不停工，天寒地冻，滴水成冰，在没有机械的情况下全靠人海战术！工地上红旗招展，热火朝天。为了大干快上，大喇叭整天广播好人好事，激发人们的热情。人们身背肩扛，凭借"人定胜天"的信念最终修成了这座水库。可是代价太大了，由于活计重，缺粮食，不知道死了多少人！"说完，老赵似乎意犹未尽，目不转睛地盯着我看了好一会儿。我想他一定是沉浸在回忆中出不来，也就不吱声地看着他。片刻后，老赵开始拨了一下速度杆，我们的游船"飞"得更快了。

望着老赵的脸色，看他发泄似的提高了船速，我脑海里突现一个念头：几十年前邢台地区大范围抽调社员修筑的公共资源，几十年造福一方百姓，如今却在改制中被承包，有多少头脑灵光有经济实力的能人买断或承包了它们？由计划经济转化为市场经济，由国家或集体组织管理到个人管理，转型是宏观的，财富剥离却是具体的，有谁能确保千人千面的社会公平，或说拍卖是为了创造财富，或质问创造出来的财富归谁所有。改革与转型，被认为是一场革命，是一场重新洗牌，有谁能神机妙算让所有社会成员都举手同意？呼啦啦的一阵，相对的公平正义，即使今天还在阵痛，还存有抱怨之声。看看眼前的这片水面，想想当年那些修水库的社员饥寒冻馁，甚至为它献出生命，现在又有谁能撕捋清楚？

风景都是一样的风景，岐山湖上也不例外。本是游山玩水、寻求快乐陶醉的地方，谁会在意多少年前的陈年烂谷子？你看，满船人多么兴奋，多少欢声笑语！人民公社体制下"一大二公""一平二调"的火热生活和让人疼痛的记忆都已经远去，唯有这一方水土依旧。毫无疑问，它们已经不是过去的水土，山改变了模样，水改变了模样，造就这一方优美环境的人们大多走进"万世空"里去了。

眼下正是盛夏，过去的西竖水库，今天的岐山湖风景如画。每一位来这里的人都在安享山水之乐，陶醉在轻松快乐的时空里。

早饭后我就要离开这里，临行前我想再看看带给我诸多思考的地方，利用清晨时光，我要再次看看岐山湖，看看那浩瀚的水面，我登临过的码头，停泊在岸边的游船。我要和这里道别，和这里的一切，包括淹没在水下的沃土说会儿话。

一轮红日已经从地平线上升起，映照在水面上形成的斑驳光亮在跳荡，它让我想到人世里的有与无、虚与实等诸多的矛盾对立。作为一个普通人，每天产生多少念头，说过多少有用或无用的话，做多少有利于世道人心或对立的事情？这次的岐山湖之行让我知道它今天带给人的福祉，还记住了它曾经

裁一片绿影
送给你

的壮怀激烈。仔细地品味那句"爷爷栽树，孙子乘凉"的口头禅后，我想，作为后来人无论如何不该遗忘我们曲折多艰的历史——比如过去建设西竖水库时人们流血流汗的历史，岐山湖在新的主人开发下给后人带来的幸福，以博大的胸怀对待它们才是实事求是的态度吧。学会感恩，懂得历史总是曲折前进的真谛，才会释然地放下包袱踔厉前行。

向前看又不忘记过去，只有这样，才不枉这片绿水青山奉献给我们的明媚晨光。

一个人，一匹马，一条沟

　　我到喀拉峻管护所拜访杜长江时他不在，工友们告诉我，他临时有任务进山了。

　　我站在院子里仰望大山，满眼是白雪和云杉林。俯瞰身后的来路，刚刚一晃而过的一弯水现在看清楚了，那是一条河，弯弯曲曲的流到远处去了。人说站得高看得远，其实眼界大时还能看得全。看远，说的是距离；看全，则说的是范围。从我站的地方看过去，小河蜿蜒曲折，明媚的阳光照耀在水面上，斑驳明亮。河边的低矮山坡像是修过梯田，应该是退耕还草了，现在是一片土黄色的牧地。牛、羊还有马群，这头五六，那边七八，也有单独走的，卧着的，更多的在低头吃草。我想，这样的荒地有什么好啃的呢？心里想着反正也要等杜长江回来，不如到牧场上走走，看看那些牲畜在吃什么。离我最近的几匹马颜色斑杂，栗子皮色、白色、灰色都有。我怕惊动它们，算是悄悄地走到它们身边，到近前才发现它们压根儿没有理会我。刚才在管护所院子里看到的土黄色牧地不少地方被积雪覆盖着，近距离观察才发现了那些马匹吃草的过程。它们先用嘴巴拱开积雪，轻轻地用舌头把雪下面的草窠拽出来，几乎同步地卷进嘴里。哦！真灵巧。过去听说过冬牧场，可我没怎么在意过，现在弄明白了，原来雪地上也可以放牧。这样想事的时候陪我过来的工友走近我，他或许纳闷儿我为什么那么长时间站在这儿发呆，我想他不会明白我看到了新鲜事情。

我和他聊起杜长江："你们杜所长年纪不小了吧？"

"1963年的，在我们这儿算老人了，不过身体还行。"

"我听说他在林场里做过各种工作，是一个'全活儿'人？"

"是，他在特克斯林场调查队做过队长，在采伐公司当过经理，1998年实施天然林保护工程后一直在管护站工作。"

我们边走边聊，到管护所时恰巧杜长江回来了。我们各自做了自我介绍，那工夫我看了他一眼，模样很像村干部，个头不高，黑脸膛，鼻子眼睛没有特别之处，只是嘴唇厚。他穿着一身迷彩服，一只大手握着我，我感到他的手很粗糙。

"过会儿还得上去。"他和我，也和在场的工友说，"禁牧的地方还是有人偷偷放牧。"他匆匆忙忙进楼了。

"喀拉峻是西天山向伊犁河谷的过渡地带，降水丰富，气候寒凉，十分适宜牧草生长，是发展畜牧业的好地方。"再次出发时，杜长江和我聊起他们管护所的重要地位，"这里林牧交错，林牧矛盾很突出。"

"不禁牧的地方可以放牧吗？"我这样问他。

"当然。不过，总有偷偷摸摸到禁牧区来的。刚才我就是接到举报电话上山的，结果没发现。"我们驾车跑了一段时间，发现有围栏时他指给我看，"这里就是界线，再往前就是禁牧区了。"

我从车窗往外看过去，果然有铁丝围栏，一米多高，向着远处延伸而去。

"做天然林保护这么多年麻烦多吗？"

"怎么不多？周边居民盖房子、做工具少不了用木材，他们靠山吃山的思想很顽固。我们多少回宣传，扭了多大的弯子啊！

"实施天然林保护要禁伐，再怎么说也会触及牧民利益。作为这里的第一责任人，我一度被周围村庄的人称为'公敌'！"

"有那么严重？"

"怎么没有？明明是砍树，你制止他时他跟你狡辩，说他砍的是风倒木。风倒木是啥模样能看不出来吗！

"一个叫革命西的哈萨克人，有一回从山里拉一车木头回家，在路上被我们拦住。那家伙凶得很，连马都不下，甩着皮鞭威胁我：'你少管闲事，老天爷给的风倒木，我们烧火怎么啦！'"

"怎么叫这样的名字？多大年岁？"

"今年应该40多了。父母给他起的名字，不知道什么原因。"

"那会儿我一再询问革命西，你的风倒木从哪儿拉来的？革命西依旧甩着皮鞭，牵着马缰绳在我面前打转转，小眼珠转着想主意。"杜长江扭头告诉我，"他跟我说反正不是保护区

裁一片绿影
送给你

新疆喀拉峻林区

的。最后我们把他放了。不过，经过这一回较量，他收敛了不少。"

"你得给他出路！"杜长江接着说，"冬天我派人找到革命西，帮他联系燃煤，解决取暖做饭的问题。慢慢地这家伙学乖了，现在和我关系还不赖。"

我们来到喀拉峻草原的制高点。放眼望去，我一下子想到了毛泽东《沁园春·雪》里的诗句："北国风光，千里冰封，万里雪飘。"眼下虽然没下雪，可显然气温在零度以下，满眼银白。眼前除了土路，干枯的大蓟等杂草，其余地方全被白雪覆盖着。更远的地方颜色银灰，褶皱、斑驳，再远处是雪山。远远地我看到两位牧民骑马从前面的山谷经过，很快他们就消失在沟谷里了。

天山大地上的"阴阳脸"在这里看得很分明——阴坡因为土层厚，水分蒸腾量小，适宜植物生长，主要树种是云杉和白桦。阳坡水分蒸腾量大，土层薄，植被物稀少。

现在阳光很好，我们近前的半阳坡上积存的雪融化了一些。正午时候的一小片草地出现了融雪迹象，形成了不同形状的小洞洞。洞壁翘着如同马蹄的模样，树叶儿形状，薄厚残缺难以描摹。融化后的山地露出土色，斑驳一片。这感觉有点儿像坐飞机飞临云海的情形，云彩像撕过的棉絮，投影在大地上形成一片片阴影。

不算太远处的雪地亮晶晶的，能看到大大小小的爪子印痕，它们是野生动物经过时留下的，让人想到赤狐、高原兔或旱獭，应该是它们在夜间迁徙时留下的。

再次出发时我问杜长江："在山里工作几十年，哪个阶段感觉好些？"

"天然林保护工程实施后相对好些。夏天时这地方很凉爽，漫山遍野的野花漂亮极了，比以前搞调查和伐树轻松。"

裁一片绿影
送给你

"你看！"他掰着手指头说起来，"在林业调查队任队长那八年，单位里没汽车，只能骑马上山。我最初的学历是中专，在新疆林业技工学校学习两年。1991年参加成人高考，在新疆八一农学院林学系脱产学习两年。就我这样的人在基层单位算是高学历了。干调查工作是技术活儿，很多人没参加过培训，连仪器都不会使，为了赶进度我必须边做边教给他们。我手把手地教过一个回民小伙子搞外业调查和内业设计，他叫金振国，教他学习小班调查表的计算和制图等知识，他熟练掌握了技术要点，后来成了技术骨干。"

"采伐工作有危险。伐树时是'上山倒'还是'下山倒'，留多深的'乍口'，样样要细心，就这样还不时出危险。有一年开春儿我们用拖拉机集材，由于林地湿滑，拖拉机在山坡上往下溜。有一名叫吐尔洪江·阿尤甫的职工躲避不及，被压断了两个脚趾头。俗话说'十指连心'，小伙子疼得吱哇叫，我们及时把他送到了医院。"

"在哈萨克族聚集的少数民族地区工作，语言是个问题吧？"

"可不嘛！1982年我刚来特克斯那会儿有一种感觉，总觉得自己是少数民族。"

他瞅我一眼，强调自己的感受："刚参加工作那年春天，我们搞外业调查，大伙儿下山回家时领导安排我看帐篷。独自一人住在山里，临时需要生活用品必须到附近哈萨克牧民集聚地购买。去后不能交流，跟到了外国似的，靠比画交流。从那会儿开始我下决心学习哈萨克语，以后和哈萨克工友交流时有意学习他们的语言，大胆地说，慢慢就能交流了，再后来说得顺畅了。我不敢说现在讲得多标准，顺畅交流没问题。"

路旁林缘的云杉很稀疏，一棵风倒木的树干精光，我感觉风景不错就提议杜所长坐一会儿。和老杜聊了半天好像都是难处，便问杜长江有什么愉快的事情，这回他精神了，坐在风倒木上拉开了话匣子。

"最好的时光在夏天。一个人，一匹马，一条沟去巡山。最好去卡布沙朗，那里流水潺潺，山花烂漫，有蝴蝶飞舞，林鸟儿歌唱，林间常常有松鼠出来打闹嬉戏，松涛阵阵，微风拂面。这会儿任你把马缰绳撒开，马儿也不会走远，自顾自地在山坡上吃草。你无事一身轻，选一块平滑的石板坐下来休息，挺好。"

"呵，够美！"

"你这是现实还是理想？"

"既有现实也有理想。现实呢，卡布沙朗就是这样的地方，景色优美。理想呢，毕竟不完全是这样。这么大面积的保护区一天也不能放松。往往你忽视的时候，就容易出问题。防火，防盗，防病虫害，一天不得闲。"

"现在还用马匹做交通工具？"

"也不全用，汽车、摩托车，综合运用了。其实真有时间

裁一片绿影
送给你

的话，我还是愿意骑马。"

听他说了这番话，我想，每年有成千上万人会来喀拉峻旅游，来卡布沙朗放松身心，尽情享受生活，可他们哪里知道护卫这片美景的人活得不轻松。你在大山里游玩时或许会看到护林员们骑马走在花海里，拍摄的照片里没准儿就有他们的身影。这种时候你可能羡慕他们，认为他们整天都在旅游区里很享受。可你哪里知道，他们都是肩负责任的人，心时时都被卡布沙朗的一草一木牵扯着。

星期四出生的哈萨克男孩儿

　　一路走来，山里白雪皑皑，片片云杉林。树冠上的雪团星星点点，宛如西方圣诞树上的小灯在闪烁。山坡上长着一丛丛野蔷薇，叶子差不多都落尽了。与高大挺拔的雪岭云杉对应，林缘长着一团团颜色灰暗的爬地柏。人们说，今年这里已经下过两场雪，夜间气温都降到零度以下了。果不其然，我们经过照壁山水库时，看到那里的水面几乎都结了冰。再往上走时发现，山溪形成的小瀑布冻结了粗细不一的冰凌，宛如有回廊的立柱似的，只是冰柱没有人工制作的立柱完美。不过它玲珑剔透，像白玉一样明亮。毫无疑问，这片山地已经进入冬季。

　　板房沟森林管护所坐落在山坳里。走近时我发现附近散落着不少毡房，像白色的蘑菇一样挨挨挤挤。毡房间没人走动，没有声音。看来它们并不是牧民的冬牧场，而是旅游旺季当地人专为游客准备的住处。

　　一幢二层小楼鹤立鸡群似的戳在一片开阔地上。我最先看见它，之后才注意到周围的铁栅栏和用钢管焊制并涂了黑色油漆的大门。大门的左右两侧悬挂着用汉语和维吾尔语写的木牌，一块是"天山东部林管局板房沟分局板房沟森林管

裁一片绿影
送给你

护所"，一块是"板房沟森林人家"。我心里琢磨，起先这里一定接待过游客。我知道，好些林场在没有实施天然林保护工程前经济状况都不好，需要自己找饭吃，通行的说法叫创收，"板房沟森林人家"该是那个时候的产物吧！门框上的牌匾黄漆黑字，斑驳老旧，足见年头已经不短。也有新标识，一是大门铁栏杆上固定着印有"中国天然林保护"字样的标识，中心处是山水林木的抽象图案，另一个是写着"弘扬塞罕坝和柯柯牙精神，持之以恒推进生态文明建设"的宣传牌。塞罕坝是全国生态文明建设的先进典型，举国上下家喻户晓。柯柯牙我不了解，就询问新疆林业厅天然林保护中心的刘宏清先生，他告诉我，那是新疆生态文明建设的先进典型，在南疆。过去由于过度破坏森林，县城附近经常出现沙尘暴，当地人苦不堪言，立志治理，经过几十年持续不断地植树造林改善了生态环境，被新疆维吾尔自治区政府树立为先进典型。

小院墙根下并排着几辆红色摩托车，我明白那是护林员们的交通工具。将要上楼时我发现一群芦花鸡从楼房后侧的毡房那边走过来，个个无声无息，只顾低头寻找食物。

这个管护所常年有三位护林员值守，每个人的管护面积都有几万亩。现在，他们站在院子里迎候我们，都穿着同一颜色的迷彩服，可见是统一着装了。见面时他们没有客套，却一个劲儿地说停电了，表达着不能在有电的情况下接待我们的歉意。可见基层林业单位虽然硬件水平提高了，软件的保障并不确定。大家寒暄着，一个中年哈萨克汉子和我握手，他说他叫拜山别克·哈布力。

"请问拜山别克这个名字翻译成汉语是什么意思？"我打量着他询问。

"没什么讲究，拜山别克是我的名字，哈布力是父亲的名字。我们哈萨克人的名字就是这样，一代一代顺延。拜山别克，就是星期四出生的男孩儿的意思。"

之后我们谈起他的家世。拜山别克·哈布力说："我出生在附近一个叫灯草沟的村子。父母生了我们兄弟姐妹八个人，四个男孩儿，四个女孩儿。灯草沟靠近一片戈壁滩，父母为了抚养我们常年劳作，种小麦，种苜蓿，养牛养羊，一年四季不得闲。子女太多，生活拮据，连孩子们的鞋子都买不起。我在男孩儿里排行老四，不记得穿过新鞋，整天趿拉哥哥们的旧鞋乱跑，坏了就用绳子绑一下。"

"小时候的日子有趣吗？"

"小的时候野生动物比现在多，经常看到马鹿和狍子。有一年我和哥哥在林子里抓住两只出生不久的马鹿娃子，喜欢得不得了，就抱回家里饲养。可它们野性十足，长到一米高的时候跑掉了。

"母亲积劳成疾，得了严重的高血压病，瘫痪十年后去世了。父亲叫哈布力·哈再孜，今年78岁，现在和我生活在一起。"

"你什么时候做了护林员？"

裁一片绿影
送给你

"五年多了。我1979年出生，1994年初中毕业后考入伊犁州商业技工技校。毕业后自主择业，开始在社会上打工，给私营企业主开汽车搞运输。2013年林场招工，我成了一名合同制护林员。"

　　"早成家了吧？"

　　"结婚好几年了，妻子哈提帕·黑孜早先在天山大峡谷旅游区打工，怀孕后把工作辞了。"

　　"有几个孩子？"

　　"两个儿子。大的叫乌尔肯，七岁；小的叫乌尔丹，四岁。"

　　"他们的名字翻译成汉语是啥意思？"

　　"都是小松树的意思。"

　　"你们这里满山都是云杉，没见松树啊？"

　　"是。我们管云杉叫松树。"

　　"你给儿子起名叫小松树，看来你挺喜欢现在的工作啊。"

　　"喜欢。只是工资低一些，因为是合同工，现在每月全额工资3500元，扣除社会保障的'五金'500元，只剩下3000元。一家五口人，日子过得挺紧巴。前几年我盖房子资金不够，从农村信用社贷款9万元，每个月要还3000元利息。"

　　"你的工资刚刚3000元，怎么生活呢？"

　　"过去有些积蓄。妻子偶尔做点事情。不按时归还贷款就要被银行列入黑名单，那可不是闹着玩的。"他张着嘴巴，不大的眼睛瞅着我，很严肃地说。

"为了保证一家人生活和孩子读书，我在偿还了上一期贷款后去年又接续了一期。前些年可以打些零工，这两年单位管理越来越严格，也没时间做了。"

　　"看来你的负担不轻。管护工作怎么样，好干吗？"

　　"压力不小。现在偷树的人几乎没有了。管护区的主体部分成了天山大峡谷的旅游区，来这里旅游的人越来越多。有的人喜欢在山里野营烧烤，增加了防火难度。这是新挑战，没有旁的好办法，只能用宣传办法告示游客严禁野外用火。"

　　"近几年发生过火灾吗？"

　　"没有。宣传工作跟上去了，管用。不过总有突发事件发生，今年夏天出现过一次风倒木挡道的事情。那天风大雨急，我们正在吃饭，突然狂风大作，一场瓢泼大雨下起来。怕山里出事，雨刚一停歇，我们几个人就骑着摩托车分头出发了。我走的是天鹅湖那条线，走在山路上听见有人喊话，说前面被大风刮倒的云杉树阻挡了道路。我加大油门儿赶过去，发现好几辆旅游车卡在那里，山里没有信号，司机和游客束手无策，一个个在那里干着急。人们看到我来了，喊着救星来了。我从后备箱里拿出油锯，费了好大劲儿才把那棵风倒木锯断，保证了道路畅通。

　　"野生动物保护的担子也不轻。去年秋天有牧民给我打电话，说在山里发现一只马鹿被草场围栏铁丝网挂住了。那个人告诉我：'那头马鹿遭殃啦！大角卡在铁丝网上怎么也出不

裁一片绿影
送给你

来，已经挣扎了不知道多久，头皮都冒血了。'我听到消息，马上和吐苏夫罕所长赶过去，一看那头马鹿低着头，弯着腰，眼睛都红了。我们抓紧跑过去用铁钳剪断了铁丝网，剥离开那一刻马鹿挣脱着跑开了。让我们没想到的是，它跑几步后竟回头瞅着我们，站了一会儿才走进林子里去了。我现在也忘不了它的眼睛，泪水闪烁，或许它也知道感恩吧。"

讲这件事情时拜山别克·哈布力激动地站起身来，过了一会儿，他顺手为我的水杯加了水。趁这个机会我仔细看了他的眼睛，没想到这位已经40岁的中年哈萨克汉子竟动了感情。

"准备长期干下去吗？"

"那是肯定的。刚入职那两年每个月的工资才1500元，近两三年翻了一番还多，巡山用的摩托车还发油料补助。我相信随着天然林保护工程的推进，我们林业职工的收入还会提高。"

我看了一眼窗外，山谷里天色已经发暗。刚进山时，南坡顶端的云杉树还被阳光包裹着，现在只能看到顶梢上的光芒了。我知道时间已经不早，便提议下山。走到楼下时再看那片云杉树，整片林子都模糊了。

俯仰天山

一

人们赞誉新疆为大美新疆，言其疆域博大，景物奇美。

在我眼里，新疆不但有大美，更有崇高：天山奇崛，森林繁茂，比它们更令人感动的，是务林人崇高的奉献精神。

银鹰在万米高空飞翔，透过舷窗可见航线上那么多崇山峻岭和浩瀚的荒漠。

飞啊，飞啊，在这条需要飞行四个小时的航线上，当银白的雪山陡然映入眼帘的那一刻，我振奋起来。俯瞰舷窗之外、蓝天之下高低错落的山岭，龟裂斑驳的沟谷，我第一时间想起了"横看成岭侧成峰，远近高低各不同"的诗句。

看啊，看啊，一幅幅"白山雪岭天下绝，铺银积玉万千叠"的图画映入眼帘。哦，成百上千公里的明暗流韵，白雪黛树，一如印满了碎花的蓝花布罩在这里，里面藏着上天堆积在这儿的银子吗？片片玉宇琼楼，是西王母留在此处的美玉吗？褶皱了的锡纸一般，和碎裂的玉盘相似。还有！还有什么呢？猜不尽，想不

裁一片绿影
送给你

透。我想，再怎么想象都感觉词不达意，再怎么描绘都难穷尽它的神采，晶亮、深邃、崩裂、曲折。这里粗犷与柔美兼容，苍劲和曼妙并存，朦胧缥缈融汇。双眼虽在俯瞰，精神却在仰望。逶迤漫长的雪岭，褶皱之下偶见亮晶晶的流水，无疑那是冰雪融化形成的河流，弯弯曲曲，像一条飘飞的银带。

新疆江布拉克

二

现在我目不转睛地盯着雪山上那片密不透风的云杉林。长条状的像一条条绿带，成片的犹如一块块黛玉。一丛丛或三或五，像竹子又比竹竿粗大伟岸，绝没有高端处的低头与摇摆。我知道，这是风倒木朽烂之后萌生出来的丛林。也看得见一排一排的，全不像大平原人工栽种的杨林那样，它们来自大自然的选择——雷击木或风倒木倾倒了，腐烂了，它们会本能地把自己上百年积累的光热转换成营养，托举下一代参加大森林里的竞争。自然，在先躯倒伏的地方成长起来的树会排成一个新的队列，手挽着手走进新生活。无疑更多的树木是散生的，那些自由落种经过山风助力播撒到大山的每个角落的生命，它们高过十米、二十米，甚至三十米，胸径一米、两米甚至三米。新生的幼树的树冠都像锐角三角形一样上尖下阔，内敛，紧实，直冲云天；高速生长的青年树生机勃勃，顶尖笔直，意气风发地向着天空奔去；接近成熟的壮年树树冠丰满，树梢平顺；老年树的枝丫雍容，枝叶深黛，表现出一副从容与成熟的姿态。自然选择下雪岭云杉还和爬地柏、野蔷薇交朋友，各自分享属于自己的一缕阳光、一份营养，共同装点大山的秀美。

雪岭云杉除了集团军，还有小部队，它们就像游击队一样向着四野拓展领地。此刻，我正在仰望接近顶峰的那几十株年轻的云杉树，刚开始觉得它们有些稀疏、散漫，仔细看才明白了，它们是一个正在聚拢起来的团体。它们东一棵、西一棵地生长，却像被部署过，共同向着山顶包抄过去。那是一种阵势，更是一种态度。我发现了它们准备占领山头的秘密，或一群雪岭云杉要在最高地方安家的计划。转眼我想，是山腰上那一片老云杉树有意把自己的种子播撒到那里去的吗？是云杉林集体要把自己最好的基因远播到艰苦的地方去吗？应该都是吧？它们已经距离巉岩裸地不远了。看着它们我认定，它们是这片云杉林的英雄树，是最有潜力的后备军，是向着更高更远山峰前进的先遣队。

裁一片绿影
送给你

"山高人为峰"的意志在天山的务林人里体现得最充分。我在天山的褶皱里攀爬行走，接触过多少为天然林保护事业默默无闻工作的人啊，他们像干旱山坡上那些常常被人俯视，以为只能充当饲料的羊毛草、野燕麦一样不起眼儿，可他们却长久地守护在这里，春华秋实，传宗接代。他们秉持知足常乐的态度面对挫折和艰苦，骨子里却高扬着理想的旗帜，演绎着精彩的人生故事和奉献精神。他们获得的极少却无比乐观幽默，你听听他们表达心思的顺口溜儿吧："抬头是山头，低头是石头，满眼都是木头，就是没有丫头。"这是第一代年轻务林人在找不到对象时发出的叹息。"采伐没了木头，丢掉油锯和斧头，'两危'面前到处碰头，转型发展有了盼头。"这是第二代务林人面对困境表现出的乐观和坚守。

　　1998年，国家天然林保护工程启动，天山南北吹响了生态文明建设的冲锋号。从此，天山飘来一朵云，一朵"天保"的云，护绿的云。它给林区带来前所未有的机遇，同时也带来挑战。新一代务林人不忘初心，时不我待，森林培育与保护一起抓，变砍树人为造林人、护林人。20年励精图治，资源危机实现逆转，经济危困得以改变。持续休养生息，木长成了林，林提升到了森。

　　我在天山里行走，走过东天山，行过西天山，俯视有美景，仰视有崇高。俯仰天山，叹高峻，赞壮阔，呼神奇。"天保"为天山添彩，她的树更绿，雪更白，马儿跑得更欢了，天山儿女们的笑声更亮了。

红石林地

    曙光经营所41林班沉浸在晨光里。带我来这里的林口林业局张海涛技术员指着山坡上的落叶松林说，林龄20年，长势还不错，要不是前些年采取定株、透光等抚育措施的话，林分质量绝对没有现在这水平。

    颔首之间，我顺着他指的方向看过去，这片落叶松的树干粗细相当，通直顺溜，参差错落，疏密合适，已经难以看出人工林的痕迹。我在德国旅行时参观过他们的"近自然林"，这里的情形和他们的林地有些相似。阳光从枝丫间投射过来，树干的迎光面分外澄明，背光的根部有积雪，阴影暗淡。白雪覆盖着山地，除树木外白花花的雪面上只看得见少许灌木枝条和野草。树干拉长影子留在雪地上类似斑马线，周遭静谧安详。

    张海涛告诉我："总体上林口的森林资源比较匮乏。历史上这里曾经饱受沙俄和日本侵略者的蹂躏。建局之初决策者们很清醒，他们在其他林业局大量采伐木材时就确立了'以营林为基础'的方针，各届领导一任接着一任抓造林，抓经营，在国家林业部（林业局）出名挂号。人工造林保存面积有两个指

裁一片绿影
送给你

示性年份，1983年达到100万亩。2000年达到200万亩。"

"是吗？现在每亩保留多少株？"

"一百多株吧。"张海涛说完引领我往右边山地走去。过了一个高坎后我跟他停下来，他指着身旁的林子告诉我："带你到这边来就是让你看看对照样地。"话音未落，他已经仰头看起不远处的树冠。

咦！这边的林相明显凌乱。听过张海涛的话我明白了，没多远距离的这片树林此前不曾做过抚育，森林质量相差不少。

张海涛说："是不是看出差别来了？这是我们有意保存下来的对照样地。"

"同一年份造的？"

"当然。林口局上百万亩的人工纯林，如果不采取抚育措施差不多都这水平。当年造林追求成活率和保存率，大密度栽植有利于达到增加资源的目标树。据我掌握，最密的落叶松林每公顷3000多株，太密了。林子长起来树木拥挤，光照不足，通风不畅，枯死和风倒风折屡有发生。

"更严重的是树种单一导致抗灾能力差，病虫害发生率居高不下，林分质量偏低。"

他说话时我不停地看这边的林子，发现保留对照样地上的树木粗细不一，高矮不同，不少病死树混杂其间，朽木横倒。

"1998年我局列入国家天然林保护工程试点区域，根据多年积累的经验，我们大胆向上级申请'森林可持续经营'项目，最终得到国家林业局认可。2013年8月批准了我们呈报的开展森林可持续经营试点报告。之后我们实施了5年，成效不错，这片落叶松林就在项目区范围。"

我俩一边走一边聊，再次回到两个对照样地边界时我不由自主地想起了"不比不知道，一比吓一跳"这句话，亲眼见证了开展森林抚育的重要性。

"持续性间伐那些干扰木和野草，通过割灌、修枝、清林等技术措施，我们开展森林可持续经营试点共计完成了1.3万多公顷人工林，有红松、落叶松、云杉林，还有天然林。5年时间虽然短，效果挺明显。

"过会儿我们就去红石经营所，试点结束后我们还在部分林场做这项工作，红石正在施业，我们过去看看。"

林口林业局位于黑龙江东南部，现在正值冬季，山路难行。我们驱车在林道上穿行，白雪青松，一派北国风光。今天天气算好，山里没刮风，一群山鹰在碧蓝的天空翱翔，几朵白云停在空中一动不动。路旁的落叶松树干好像插在雪地里似的规整，树冠上存着积雪，阳光照耀下时有微光闪烁。

忽然发现几缕炊烟在山间升腾，张海涛告诉我，红石施业区就要到了。果不其然，汽车转弯没多久，我就看到山脚处有两座塑料大棚，棚顶上积存的白雪泛着光芒。张海涛告诉我，这就是林业工人抚育作业的临时住处。

汽车鸣笛时"大棚"里走出好几个人，有的穿着迷彩服，

裁一片绿影
送给你

有的穿着黑色或蓝色棉衣。一个人头戴棉帽，两个护耳上下耷拉着此起彼伏，与众不同。

我们赶在饭口，主人们张罗着一起吃。我一看是蘑菇打卤面，便跟随张海涛和大家吃了面条。饭后发现，深山老林里的这个临时建筑并不凑合，伙房和宿舍是分开的。原木搭建框架，外头包裹了两三层塑料布。虽说中午不是寒冷时段，也基本能够判断它的室温。每个空间都有用旧汽油桶制作的火炉。

看得出他们有专门的炊事员，系着白围裙，戴着白套袖，在伙房里张罗事情，其他人没有这种表现。

从一开始我就在心里想一个问题：按着目前的交通状况说，有必要吃住在冰天雪地的深山老林吗？因为没有亲眼所见，一直憋在心里没有说。现在看到他们居住地的偏僻程度我明白了一些，不过还是没有憋住话，我把自己的心思说给身旁的人，就是刚来时我留意的那位戴着有护耳棉帽子的人。他40岁左右年纪，应该有几天没刮胡子了，一脸土色名叫董培东。我说了我的想法，他笑了。

"冬季天儿短，20公里山路按说不算远，可你架不住天天跑啊。"

"有汽车、摩托车还不行？"

"也可能与几十年前伐树那会儿的老传统有关，我们林口林业局现在还这样。

"盖工棚也快，十个人的话两三天就做完了。磨刀不误砍柴工么！

"开间儿不小，住十几、二十人没问题。"

"嗯哪。"

"单独聘请炊事员，他负责烧锅炉和做饭。粮食蔬菜事先带来，不够了再去购买。"

"今年的抚育面积多大？干多久呢？"我不再追问他们在山里居住的必要，开始询问他们的工作，"山里都有啥树？"

"天然林有桦树、椴木、水曲柳啥的。人工林主要是红松和落叶松，也有云杉。"

"具体作业有哪些？"

"按照林业局的培训内容确定要培育的'目标树'和砍除的'干扰树'标准。之后分类施策，伐除丛生、弯曲，病腐、枝杈多的林木，总之是将那些不利于目标树生长的树伐除。"

"进山多久了？"我询问。

"11月初我们就进山了，没特殊情况不回去，直到把活儿干完。

"谋划好了进山盖塑料棚，之后做板铺，搭炉子。"

"为啥偏要冬天做这个活计呢？夏秋季节不行吗？"

"夏天天气炎热不好干活，秋天草木繁盛蠓虫叮咬。冬天虽然寒冷，但树枝冻得脆脆的，用镰刀或木杆子一敲就断，活儿好干。无论是红松还是落叶松，枝丫修理好了能提高材质。

"一般是7公顷一个小班。班组长带领大家一起干。施业时

裁一片绿影
送给你

大家按10米或20米的距离一起往前推。镰刀、斧子、油锯啥的一起上，有啥使啥。"

饭后的简短闲聊很愉快。这会儿我听见有人喊着打扑克，为了凑手儿董培东被人喊走了。张海涛跟我说，不看他们玩牌的话可以随便找个床铺躺一会儿。我点头同意，他就招呼我一起挨着躺下来。

好像迷糊了一会儿，朦胧中感觉那几个工人还在玩儿。须臾间我听见他们聊天儿的声音。

不知道话头从什么事情说起来的，只听一个人说："你听他说啥？他说：'啥叫管理？管理就是你不管他他不理你。'"

紧接着有人接话说："唉，成了啥么！"

"他还说：'啥叫害怕？就是你不害他他不怕你！'"

"就这德行！"

之后那里安静了。过一会儿又听见话音："昨天老马下山回来，说赵家二丫头患了黄鼠狼子，又哭又笑。拉到医院去看医生，折腾了不少钱。"

"都啥年头了还黄鼠狼、癔病的！纯粹是心病。老爷们吃喝嫖赌，管不了气的。"

这时候，我看到张海涛从床铺上坐起来，那些在稍远地方打扑克的人们便不再说话，接着又传来摔牌的声音。

门外有人喊着出工，玩扑克的那边窸窸窣窣一阵，看得见有人伸腰，有人跺脚，慵懒地走到屋外。我和张海涛也跟着出了"大棚"。

下午我们随同工友们上山参加抚育作业。到现场看到油锯、斧头等工具根本没往住处拿，左一件右一件地散落在施业区里。进山后他们各自找到自己的位置，开始挥舞镰刀修枝打杈儿，遇到需要伐掉的粗树就喊着在地上找油锯。吱啦吱啦的锯树声，咚咚咚的斧头声在这一片寂静的山地里回响。山里有积雪，却不湿滑。人们忙着干活儿，也不说话。有人专门清山，把砍下来的树枝归集起来。

"抚育不让出材很难办。"一直陪同我们的班长和张海涛说。

"嗯。"

工人们都忙着，没一个人理会。

我明白了班长的意思，看了他俩一眼，他俩也没接着往下说。

站在山坡上看着工人们抚育过的树林感觉清爽多了，如同一个邋遢人经过理发洗浴，再更换了一件新衣服似的精神。

山里暗下来，抬头看到一轮弯月挂在西天。感觉时间已经不早，我们便开始返程。路上张海涛告诉我，在项目施工前他们已经做了很多工作，首先林业局要召集相关人员由聘请的专家开展岗前培训，为加强质量监管制定管理办法。同时聘请东北林业大学作为技术支撑单位，根据不同林分类型设置监测样地，开展成效评估监测工作。项目确定下来，各个林场再层层动员，确定人选，组织队伍。

"其实天然林保护工程的内容不仅仅是维护好现有天然

裁一片绿影
送给你

林。在保护现有林的同时通过植被恢复提高森林覆盖率，通过森林抚育提高森林质量也是重要内容。"张海涛说，"这都是天然林保护工程的应有之义，不可偏废。"

我点点头，看看车窗外面四野完全暗了。碧空深邃，一轮明亮的弯月挂在深蓝的天空。那一刻，我心里感到一阵寒凉。

梁炮儿戒猎

梁炮儿？怎么叫这样古怪的名字？

告诉您吧，其实梁炮儿是绰号，他本名叫梁奉恩。"炮儿"是老爷岭一带的土话，指那些技艺高超的猎人和枪手。

电话那头梁奉恩跟我说："您来吧，哪会儿来都欢迎。"我说："山里有啥稀罕？"梁奉恩笑了："要啥有啥，就是没有野物给你吃。"我说："有野物我也不吃。几千里地为嘴犯法，不值。"之后，我听见电话那头老梁哈哈地笑了。

一准儿他估摸出了我的行程，我真的出现在暖泉河林场家属院时梁奉恩两口子正在门口站着，我明白他们是在等我。见面了还没有握手时我又听见了他那熟悉的笑声。

"冷吧？已经下过几场雪，路面上的雪都存下来了。"

"是，路上看到林子里的雪更厚。"

这会儿我开始打量起他和他妻子。他头戴浅蓝色皮帽，中等身材，穿一身略肥的迷彩棉服，脚上穿一双军用棉鞋。他四方脸儿，小眼睛，薄嘴唇。最大特点是下巴精光，一字胡把鼻子和嘴巴隔开，两头翘，中间弓，一张口那非同寻常的力道显

裁一片绿影
送给你

露无遗。

我从他妻子闫爱华的喊叫中知道了他家的爱犬叫安贝，那家伙狂吠着扑向我的一刹那被她喝住了。

"挺洋气啊，外国人的名字！"我打趣儿说。

"没半毛钱关系，况且又不是一样的字。"

我听了这话，也随着他们两口子笑起来。

梁奉恩把我让进屋，聊了没大会儿我就提议进山，他顺手从板凳上拿起布带躬身打起绑腿。多少年前我看电影时见过打绑腿，现在他的动作和电影里一模一样，用一寸多宽的布带缠裹小腿，一圈一圈绕着小腿往上赶，最后麻利地打了结。完了他略略伸腰，挺直后瞅我一眼。我明白那是在征求我是否出发的意见，于是我会意地站起身和闫爱华告别。

我俩走在三道沟里。这一带山道两侧的树林茂密得跟一堵墙似的，乔木有红松、落叶松、橡树、椴树、水曲柳，灌木有山桃、稠李等，很大的一片天然林。橡树顶梢上的叶子在山风吹拂下哗哗作响。我肩背相机，他脖子上挂着GPS，一根木棍时扛时提。

灰褐色树干穿透沟壑里的积雪，下部有雪箍着，阳面略薄。偶尔有声响，该是冻裂的山地或树木发出响动。山道高处的雪被风吹跑了，松涛阵阵，冷风割脸。

"你是土生土长的绥阳人？"

"严格说是暖泉河人。"

"听说你早就打猎？"

"也不是。我19岁参军，训练射击把枪法练得更熟了。其实我没参军以前就喜欢打猎，只是父母管着，怕我有闪失，从部队转业回到林场后打猎成了常事。我专门养了两条猎犬，有空了就同一帮哥们山上打围。我的枪法还可以，捕获的野物多。有人嫉妒，给我起外号，我也不计较，都是弟兄，闹着玩儿呗。

"他们只看到我打的猎物多，哪儿知道我在这方面用了多少心思？打野猪我基本不用枪，猎犬发现时扑上去围追堵截。我看着它们撕咬一阵，瞅准机会捅一刀，野猪立马放血。

"弄狍子最好使的是钢丝套，它们习惯走固定路线，在必经之地下套，一套一个准儿。

"打飞龙和野鸡用霰弹，打熊瞎子必须用独子儿。

"野物在山里走动时会留下爪子印儿，每种动物都不同。公的母的卧姿不同，痕迹不一样。根据不同季节爪子的印痕判断，八九不离十能知道它走了多久。"

"不愧管你叫'炮儿'，的确有门道！"

"也有危险。80年代那会儿，节令比现在晚些，我别上短刀，带上猎犬就上山了。兴冲冲地在山林里走，突然猎犬狂吠，猛然间发现一头公野猪正在前面盯着我。俗话说'一猪二熊三老虎'，野公猪最难对付。怎么办？没容我多想，那家伙就迎面冲过来。说时迟，那时快，就在它要咬到我的那一刻，我本能地跳起来抓住头顶上的树枝，没想到那树枝咔嚓一声断

198

裁一片绿影
送给你

了。不偏不倚地，我一下子落在猪背上，而且是'倒骑驴'。野猪受到惊吓一阵狂奔，手忙脚乱中我拼命抓猪鬃猪毛，也就几秒钟工夫，我就被它颠下来了。我害怕，那家伙更怕，头也不回地窜到密林里去了。"

他的话把我逗乐了。

"还笑呢，我差点丢了小命。"

感觉累时，我俩各自寻了一株水曲柳靠着歇脚。

"什么原因让你金盆洗手了？"

"香港回归那年深秋，我打死了一头熊瞎子。正准备过去收拾，远远看到风倒木那头出现了两只小崽儿。它们在母亲身边拱着嗅着，轻声呼唤，眼神里流露出哀伤的表情。看着它们那可怜样儿，我的心猛地一沉，举起的猎枪又放下了。我没有杀它们，连母熊也没要，背起猎枪扭头下山了。一路上我心情不好，到家后闫爱华看我异样，询问出了什么事，我把在山里发生的一切告诉了她。她再次劝我别打猎了，说杀生没好处。你见过哪个做血茬儿的人有好结果？她还为两个小熊瞎子担心：'估计活不成，多可怜啊。再说，国家颁布了野生动物保护法，你可别犯法！'出这档子事情后，我下了不再打猎的决心。"

"真戒了？难吗？"

"和戒毒、戒赌有一比！"

"言重了吧？"

"这玩意儿有瘾。闲的时候往山里瞅瞅，一准儿会回屋摩挲猎枪，想到山里走一趟。一年四季风景变幻，背着猎枪在山林里溜达，猎犬跑前跑后，眼神里透着殷勤。啊，那是一种享受！

　　"从前捕到野物时，我会把同道儿喊来造一顿。剥皮剔骨，支锅煮肉，大伙围在热气腾腾的酒桌旁大碗喝酒，大块吃肉，那种感觉真叫一个爽！

　　"我不打猎了，还有人打。偶尔人家喊我过去，我能猜出缘由，便找理由推辞。三番五次后，人家觉得不对劲儿，慢慢的关系就淡了。虽然不同他们走动，头脑还是不时浮现出哥儿们聚餐时其乐融融的氛围，心里纠结。

　　"后来猎物价格猛涨，一只狍子卖800块钱！你说他漠视法律铤而走险，有大把票子诱惑他，哪里顾得了那么多啊！"

　　他盯着我说："哪儿有买卖哪儿就有杀戮，这话千真万确。"

　　"后来我对他们实话实说，我说我已经戒了。还劝他们也别再打围。有人说，别呀！现在都是有钱人才能吃到，我们靠山吃山，有啥不对？

　　"猎人的快乐难以为外人理解。除吃喝交友有收入外，主要是惊险刺激！

　　"最初手痒时，我就想那两个小熊瞎子哀伤的眼神，用这个办法压制冲动。

　　"2004年国家野生动物保护机构找到我，他们听说了我是

裁一片绿影
送给你

一个不再打猎的人，要吸纳我做野生动物巡护监测员。那会儿我有顾虑，怕有人说闲话，我就没答应。

"可他们不死心，反复过来给我做工作，讲保护野生动物就是保护自己家园的道理，告诉我野生动物越来越少的现实。最后我被他们说服了。

"过去我只是手上放下了猎枪，到这会儿才真正在心里把它放下了。戒掉一种习惯真难熬。"

"再没打过？"

梁奉恩有点儿不高兴了，这个典型的东北汉子见不得我对他有怀疑，从他急赤白脸的神态上我感觉到了。

他斩钉截铁地告诉我："这还有假？我连猎枪都交公安局了。"

老爷岭属于长白山系，山高林密，站在高岭能看见瑚布图河亮晶晶的水面。我们继续赶路，途径一处溪流时我们停下脚步，眼前水边的碎石上存着星星点点的白雪和树叶。梁奉恩说，野物常常到这里喝水。说着，他指着水面边缘上的几枚爪印告诉我哪个是野猪踩的，哪个是狍子踩的。

走过一片灌木丛时，他指给我看一个套狍子的钢丝套，说过后就蹲下来处理。看着他麻利地做完，我松了一口气。

现在梁奉恩已经成了名人。十年前他获得国际野生动物保护学会授予的"先进保护监测员"，2012年和2015年分别被世界自然基金会授予"东北虎栖息地最佳巡护员"称号。

虽然退休了，梁奉恩却没离岗，按着上级交代的任务每天巡山，拿着本子记录动物出没的痕迹、粪便排泄和啃食林草情况。只要进山，梁奉恩都要打绑腿，往脖子上挂GPS。天然林保护工程在暖泉河已经实施20年，树木越长越高，越长越密，动物越来越多，林场安装的远红外相机还记录到了东北虎和东北豹在暖泉河林区出没的影像。

野生动物保护法颁布多年，林区已经基本没人明目张胆地偷猎，但也有人怀着侥幸的心思下套子。他们自以为聪明，可什么季节下套，在哪些地方下套的路数梁奉恩一清二楚。他见招拆招的做法让那些人恼火，他们不好明着跟梁奉恩干仗，心里却怨恨他，就是遇见了也设法绕开走。梁炮儿是一个心胸宽广的人，他不和那些人一般见识，也尽量避免正面冲突。禁猎大环境还有明确的法律条文有很大的震慑作用，那些对梁奉恩有成见的人逐渐改变了。

太阳将要落山，余晖照在林间。积雪吱吱声里，我们匆匆赶路，计划晚饭前赶回林场。他在前头东张西望耽搁不少时间，我才勉强跟得上他。

裁一片绿影
送给你

提起那会儿泪花流

　　阳光亲吻着草地，露珠在打蔫儿的草棵上闪光。眼下白露时节已过，秋分就要到来。我们在"亚雪公路"上穿山越岭，四外的山并不高峻。王泽江先生指点着老远的大秃顶子山告诉我，那是黑龙江境内最高的山，可我看过去并没有感觉到它鹤立鸡群，进一步佐证了站位高低是一个重要问题的认识。一路凉风习习，各种植物开始变色，"五花山"美景初见端倪。

　　"中国雪乡"是个驰名中外的好地方。它位于张广才岭东南坡，北面袭来的贝加尔湖冷空气与日本海暖湿气流在这里频频交汇，形成了特有的物候特点，夏季雨水多，冬季雪期长，"夏无三日晴，冬雪漫林间"。这里历史上叫双峰林场——一个有名的老林区。降雪和积雪时间长，雪质好，黏度高，加之三面山峰包裹的地理位置，这里的雪景造型极为漂亮。屋檐、树木和院落里的各种摆设随物赋形，天造地设地营造出圆润舒展的雪帘和雪舌，带给人间一处童话般的世界。

　　我来得不是时候，崔玉华部长说着客气话，让赵冬梅为我找来影集。欣赏着那些"雪覆盖的木刻楞、雪围的木篱笆、雪盖的白屋顶、雪绘的粉笔画"，我为自己没安排在雪季来这儿感到惋惜。不过还好，有所失必有所得的话在这儿应验了，我在这里接触到不少雪乡人，过去砍过树的林老大，凭借"梦里雪乡"旅游赚了大把钞票的人，默默无闻的务林人，他们与我侃侃而谈，有的甚至喜极而泣，泪眼婆娑，告诉我的往事让我难以忘怀。

"雪乡第一家"旅馆主人刘明文和他妻子贾金赞是这片土地上了不起的能人。这样的人我不能不去拜访，白天没时间，只能安排在晚上。老人的儿子刘清麟带着我去看他父母，原来老两口住在老院儿。新院儿在哪里？我想一定在雪韵大街最好的位置，想了一下我没有开口。黑灯瞎火，深一脚浅一脚地摸索着走了一会儿，进门入院还很黑，凭借窗户发出来的光芒走道儿，进屋时立刻感觉温暖，刘明文和贾金赞老两口对我的到来很欢喜。

"那是1951年，"刘明文告诉我，"父亲刘炳和从沧州泊头闯关东来到这边。看看可以活人，赶紧跑回去把我们一家接过来。"

"我们是一个地方的。在老家不认识，到这边经人介绍才知道是河北老乡。认识了，结婚了，今年68岁了。"女主人贾金赞是个喜兴人，快人快语，山核桃似的脸庞，张嘴笑起来皱纹更多了。

"应该是在长汀落的脚，现在我们这里依旧归大海林林业

裁一片绿影
送给你

局管理，兴许就在那儿正式参加了工作。父亲告诉我，起先他们成立了一个'十人班'，任务是砍木头。应该是春天来的，到这里后临时搭马架子，现生火做饭。"

"这边不是有棒槌山和羊草山？"刘明文坐在炕沿上用眼睛瞅我，大手往窗外一比画，"应该是根据羊草山和棒槌山起的名字，叫双峰林场。"

"可不么，应该就是那样。"贾金赞笑得露出豁牙子，赞同老伴儿的说法。

我问刘明文："你是啥会儿参加工作的？"

"1968年，算是高中毕业吧，'文革'闹腾得够呛那会儿我上班了。一个月挣33块钱，一年后转正，挣36块钱。"他总在微笑，"一挣十年，到1977年长了一级工资。"

"那还是不错呢！"贾金赞说，"我呢？"

说话时两位老人一起笑了。我明白，她是说自己连丈夫那样的机会和待遇都没有。

"刚参加工作那会儿我主要是搞采伐了。刚开始是助手，树木锯倒后抡大斧子'打枝'。俩人一组，一名油锯手，一名助手。伐树要先砍'下乍'，再砍'上乍'，根据树的位置还有往山下运输的需要决定往哪个方向倒。树倾倒那一刻要高喊'顺山倒啦''上山倒啦''迎山倒啦'，防备伤人。"

"造材我也做过。把砍倒的原条截成三米或五米长的'件子'。"刘明文沉浸在回忆里，"下一道工序是'吊卯子'，把几根'件子'归置成小堆儿，预备牛爬犁、马爬犁往山下拉。

"之后要把木材集中到楞场和储木场，我们叫它入'国库'。木材进国库后采伐环节就结束了。"

"可苦呢，一般都是大冬天的上山。"贾金赞插话，"自带干粮，冰天雪地的一去一整天，中午吃饭要拢火烤着吃，好多人都落下了老寒腿和胃病，遭罪着呢！"

"辛苦可觉得有奔头，工资低吧，大家都那样儿。但是进入九十年代可坏了，'两危'了，山里可砍的木头越来越少，发不出工资，'林大头'打蔫儿喽。"刘明文带着悲情的话让我想到下午我和王乐彬几个人座谈时大家七嘴八舌的议论。

老职工王乐彬告诉我："那会儿我在林场做储木场副场长，1994年到1998年那几年开始不按月发工资了。记忆最深的是喜欢出差，为什么？因为出差可以和单位借钱。尽量往多借，尽量拖着不还，财务室老催，还不是将就着过日子？1995年大海林林业局召开保稳定大会，局长在主席台上要求各林场勒紧腰带过日子，下面坐着的场长说悄悄话，腰带没眼儿了，勒不下去啦！有人听见憋不住笑，台上台下大眼瞪小眼，弄得挺尴尬。"

徐芳林是东北林学院采伐运输专业的大学生，毕业就被分配到大海林林业局资源科工作。他说"两危"那会儿各林场都是寅吃卯粮，饮鸩止渴。林业局给林场下达30万方采伐指标他们会砍50万方，严重超采。"'今日有酒今日醉，明日没酒

裁一片绿影
送给你

再拆兑。'我们管资源的也只能睁一只眼闭一只眼,你总得让人过日子不是?人穷志短不好说,人穷抠门儿我真经验过。"

年轻的天然林保护办公室主任刘清麟告诉我:"刚上班时我们财务科有一名财务科长叫罗运和,做过多年的财务工作,很精明。退休时赶上单位不正常发工资,那时候我是现金出纳,老科长每次遇见我都问什么时候发工资。等到我们通知老职工来单位领工资时,他总会攥着写好的纸条来,自己事先算好工资数,来了和我造的工资表对照,精确到角、分。他为啥那样?实在是等米下锅,人们开玩笑说他抠门儿。"

我单独和老工人樊兆义聊了一会儿,他给我讲了他最好的工友张义的故事。"1996年前后我在双峰林场当验收员,300多名职工好几年不按时发工资,职工都有情绪。有采伐任务时会安排人去做,我和张义处事多年,知道他家庭困难,就跑过去动员他出工。张义大我一岁,我叫他大哥。

"我跟他说,大哥现在有'串坡'任务你去不?"

"我不去,去也不发工资。"

我说:"还能黄了你的呀?只要政府不黄,你的工资就黄不了。"

"那我也不去。"

"我们俩为这个事闹得挺不愉快,好心换来驴肝肺。后来知道他正谋划着回关里,走不走正在纠结,没心思出工。不久他们全家搬走了。没几年工夫国家开始实施天然林保护工程,我们缓过神儿来了，他却走了。哎，张义命苦啊！一直做采伐工作，爬冰卧雪，落下一身的病，也不知道他这会儿还在不在人世。"老人说着眼圈儿红了，"提起那会儿我就想哭。"

"你指的是哪会儿？"我瞅着老人询问。

"哪会儿？'两危'最困难、'天保'工程刚刚实施那会儿呗！苦尽甘来，好些老人'移民'走了，没等到过上好日子！"

"'天保'好了，人们也不往关里跑了。"王乐彬和我说，"按月足额发工资，人们的生活有了保障，连家庭矛盾都少了。拿赡养公婆来说，过去生活困难，媳妇找各种理由推让公婆住在兄弟家里。如今不同了，老职工工资高，花费小，不少儿媳妇希望公婆来自己家里住。这个儿媳妇对婆婆说：'妈呀，我家里宽绰！'那个儿媳妇对公公说：'爹呀，到我家住几天吧！'——犯抢了。抢啥呀？谁都心知肚明！"

据我了解，现在的雪乡人不单富，简直就是阔了。我们在棒槌山的栈道上俯瞰雪韵大街，半公里长的街道到处施工，人们都在忙着翻盖旧屋，建设家庭旅馆。叮叮咚咚的打夯声，突突的拖拉机轰鸣声，一片热火朝天。雪乡火红的旅游事业刺激了人们建设家庭旅馆的热情，过去以砍树为生的林业工人在转型发展中开发各种挣钱的项目，发展雪乡旅游，人人当老板，家家过上了好日子。

我又记起在刘明文老屋里老两口互相逗闷子的事情来了。

"冬天接待游人，夏天秋天上山采山货。松茸、蘑菇、牛毛菜，来旅游的人都喜欢。我就爱干这活儿，不像老刘，整天鼓捣相机，净往里搭钱！"

"搭钱买乐子么！你要喜欢你也鼓捣。"

原来两位老人说的是刘明文退休后开始搞摄影，如今变本加厉了。

"年轻时候就喜欢照相，买过海鸥相机。后来不少摄影家来我们雪乡搞创作，他们住在我家时带来不少信息，我向他们学习摄影技巧，1995年加入了省摄影家协会。

"天然林全面停伐后林场转型发展，打造'中国雪乡'，没想到火得这么快，我感觉都超过三亚了。有钱了，我到外面旅游，看到人家一个个背着相机我眼热，开始鼓捣摄影。先买柯尼卡，再买数码佳能，最近又添置了索尼摄像机，为了摄影方便还买了小轿车。

"拍得多了，追着参加摄影大赛，我拍的秋沙鸭片子获得过'巴彦杯摄影大赛三等奖'。"

时间已经不早，把我带进家就到另外房间和伙伴们闲聊的刘清麟回来了，他听到我和他父亲正在聊摄影的事也加入进来。

"老头子鼓捣摄影几十年艺术细胞都多了，这几年开始喜欢'虫嗑'啦。"

"'虫嗑'是啥？"我没有听说过，跟着问了一句。

"'虫嗑'就是被虫子嗑过的树桩留下来的天然图案。虫子吃出来的书法和绘画。"刘明文边解释边把暗处一截木桩拿到亮处给我看。果然，那上面有虫子咬过的痕迹，星星点点，曲里拐弯。我看了一眼，感觉可以意会的东西不少。

这会儿我才开始注意到刘明文的老屋，感觉年头不少了，低矮老旧，屋里的陈设和东北农村普通农家没啥区别。可我明白"包子有肉不在褶上"的道理。我知道，刘明文今天不但有自己稳定的养老金，有房有车有档次不低的照相机，更有每年为他带来丰厚收益的家庭旅馆。最为重要的是，他有自己的爱好和水准不低的精神生活。

再往他们大炕的边沿看一眼，那里正摊晾着一片榛蘑。我走过去，抓一把放在鼻子底下闻闻，山野味道好浓烈哟！

我和老两口说起下午樊兆义说过的话，老两口有同感："现在日子好过了，想起'两危'时的困难一言难尽。想到'天保'工程刚刚实施那会儿人们悲喜交加，不少人都又哭又笑的。"

裁一片绿影
送给你

亚布力声音

　　我在亚布力走过好些地方，接触过不少的人。民风民俗，历史地理，花草树木，可不知怎的，我只对这里的声音念念不忘。

　　为什么呢？第六感官告诉我，很大因素与亚布力的名字有关。

　　关联亚布力名字的故事不少，第一个故事发生在沙俄修建中东铁路的时候。铁轨铺到亚布力的那年秋天，在一个艳阳高照的日子里，两名俄国筑路工人第一次喊出了"亚布力尼"。他们干活时惊奇地发现这里长满了大片山丁子树，一个筑路工人对同伴喊："亚布力尼，亚布力尼。"对方回应他："伙计，你在说什么？"他解释道："看那些红艳艳的果实多美啊！""哦！真是。要是米丘林在这里就好了，他一定会把它们嫁接成苹果树。如果那样，这里该是一片多么大的苹果园啊！"据说，"亚布力尼"就是这时候喊出来的，俄语里是"苹果园"的意思。

　　不说具体细节，反正此后"亚布力尼"在铁路工地上叫开了，我想一定是俄国人把那片山丁子树作为地理标志了。铺设铁轨运输物资时，及至后来设置车站起名时，一提"苹果园"大家都知道是这里。车站建成后俄国移民大量涌入，居民增加，这里逐渐建成城镇。再后来亚布力尼被简化成了亚布力，直到今天。

第二个故事据说发生在九一八事变之后。日本人从沙俄手里接管亚布力后在这里残酷地推行法西斯统治，疯狂掠夺森林资源，抗联战士奋起反抗，喊出了打倒日本侵略者的最强音。与鬼子兵交战时，一名受伤的抗联战士隐蔽在大山里。鬼子兵追到亚布力，搜捕不到时便把附近老百姓驱赶到一起审问。乡亲们恨透了日本鬼子，可他们手无寸铁，只能选择沉默，没一个人回答鬼子的问话。翻译官气急败坏："难道你们都成哑巴了吗？"人群依旧鸦雀无声。为首的鬼子急了，他学着翻译官的腔调蛮横地重复，由于舌头根子太硬，呜里哇啦的口音把"哑巴了吗"咆哮成了"亚——布——力——吗"，他滑稽的音调把在场的人们逗笑了。鬼子兵感到尴尬无趣便停止审问，刀兵相见的紧张气氛缓和下来，抗联战士得救了，老百姓也没有伤亡。这件事流传下来，为亚布力的名字注入了新的含义。

叽里咕噜的声音，呜里哇啦的声音，记载的都是这片土地被侵占的历史。直到日本侵略者投降，这里的人民才彻底甩掉了亡国奴的帽子。

亲爱的朋友，您知道新中国建设初期东北国有林区为国家建设做出了怎样的贡献吗？那时候，大森林里油锯伐木的吱吱声，集材作业拖拉机的哒哒声，森林小火车呜呜的鸣叫声此起彼伏。为支援祖国建设，伐木工人响应国家号召，把山里的优质木材源源不断地运送到四面八方。有关部门做过统计，如果把这些木材装进60吨的标准车厢再把它们首尾相连，可以环绕地球三圈多。那时候黑龙江省森林工业局大名鼎鼎，被称为共和国的长子，森林工人收入高，让人羡慕。

30多年的持续采伐，30多年的拼搏奉献，大山里林子越砍越少。20世纪八九十年代的亚布力和整个黑龙江森工系统一样，出现了严重的资源危机和经济危困，"两危"之下的森工企业举步维艰。老森工们含着泪水向我诉苦：多少年林场发不出工资啊，最困难时参加亲戚孩子的婚礼拿不出礼金竟给亲戚打白条。危困面前，森林工人励精图治，艰苦奋斗，立足资源艰难转型。他们说，过去我们砍得太多了，现在我们要把自己砍的树再培植起来。当时的黑龙江森工人出现了马永顺等一批造林模范，他们由过去的"砍树人"一下子变成"种树人"，绿化美好山川的声音响彻松江两岸，成了新一代务林人的崇高追求。从此大山里没了砍树声音，没了集材的劳动号子，到处是种树人热火朝天的劳动场面。为了改善职工生活，林场大力发展林下经济，种植木耳、蘑菇，养鸡、养猪，发展森林旅游，广袤的林区谱写出了一曲自强不息、开拓奋进的壮丽史诗。

1998年8月，一个载入共和国史册的日子，亚布力人铭记不忘的日子。从这时起，亚布力林业局同全国重点国有林区一样被列入了天然林资源保护工程试点单位。这项旨在从根本上遏制生态环境恶化，保护生物多样性，促进林区社会经济可持续发展的林业工程被林区人形象地称为"救命工程"。广大林区从此有了国家给予的固定投入，长期遭遇"两危"困境的人们长长地吁了一口气。

"不忘初心是根本，解放思想是关键，深化改革是动力，全面振兴是目标。"改革的动员令已经下达，转型的号角已经吹响。2018年6月30日是黑龙江森工人最难忘的日子，从这天开始，已经运转几十年的政企合一森工管理体制宣告解体。从这一刻开始，承担行政职能的黑龙江森林工业总局和独立法人中国龙江森林工业集团有限公司开启了新的运作模式，过去老"森工"下辖的四十个林业局之一的亚布力林业局也同其他兄弟单位一样面临着更为深刻的变革。

这一堪称"深水区"的改革千头万绪，剥离伴随着疼痛。在亚布力的日子里，我多少回听到人们谈论这场改革。"总局"与"公司"分开的方案已经公布，人员调配已经到位。亚布力林业局下步怎么办？对于原来的"机关干部"来说，是继续端"铁饭碗"还是去企业发展，每个人都在思考，每个家庭都在掂量。把话说出来振振有词，藏在心底的未必不是心潮澎湃。

今天我要到亚布力林区青云小镇去。湛蓝的天空下白云飘浮，高大苍翠的红松挺立路旁，色木槭带头点燃了"五花山"

的璀璨，疏朗俊美的白桦林橙黄明媚，野蔷薇叶子红彤彤的，九月菊的白花美得让人心动。

与这些亮眼的景致对应的，公路旁边的森林小火车的铁轨锈迹斑斑，已经废弃好久了，却不知道什么原因一直没有拆除。两条比今天通用铁轨略窄的铁轨向着远方延伸，我在那里遥望许久，情有所动，心有所叹。几十年前的老物件依旧存在，让我想到过去林区伐木时代的历史，想到垛满木材的储木场，想到穿行在大森林里小火车呜呜鸣笛的声音。新修成的旅行公路上驶过来一辆观光车，它从我们身边疾驰而过，一下子把我怀旧的思绪切换到当下，而此时，一阵银铃般的笑声从敞篷观光车上扑面而来。

红艳艳的花楸树诱惑着我们在别墅群里穿行，一栋栋小楼沐浴在阳光里，甬路相连，绿树掩映，开放的小区夹持在两旁的高山中。别墅的房间设施齐全，窗明几净，不消说给水取暖，连免费上网设施也是一流的，我为虽地处深山却有如此现代的居住环境感叹着。管理这个别墅区的人告诉我，这个名为"森工部落"的旅游项目是亚布力林场在改制中打造的，从一开始就秉持高端的设计理念，突出林区特色，破破烂烂的旧工区华丽转身，成为旅游旺季一床难求的高档度假区，是林业局转型发展的一个缩影。

山路弯弯，层林尽染，好汉泊水波荡漾，水畔的房车干净整洁。山下的"韩老六家"庭院深深，本以为是一处农家乐，走进去才发现原来是亚布力林业局把周立波小说《暴风骤雨》里的人物迁移到这里来了。

站在山脚遥望远处，锅盔山上密布的黑森林被一道道滑雪道分割得清晰可见。虽说现在不是滑雪季，可那些"绿水青山就是金山银山"和"冰天雪地也是金山银山"的标语已经重刷，红红的，新鲜光亮，看得出这里的人们正在做着滑雪季的各种准备。人们骄傲地告诉我，亚布力滑雪场如今已经声名远播，成了国内顶尖的滑雪旅游胜地。

亚布力算得上关东重镇，以"林"字命名的街道比比皆是，兴林街和爱林街，林工路和林茂路，我没有舍得时间去看，没有统计与"林"字有关的道路究竟有多少条，只顾在职工新村附近流连了。看着那些成方连片的高楼，一直陪伴我的王泽江师傅说，这里是国家实施林区棚户区改造工程后盖起来的。"天保"工程国家给了森工企业救命钱，棚户区改造工程造福每一位森工人，让他们住上了新楼房。房子面积虽然不大，但都安装了暖气设备，这对于过去经常爬冰卧雪，患有胃病和风湿病等各种慢性病的老职工来说已经享福了。林区职工的退休金虽然不高，却能按时发放，山里头空气清新，山清水秀，他们知足啊！

王师傅嗓音不高，我却真切地记下了。我感觉他的话很实在，说出了普通老森工们最真实的心声。

裁一片绿影
送给你

沙山与林海

一

我现在正奋力爬山过海，挥汗如雨。

我说的这片山不险峻，却波澜壮阔，是黄沙与绿树并存的沙山。

站在高处遥望前方，您是否看见那数不清的山包？"五岭逶迤腾细浪，乌蒙磅礴走泥丸"大概就是这种气势吧？

再往远处瞭望，您是否看到那些或高或矮，纵横交错的山脉？是的，多少座大山被分割出一列列山系，它们虽然没有名字，没有名山大川高大雄伟，可它们和昆仑山、大巴山、太行山一样有自己的序列。如果您再仔细观察，视域里的每座山是不是都有明显的山脊和陡峭的山坡？那是一片多么雄浑的世界啊！

攀登没有森林的大山是乏味的，我们习惯称它们是荒山秃岭，没有人喜欢它们。可我要告诉您的是，我现在攀爬的这些山历史上就是秃山，是不毛之地。想想其实也不怪，大风创造出来的沙山怎么会生长树木呢？真的，历史上它们不但没有树，连小草都没有。

直到有一天，生活在它周围的祖祖辈辈为风沙肆虐受苦的人们生态意识觉醒了，他们刨根问底，弄明白了这里历史上曾经草木繁茂，只是后来因为战争、火灾还有人类自认为必需的索取才留下了这样的自然遗产。终于有一天，人们面对沙漠危害，决心要彻底改变沙进人退的局面时，他们才重新打量这片几乎是沙漠的土地。不同以往的是，这一回他们不是赶着毛驴来砍伐薪柴，而是用麦草扎成网格铺满沙地，再在上面栽植柠条等灌木。经过几十年持续努力，多少年觊觎着人类家园的沙漠终于停下了前行的脚步。人工林长起来了，沙蒿、沙葱等沙生植物也跟着长起来了。

二

我现在正奋力爬山过海，挥汗如雨。

我说的这片海没有惊涛骇浪，却波涛滚滚，是黄沙与绿树并存的林海。

我站立的地方全是沙子，您看到了吗？还有，您看到前面沙地上那一道道波纹了吗？它们像不像微风吹拂水面荡漾出来的水波？我看一模一样，可我知道那不是水，是沙。它们是大风把沙地吹皱后形成的大地纹理，一缕一缕，长长短短，弯弯曲曲。我俯下身子观察，简单的一条波纹也能够分出高低。尽管高差不

裁一片绿影
送给你

大，却能清晰地辨出高峰和低谷，只不过微观一些罢了。

我眼前的世界既是沙山瀚海，又是一片广袤的林海。她没有亚马孙河流域热带雨林那样幽深，也不像北海道人工经营的杉木群落那般高大，甚至连贺兰山里青海云杉与灰榆混交林都比不上。可是您知道吗？旁处的茂密森林或是不曾遭遇灭顶之灾破坏的原始林，或是虽然遭受过破坏，却是在自然条件好得多的地方恢复起来的人工林。而这里是毛乌素沙漠边缘白芨滩，一片千疮百孔、流沙滚滚的"准沙漠"！

沙山与林海

您一定看到了，即使现在这里依旧保留着它被破坏后留下的疤痕——被今人当作标本保留下来的白晃晃的沙丘。经过了多少年的治理和保护，今天白芨滩上所有的沙包上都栽满了树。尽管这样，我们依旧能清楚地看到几乎所有的树木全部生长在裸露的沙地上。我长久地看着那些柠条和花棒，这里的小树生存艰难的心思一直在我的心中涌动。

这里叫羊场湾，过去是一片流动沙丘，现在全都栽满树木。您看，那一株盛开着粉红色花朵的花棒随风摇曳的样子有多美！谁能想到在浩瀚的沙漠里能开出如此绚烂的花朵？您再看它那斑驳的树干，嫩红的新生树皮顶碎褐色的老树皮，那样子宛如一条蛇在蜕皮，它表现出的是怎样努力生长的姿态啊！最吸引人的是它那松柏一般的叶子，适应干燥气候进化而来，同大海里的珊瑚一样骨感。柠条树叶被风吹着，泛着白光，波浪翻滚。秋阳照耀着那缀满枝头的深红色果实，一嘟噜一串串，为传宗接代努力地积蓄能量。由于蒸发强烈，气候干燥，白芨滩里树木的根系都特别发达。尤其是花棒，它的树根跟大海里八爪鱼吸盘似的躬身抓地，即使被大风掏空了，所依托的沙土也依旧支撑着一蓬蓬的绿。

三

我现在正奋力爬山过海，挥汗如雨。

眼前黄色的沙山与碧绿的林海并存，甭看它地表滚热，却是不少沙漠野生动物的家园。冬春季节，这里常常被一层白雪或清霜覆盖，寒风凛冽，冰清玉洁，犹如童话世界。无论是沙

栽一片绿影
送给你

滩还是雪地，偶尔会看到兔狐和石鸡的足迹。夏秋季节，橙黄的沙土与淡绿的灌丛混搭出绝配的色调。清晨和傍晚橘黄色的艳阳照耀，沙地一片金黄，烈日炎炎之际，每一片树叶都缩卷起来，偶尔的降雨让每一棵树的树冠间挂满水珠，玲珑剔透，在微风吹拂下滴落在干燥的土地间。傍晚时分，夕阳的光影贴着地面移动，猪獾和刺猬会憨头憨脑地出没林间，它们一会儿在沙坑里拱拱，一会儿在树荫下嗅嗅，急切地找寻食物。甲壳虫也会选择沙土不烫时出来走动，它们在这棵柠条与另一棵旱柳间跑来跑去。石鸡总是悠闲，除了交配季很少大声鸣叫，它们常常趁着凉爽时候出来，在花棒树的阴凉里久久站立，一声不吭地盯着脚下的沙地，一旦有小爬虫慌慌张张进入视野，它们便猛地冲过去，先把小虫嗑在嘴里，之后仰起脖颈，三下两下便吞咽下去。

眼下这里晴天丽日，白云悠悠，看得见天空有喜鹊和燕子飞过。老瓜头的花期蜜蜂最忙，花蜜好吃，可惜现在过了割蜜的时候。周围的甘草都结了果实，看着像旱死了，其实没有，它的毛刺非常硬，我一时粗心碰了它，嚯！好痛哟！

已经记不清在白芨滩里爬过多少座沙山，穿越多少次林海了。尽管它不是通常意义的三山五岳，不是渤海、黄海、东海、南海那样的海洋，树木也不如大小兴安岭那边葳蕤多姿，但是我却固执地认为这里的林海也很有气势，也能给人排山倒海的感受。

贺兰山上

　　几只山鸦正在崖壁与蓝天的结合部游弋，喳喳的叫声在山谷间回荡。我本能地仰望它们和那些巍峨巉岩，在贺兰山这个叫苏峪口的深山沟里，要让自己的视线走得远些可不容易。"一望无际"难以实现，除非你往天上看。

　　我们一直顺着山沟走，要赶到宁夏与内蒙古阿拉善盟左旗交界的分水岭上去。山脚的河道和山路并行，逼仄的程度超乎想象。

　　天然林保护工程实行分区管理，贺兰山也不例外。这里的实验区从山门算起，我们已经走了十几公里。山路像一条带子左右飘摇，与山里流淌下来的无名河相向而行。一起进山的刘向才站长指着一处宽大的水面告诉我，干旱时马鹿和岩羊都会成群结队地跑到这里饮水，多的时候好几百只。两三墩烽火台从车窗前快速掠过，提醒我古时这里曾经是边关。偶尔发现山间有房舍旧址，残墙断壁，保护区的刘高峰说，天然林保护工程实施以来，已经有上千人迁移到山外，他们由牧民成了农民，支离破碎的建筑是他们搬离时留下的。

裁一片绿影
送给你

路旁长着一棵棵芨芨草和金露梅。刘高峰告诉我，7月下旬这里刚刚下过一场暴雨，山路被洪水冲毁不少。雨水提高了山地墒情，绿色丰盈多了，从前可没现在好看。这贺兰山坐落在西北干旱地区，山体大多岩石裸露，森林覆盖率很低，保护和恢复植被的任务非常重。不过，它阻挡来自腾格里沙漠南进的作用独特，是银川平原的天然屏障，宁夏人称它为"父亲山"，称黄河为"母亲河"，一山一水，同样负有盛名。

越野车在细窄的山路上攀爬，猛地停下来时我发现了灵光寺。原以为要进去参观，下车发现是被围栏挡住了。我明白了，再往山里走是不被允许的，需要批准才行。围栏上锁，有专人值守。就在陪同人员通报交涉那一刻，我下车打量那座掩映在树林里的寺院，除了静谧外我没有半点收获。从飘逸的旱柳树冠间瞭了一眼，我只看到了寺院屋脊的一角。在"出发、出发"的催促下，我拍下了寺院的宣传牌，上车翻看才知道那是"西夏庙"。

刘高峰告诉我，以这里为标志，山下是天然林保护工程的实验区，往上就是缓冲区了。我仰望车窗外面的景物，觉得已经进入了大山腹地。前面的道路更窄、更陡，车轮喳喳地"啃"着水泥路面，我得使劲儿抱住司机座位的后背才能平衡身子。汽车一路爬行，在一处相对平整的地方停了下来。

山路左边是干河沟，间或看到河道里的水面，一潭一潭很干净。乱石堆积，大的卧牛一般，小的形形色色。河槽对面的山体全是褐色岩石，再上面的山坡长满了杜松、蒙古扁桃，还有山丁香、忍冬等各种乔灌木。浅黄深绿，斑驳参差。河沟这边的树木更高，都长在乱石中间，要不是有木板栈道，人们很难走进去。

道路右边是一栋毛坯楼房，连门窗都没有。我询问是什么建筑，他们先是支吾迟疑，后来简单地介绍了情况。原来，前些年提倡"以经济建设为中心"的时候保护区与旅游公司达成开发贺兰山的合作意向。筹划、审批、动工，请一些头脑灵光的人在山里造景，编造岳飞、穆桂英等人在这里征战的故事，据此设置了不少景点。配套工程有游客接待中心、展览馆、点将台、观景台、缆车、步行栈道等。方案层层报上去，相关部门根据当时的形势批复建设，甚至边批边建，折腾了好几年。眼看要营运时国家开展环境保护大检查，检查组认定它们属于违规建筑。在一片叫停的指示下，几乎所有建筑都要拆除。建筑材料运上来不容易，运下山更难。这样一折腾，多少纳税人的钱打了水漂！

话语间司机回头提醒我们，一群岩羊过来了。

我的目光追随着司机师傅手指的方向看过去，几只岩羊正从左边河道向右面山坡移动。它们从不远处走过，毛色和岩石颜色差不多。我没有看到大犄角的头羊，好像多半是今年出生的半大羊羔。还好，它们迁徙须经过那栋楼的护坡，那护坡是用涂了浅蓝色菱形水泥块儿铺的，颜色与岩羊毛色差别明显，这会儿我才看清了它们。除了颜色外它们与山羊几无区别，不

裁一片绿影
送给你

叫唤，只是窸窸窣窣地走。我想它们还是有畏惧感，要不怎么绕开我们走？不过畏惧的程度应该不大，要不怎么不躲得更远？它们零零落落地走过护坡，我一只一只地数，小小群落少说也有20只。

岩羊一时成了我们的话题。据说天然林保护前贺兰山里岩羊数量才7000只，现在已经达到四五万只了。

"繁衍速度这么快？"

"原因起码有两个：一是天然林保护工程实施以来全域禁牧，没了牧民和羊群，原来的草场空间被岩羊填充进来，促进了繁育；二是没有天敌，只增不减，也是一个重要方面。"

"没有狼吗？"

"现在还没有发现。"

"就这样无休止地膨胀下去？"

"也有自然死亡，苏峪口响水护林员看到过一只岩羊挂在灰榆树杈上吊死了，发现时羊的身体还温着呢，他们及时把它送到保护区科研科去了。人们分析，死亡原因是采食树叶时犄角不慎卡在树杈上造成的。也有个别小羊羔从山崖上掉下来被摔死，不过这种情况不多。"

"马鹿也在增加吗？"

"较禁牧前增加了800多只，是天然林保护成效的重要标志。"

等岩羊没了踪影后，我们继续上山。走过一片疏林地，我们到了点将台。好大一块山石啊！它耸立在山坡上，迎着我们的一面写着"点将台"三个朱红大字。周边好些低矮的灌木，我印象最深的是乱石堆里生长着茁壮的荨麻。我从侧面绕道攀爬那巨大石块时无意碰了它，"嚯！"疼得我本能地发出喊声，原来我被它"蜇"了。这家伙有毒，人碰到它皮肤又痛又痒。刘高峰指点我在疼痛的地方抹唾液，结果疼痛止住了，瘙痒的感觉直到晚上才消失。

站在高高的点将台石面上，我向高山仰望，原来对面竟是一处突兀的峰峦，我感觉到大自然的伟力，看得出那是山崩地裂的杰作，山坡陡峭得让人心颤。崖壁顶端白云缭绕，几只山鹰在蓝天下翱翔。成片的青海云杉株株挺立，威武英俊。视线下移时我看到不少的杜松和灰榆，一棵棵直立向上，显出山坡的斜度。苏峪口保护站的李静尧告诉我，这里的先锋树是山杨，它耐干旱瘠薄，适应性和竞争力很强，它们为整个森林演替充当先锋，在优势树种油松和云杉出现后自动退出森林系统。我钦佩山杨这种先锋树的品格，更钦佩李静尧年纪轻轻就有这样扎实的植物学知识。

最后我们来到分水岭，对面就是内蒙古阿拉善左旗的地界了，在凛冽山风吹拂下我顿感清爽惬意。极目北方，山外有山，层峦叠嶂，灰褐色山峰陡峭嶙峋，浑然一片，郁郁葱葱的云杉长满阴坡。眼下夏秋相接，云雾和阳光在远处的山头互相撕扯，浓淡变幻无穷，也有阳光流泻的光景，让我想到那些被认为神仙居

裁一片绿影
送给你

住的地方其实也未必平静。我现在心里倒是沉寂，脚下高山草甸绿草茵茵，铺陈出去很远。稍远的地方有一个好大的敖包，山石堆积成的石塔至少十级，红、蓝、黄、紫各色彩带被山风吹得噼啪作响，已经风干了的羊粪蛋散落在野草间。我被这里高山草甸上的两种小草深深打动：一种是黄艳艳的细裂叶松蒿，一种是紫盈盈的达乌里龙胆。它们花儿虽小，却异常娇美，美得我一时想不起该用怎样美妙的词汇表达我的爱意。

附近的小山包上树立着宁夏、内蒙古两个民族自治区的两通界碑。以此为界，它的东坡归宁夏管理，西坡归内蒙古管理。界碑赫然，山脊明显，我却没有看到这片天然林有被分割的迹象。行政区划没有改变它浑然一体的草甸和森林，它们还是那样自然与和谐。

人迹罕至的地方是核心区，它禁止任何人进入，连科研活动也被禁止。我虽心向往之，也只能站在边缘向着大山深处瞭望，目力所及裸岩灰蒙蒙一片，森林密密丛丛，云雾在远处的沟谷里弥漫……

这就是我看到的贺兰山，它是历史和文化资源厚重的一座山，矿藏与森林资源丰富的一座山，从清末国势衰微到近些年还一直被过度开发的一座山。让人稍感欣慰的是，解决了温饱的人们已经重新打量它，并把它列入要采取铁腕措施保护的一座山。

牯牛

肖建忠活得不容易。

他当护林员已经22年，在大山里摸爬滚打，重伤一回，死过一回，小灾小难不计其数。命运一次次捉弄他，他却越挫越勇，敢做敢为。他的倔强脾气和威猛作风因此出名，好些人办事时喊他肖站长，背地里却叫他老牯牛。

有正义感的人说："老牯牛真是好样的，我们的天然林保护就需要他这样的人！"

被他处罚过、恨他的人私下里咬着后槽牙诅咒他："那年出车祸咋就没有把他撞死啊！那次在山里咋就没有把他电死啊！"

肖建忠陪同我在他经常巡护的大山里行走，崎岖山道旁的林子绿意盎然，高大挺拔的福建柏、柳杉，铺陈林下的蕨类植物，还有寄生着五倍子的盐肤木，攀爬在树林间的藤蔓，颜色深深浅浅，斑驳油亮。知了在稍远的地方狂叫，偶尔有林鸟的叫声传来，蓝天如洗，静谧异常。在林间小道旁坐下来聊天，围绕着身世、家庭，说得最多的是工作，还有他的理想。我最欣赏他那句"吃哪儿保儿哪"的朴素话。他很认真地告诉

裁一片绿影
送给你

我："既然被国家聘为护林员，我就要尽职尽责。"

1996年，肖建忠受聘贵州省习水国家级自然保护区，在长嵌沟管理站做了一名护林员。岁数虽然不小，可毕竟是新兵，一股子热情燃烧着，大有初生牛犊不怕虎的劲头。1998年7月，在童仙溪巡山时，他发现有5株国家二级保护植物福建柏被砍伐，立即警觉起来。巡视附近的种种痕迹，很快发现了隐藏的木材。他一下子明白了，狡猾的盗木贼或许在准备把它们运下山时被啥事耽搁了，或是考虑运输困难，采取分散作业的把戏，先行砍倒，把树木锯成半成品，伺机外运。

事不宜迟，肖建忠立即下山，及时向保护区公安派出所报告。民警火速上山，进一步勘查现场，研究决定采取轮流值守办法抓捕盗贼。几天时间里，森林警察换了5次岗，肖建忠因为在自己的责任区一直陪同蹲守。警察劝他回家休息，他却强调自己熟悉地形谢绝离开，和警察蹲守了一周时间。这么长时间他怎么坚持？肖建忠的本事是以山为家。山里有他安顿好了的锅灶，随时带来口粮和盐巴，存放在隐蔽处，根据侦查需要安排做饭时间。他的这些家当这回派上了用场，连警察也沾光了。狡猾的盗贼怎么也想不到，一周时间过去了，警察还在山里。他们侥幸进山，结果落网了。盗伐树木的罗某等三名盗贼来自山下的天鹅池村，他们同样熟悉山里的地形，在山岭沟谷里绕来绕去，待到认为确实没有危险时才走到藏匿木材的地方。他们看到先前锯好的木材原封未动，高兴坏了，开始找寻高大树木固定绳索，准备把圆木放溜到山下。正当他们聚精会神干活时，几名警察悄悄靠近，一声"不许动"把他们吓坏了，几个人一下目瞪口呆。有人想跑，可瞭望四周全是警察，也就打消了逃跑的念头，乖乖就擒。审判结果公布，罗某等三人被判三年有期徒刑，银铛入狱。案件在保护区内外快速传播，极大地震慑了长嵌沟附近图谋不轨的人，将一度泛滥起来的偷盗珍稀林木的嚣张气焰压下去了。

肖建忠虽然没有直接办案，但也有人对他心存不满，认为他这个当地人，为了自己挣工资出卖了乡亲。保护区就在我们家门口，靠山吃山是正理，我们吃点儿拿点儿有啥不对？对有这样心思的人，肖建忠没少做工作，总是善意地提醒他们，你到山里养蜂，采些山货，甚至砍些薪柴我们认可，可你不能蹬鼻子上脸去踩自然保护区管理的红线。

肖建忠祖居东皇镇半边塘村，兄弟姐妹九个都是农民，他明白正人先正己的道理，只要和亲友见面必定劝解他们别违法，支持自己的工作。兄弟姐妹们没有一个给他惹事儿，他感觉很欣慰，管起旁人来腰杆子也就硬得很。

为了尽职尽责做好工作，他不辞辛苦，常年巡山不止。习水自然保护区有一条马临至合江的省道横穿保护区，为长嵌沟的管护工作增加了不小难度，也自然成了管护站巡护的重点。2007年8月2日下午，巡山时肖建忠觉察到从山里开出来的一辆运输木材的卡车疑似载有国家保护树木，便猛踩油门冲

裁一片绿影
送给你

了上去。只听"吱——"的一声，他骑的摩托车从左侧靠近卡车，当即大声向司机喊话："靠边儿停车，请接受检查！"卡车在急速行驶，司机假装没听见，车速不减，继续飞奔。"卡车靠边儿停车，接受检查！"　根据路况，肖建忠再次从右侧冲上去向卡车司机喊话。

让人没想到的事情发生了，那个心里有鬼的司机不但不停车，车速也没减。更可恶的是他故意甩尾，导致肖建忠的摩托车难以控制，被挤到了道沟里。由于车速快，瞬间翻车，肖建忠当时就昏过去了。待到醒来，他发现自己已经躺在医院的病床上。看见妻子袁国佑坐在旁边看着自己，他明白了事情的严重程度。看见丈夫醒来，妻子哇的一声大哭起来："你这是干啥呀？我在田里听说你出车祸不省人事，我感觉天都塌了！"

妻子的话让肖建忠清醒了。他在脑海里快速回闪，回想那惊心动魄的一幕，明白自己出了车祸。他本能地想坐起来，可一阵钻心的疼痛让他一阵呻吟。妻子俯下身去，忙着给他擦去脸上的汗水，抹着眼泪劝他不要动。他看看绑了一堆绷带的左腿，明白自己的伤势一定很重。

当地医院诊断，肖建忠左腿整肢粉碎性骨折，需尽早转院手术。之后他被转到四川泸州医学院附属医院，手术中用钢钉固定骨折部位，在病床上躺了一个多月，最困难的半个月他只吃流食。担心自己后半生成为残疾人，他情绪非常低沉。直到两年后那两颗嵌入大腿、小腿的钢钉才被取出来。

我俩走进了长嵌沟深处，时下正是梅雨季节，河沟里的水流潺潺有声。拥挤在山石间的水流白花花的，涓涓作响。小小水潭里，深绿色水域恰如翡翠，山风吹皱水面，白光与暗影互动，美得让我惊叹。我赞美着那没有一点儿污染的河水，赞美着山坡上青翠的林木，看得出老肖很欣慰。聊了一会儿，我们又说起他负伤的事情。此时他没有再吱声，只是停下脚步，把左腿抬起放到一块山石上，撸起裤腿儿让我看他的伤口。他左腿的大腿和小腿上各有一条40多厘米长的肉红色伤口，翻转扭曲，疙疙瘩瘩。

　　"还疼吗？"

　　"阴雨天还疼，隐隐的，又沉又木。"

　　随后，他又告诉我了一件比那次摔伤还危险的事情。2008年10月里的一天，肖建忠像往常一样在大山里巡护，一件不曾想到的事情发生了。从河坝到半塘村农网改造架设的高压线由于缺少维护，山风舞动树枝时常常击打到高压线，极有可能因漏电发生森林火灾。为消除隐患，肖建忠用镰刀去清理那些树枝。没曾想突如其来地下起一阵雨，他注意到了上头的树枝，却忽略了稍远处地上的树枝，结果被漏电击晕，他躺在山坡上不省人事。

　　算他命大，猛然倒地时身体在滑动中刚好离开了那条带电的树枝，脱离了危险，他躺在地上也不知道过了多久，连雨水也没浇醒他。到了本该回家时妻子不见他回家着急了，一家人一边去喊亲友，一边往山里跑。还好人们及时发现了他，人们

裁一片绿影
送给你

绕开落地的电线，七手八脚地把他背回家。妻子哭哭啼啼，村里人乱乱哄哄。村医说还有气儿，应该死不了。正当人们争论着是不是往山外的医院送时他竟苏醒过来，妻子首先发现他睁开了眼睛，破涕为笑中骂他死鬼，之后竟撕心裂肺地嚎起来。

这就是和平年代里一个再普通不过的自然保护区护林员的生死经历，平常，无奇。不是没想到危险，只是总有意外。

我俩走出山谷，面前山口的境界豁然开朗。我俩的话题轻松了不少。肖建忠告诉我，"天然林保护二期工程"实施以后国家的投入增加，当地的经济形势好多了，年轻人都到城里去打工，山里人生态环境保护意识也提高了，像20多年前那样进山偷木材的人越来越少。随着保护区管理水平提高，森林越来越茂密，野生动物越来越多，新的形势下新问题又出来了。山里野生动物增多，野猪、猴子等动物经常出山到保护区缓冲区的村庄吃庄稼，农民受损失就来找护林员撒气。就在去年，几只野猪糟蹋了半塘村埂上组张某的玉米地，造成这块一家人赖以生存的口粮田绝收。面对一片狼藉的土地，老张气得浑身发抖，妻子委屈得大哭起来。他们知道是野猪毁了他们的庄稼地，可是野猪早已回到山里去了。他们的愤怒没处发泄，便商量着把玉米秸秆用车拉到管护站。老张把手推车堵在管护站门口，双手叉腰与那里的人理论起来。

"你们保护区里的林木有《森林法》保护，野兽有《野生动物保护法》保护，它们吃了我的玉米，你们是它们的监护人，得承担责任！"

话音未落，大土组的陈某也赶来了，他反映他家的庄稼地也被野猪祸害了，询问保护区怎么赔偿。

"赔我玉米！"老张叫嚣着。

"不赔也行。你们管护林木，也得同时管护我的庄稼！"老陈跟着说出自己的意见。

两个人你一句我一句在保护站里大呼小叫。

面对两位同村不同组的熟人，肖建忠不急不恼。他让同事从办公室拿出两个小本本递到他们手上，之后告诉他们，野生动物损坏庄稼的责任主体是当地政府，管护站将协调当地政府解决他们的问题。

法律的威力是无穷的，二人看到肖建忠说的在理，也就不再那么执拗，同意了肖建忠提出的建议。随即肖建忠到镇政府协调，安排人员到受损失的两位农民田里勘察损失情况，最后由民政部门通过灾情处理的渠道补偿了两个家庭的经济损失。

裁一片绿影
送给你

柳暗生烟

　　"四面荷花三面柳，一城山色半城湖。"这因水因荷因柳著名的济南老城现在北风长驱直入，冬来的第一场雪覆盖了它。不经意地望过去，道路像冰封的河流似的延伸开去，转弯后分叉，最后不知道流淌到哪里去了。团团白雪融入有绿底子的草地，上面浮雕似的落满姜黄色的柳叶，那斑驳参差的模样令人遐想。甬道上那些台阶现时正是钢琴的键盘，黑白相间的琴键跳动，弹出风声水响。这当口看趵突泉和大明湖都很清瘦，泉城的景色很纯洁。看来看去，一派冬景里生动的只有树。众多的树呢，柳又翘楚。阳光斜射，一袭绿衣间杂着浅黄斑点，枝条上缀着雪团，闪烁中让人感到那里有反光的挂件，婆娑弄舞，似在风中打秋千。雪后初霁，阳光明媚，雾霾明显淡了，空气清明，水中的倒影更为清晰。泉城的柳树被活水长期滋润，独领泉城一时一地之风骚。

　　冬至到，地气升。站在大明湖畔的垂柳下，吟诵着"山重水复疑无路，柳暗花明又一村"，多少回我拽着婀娜多姿的柳条看了又看。那些芽孢秫米粒儿般大小，多少带些绒毛。尽管天寒地冻，北风凛冽，进了冬至节气就有变化。芽孢虽小，细看却似花蕾，有鳞片，片与片之间有细小的缝隙。寒冬时节抱得紧，冬至过后便放开了些。鳞片微启，能感觉到它瞬间弹开的模样。干脆说吧，柳树枝条连同那些芽孢现在已经略略地显出了绿意：一种韵致，一种消息。柳条依依，条条垂挂，每个芽孢的活动空间上只是一闪，时间上只是一瞬。众多芽孢的一闪一瞬，数不清的一树枝条，多少棵柳树集合，那连缀在一起的树梢便升腾起轻烟浅雾。我认定，它就是人们常说的柳暗的模样，有些灰淡，有些朦胧，柳烟起处现出"暗"色，似雾气笼罩。多少回远远地观察，我发现柳烟的"暗"只在孟春前后几天里生发，"暗"得不声不响，却饱含着生机。

多少次品咂"柳暗花明又一村"的滋味，认定"柳暗"就是柳林生烟的模样。但是当我翻阅厚厚的词典字典找寻佐证时，答案却令我失望，那里几乎异口同声地说"柳暗"是指柳荫！于是，我开始质疑，为了弄清真谛我一次次走进柳林，那是一年的不同季节，不同季节里的不同地方，竟至隔季又隔年。比对分析，沐浴阳光，领受雨雪。最终我发现柳林中笼罩着的那种富含生机的"暗"色，就华北地区来说冬天没有，秋天没有，夏天没有，只在春天有。春天呢，仲春没有，季春没有，只在孟春有。这种常常让我心动的"柳暗"，眼下正在大明湖畔的柳梢上萦绕、弥漫，如地气蒸腾。它的"暗"恰当其时，既不是深夜的那种黑暗，也不是物件失去光芒那种晦暗，

裁一片绿影
送给你

它的"暗"是富有活力的，蠢蠢欲动的，表现出的是生命成长的能量。

自然，"柳暗"的日子是短暂的。待到芽孢裂开口子，柳叶伸腰，继而鹅黄、浅绿、深绿起来，季节就进入仲春了。那时候，柳烟成长为柳荫，"柳暗"也就让位给蓬勃的绿色了。

为什么会有"黎明前的黑暗"？为什么年轻母亲临产前有一段时间会缺少女人的靓丽光鲜？这是不是事物巨变之前共有的品性？"柳暗"或许也能佐证这样的道理！

这以后，"三日不见柳成荫"的三月，"七月流火"的暑月，"白露为霜"的秋天，柳树会按部就班不紧不慢地生长。给人浓荫，过滤空气，提纯水质，与旁的生物和谐相处。在泉城，真不知道它们演绎过多少动人的故事。

游历济南的老街老巷，低头看水，抬头看柳，总会不自觉地默念刘鹗的"家家泉水，户户垂杨"。泉城柳树多，杨树少，即使有杨树，它们也不像柳树那样枝条垂挂。刘鹗笔下的树明明白白是柳树，可他为了什么偏叫垂杨？是因为顺口，还是因为韵脚的需要？因为他的诗，不知道害得多少后人费过思量。当地人辨析这说法，一是古人杨柳通用，另一个则说当年隋炀帝来过济南，发现柳树好看，便赐柳姓杨，让它享受了一回皇权的恩泽。留下的这则故事，因为张扬皇权常常让人唏嘘，草木之名虽不关乎性命与荣誉，但是胡诌也不是好事。

"隔户杨柳弱袅袅""春风杨柳万千条"，从这些诗句里我们能够看到在一些地方古人杨柳通用的痕迹。为此我还专门询问济南从事林业工作的朋友。他说，在济南柳就是柳，杨就是杨，不含糊。在济南，有泉的地方就有柳，柳与泉随，与人家相伴，而高大葳蕤的杨树却不多见。

在济南泉城我常常看到这样的景象，街旁有一庭院，院旁柳树葳蕤。把半掩着的木门推开一条缝儿往里头瞧瞧，竟看见里头有主人引流泉水做的水池，池水里有数尾锦鲤游动着，柳枝上挂着鸟笼，唧唧叫着……看得发呆时竟想，闲暇时来这里坐坐，树下摆设桌椅，泡上一壶绿茶，邀来二三知己品茗聊天，做一回有福的济南人，安享半日清闲，一定好！

不过惬意之后有烦恼，免不了为刘鹗的垂杨问题纠结，刘鹗为什么要把美丽的柳树说成垂杨？不存在争议的答案现在没有，以后恐怕也难有。思虑多时，竟有了自己的感悟。我认为，植物学上区分杨柳是科学，文学上杨柳混搭属艺术。调理出这样的思路，疑问也多半得到化解。杨柳本是两种树，春天都早于其他树木复苏，都生长差不多的柔荑花絮，飘散着一样的"风媒花"，古人、特定地域的济南人喜欢这样称呼应该给予理解。至于隋炀帝赐姓的事，虽然有趣，但说无妨，不过也不好太当真，因为故事本身含有皇权至上的糟粕，"普天之下莫非王土"的时代已经远去，再对皇权津津乐道无疑是倒行逆施。作为普通人，明白科学上杨树是杨，柳树是柳就够了。如果再有兴趣，可以知道它们各自都有五六百个品种，有乔木有

裁一片绿影
送给你

灌木，我看也就够了。

济南给外地人的印象第一是泉多，有名的泉达72处，无名的不计其数。赵孟頫有诗："泺水发源天下无，平地涌出白玉壶……云雾润蒸华不注，波涛声震大明湖。"济南城北是黄河，南边是泰山山脉，南高北低，水脉北行是常识。黄河东西走向，水向东流。在济南的地下，我想该是两股水交汇抵触形成压力的地方，导致出现泉涌是有道理的。中央电视台预报天气趋势，经常说冷空气南下时遇见暖湿气流，二者相遇形成雨雪。天上有强对流天气，地下有没有强对流水脉？如果有，济南有那么多泉眼出现就是合理的。我多次来济南，关注柳树与我的职业有关，也与我本人的生活经历有关。我的家乡在燕山山脉的一个褶皱里，那里叫柳河圈。打我记事的时候起，我就常在柳林里活动。挨饿的年头捋柳树芽子吃，日子好过的时候经常去柳林里玩耍，削柳笛，编帽子，及至年长懂得生计的时候，秋天里总会砍一捆柳条编篓织筐，还会到灌木丛里挑选顺眼的枝条做锹把。柳树我太熟悉了，参加工作后从事林业工作，大江南北、长城内外地跑，国内国际间交流，总会接触柳树。前几年我参与我省从比利时引种的工作，跨海越洋地调来30种欧洲树苗在坝上试种，结果大部分树种中途夭折，只成活了三四种，全是不同的柳树，这件事更加深了我对它耐活品性的认识。

我在济南看柳时自然会想到旁的地方的柳树，柳树并非济南独有，数量也不是天下第一，品性也不见得出奇。以开封为创作背景的《清明上河图》，里面的树大部分是柳，国内国外以柳命名的地方不计其数。泉城的柳树之所以被我关注，并非特别，其实就是它在泉城的诸多景致里是重要的一员。泉城最有名的山是千佛山，湖是大明湖，泉是趵突泉，它们是这个城市的唯一。但是荷与柳却不是，哪儿都有。不过济南得以成为中国北方最有名的泉城，还真少不了荷与柳这两样，少了，泉城就没了整体的美。同时呢，整体里又有重点，城叫泉城，柳是市树，删繁就简地诠释了趵突泉和垂柳在这里的地位。事物都是互相联系的，相互依存，互相影响，共美当中自有本身的美好。柳树在泉城无处不在，和人朝夕相处，美化人的生活，净化水质，提供清新空气，靠奉献绿荫实现自身的价值，我看也就够了。

裁一片绿影
送给你

删丹如画

今天我要见的第一个人是徐柏林先生，我得叫他先生，作为大黄山自然保护站的一把手，他学历高，事业有成，很受人敬重。

他按时从坡底走上来，打着招呼，一溜小跑奔向我，一副满面春风的样子。握手间，我询问他怎么这样开心，他支吾一下说："你们到来给大黄山带来一场好雨，可谓久旱逢甘霖，能不高兴吗？"

我思忖着，不愧是领导，本是随意聊天，他却从一方水土的角度考虑问题，格局不小。

握手后我俩找块石板坐下来，我自然知道这家伙在和我开玩笑，便先和他说起闲话。

我把早晨已经看到的、存在心里的疑问说出来："这里不是焉支山的山门吗？你们单位为什么叫大黄山保护站？"

"算你找对人了。"他这样做了开场白，"我刚刚发表了一篇《焉支山概况》的文章，说的就是这方面的事情。焉支山地处河西走廊，隶属山丹县。由于历史背景复杂，自古以来众多民族在这里繁衍生息，导致名称很多。叫过删丹山、胭脂山、燕支山等，因为出产中药材大黄还叫大黄山，无论哪个名字，各自都有背景。

"匈奴时期就有焉支山的记载，可考文字见诸明朝的《政字通》。那里面说：北方有焉支山，山多红蓝，北人采其花染绯，取其英鲜者作胭脂，故单于妻号阏氏，音焉支。"

汉朝这里的文化符号最重要的是汉武帝。他执政后停止和亲，派霍去病远征河西匈奴各部，大获全胜后在这里置县，名为删丹。匈奴被打散后留下了一首情深意切的悲歌："失我焉支山，令我妇女无颜色；失我祁连山，使我六畜不蕃息。"可见曾经拥有这片土地的主人在失去家园时是怎样恋恋不舍。

隋期最著名的事件是隋炀帝西征。他不但打败了盘踞青海一带的吐谷浑，还在这里做了短暂停留，召见更远地方的高昌王等27国使臣聚会。为更好地节制西域，谒使安邦，隋炀帝在这一带举行了一场盛大仪式，后人称为"万国博览会"。

"旁的我都理解，只是不知道删丹的意思。"徐柏林还在喋喋不休时被我打断了。

"说来有意思，删丹的删字中的'册'指的是树林，你看像不像？"他随手捡起一段树枝，折断后在地上写下"册"字，之后接着说，"旁边的'立刀'指的是刀斧。'丹'字的意思你该知道，就是红彤彤的阳光。总体上说，删和丹组合在一起就是阳光穿过茂密树林的样子。"

裁一片绿影
送给你

"挺有诗意！有出处吗？"

徐柏林笑了："出处肯定有，你不觉得很美吗？"

话题正待深入，我们的交谈被人打断了。

怕这家伙说话离谱，随后我打开手机百度进行搜索，里面果然有"以晓日出映，丹碧相间如'删'，又名删丹"的说法。

早饭后，我们要去隶属于大黄山保护站的高坡管护站，那里的马杰站长和另外三名护林员领着我们上山。山道曲折，暴雨后处处清新，山地湿漉漉的。林间的野草上满是水珠，偶尔有阳光散射，一片玲珑。我站在丘陵高处看到对面山坡上雾气蒸腾，不一会儿竟弥漫到这边来了。我置身云雾里虽然不是一回两回了，但每一回的感觉都不同，大黄山里给我的感觉更多的是清冽。前行不远发现土路两边长满了沙棘，沙棘树根部有旱獭洞穴，却没发现旱獭的踪影，倒是近距离看到了成群的牦牛。它们很警觉，有几头抬起头来看动静，旋即就慌慌张张地往密林深处钻去。更多的依旧在林间草地上吃草。牦牛毛多毛长，披挂在腰身两边，和黄牛比起来粗壮却低矮。

一位牧民出现了，他身穿迷彩服，连鞋帽都是斑驳色彩，如果隐蔽在沙棘林里很难被发现。他40多岁，全身精瘦，脸色黝黑，见到我们后侧身下马，提着鞭子站在沙棘丛边沿与我们说话。我问他姓名，他说自己是藏民，有汉名，正要答复我时因了回答旁人的问话岔开了。我和他简单交流，知道他是这片山地的编外护林员，管护站按月发给他少许补贴，他放牧时会留意山里的变化，一有风吹草动马上报告管护站。

山里的天然林长势还好，阴坡多青海云杉，高大葳蕤。阳坡多祁连圆柏，纺锤形树冠翠生生的，很美观。它们是这里的优势树种，病虫害因为气候寒凉发生率不高。阳坡和阴坡上的灌草区别不大，主要是金露梅和银露梅。祁连山自然保护区天然林保护中心主任刘希芹告诉我，在祁连山这样的高寒山地，乔木灌木形成一定的植被层，水土保持功效就能发挥出来。眼前这片丘陵地上的沙棘已经密闭成林，树龄该有二三十年了。

下山途中经过管护站旧址我们停下来，山坡孤零零的几间砖房里宿舍、伙房和仓库还能够看出模样。天然林保护区按工程管理后人员固定，投入固定，已经出现了良好的发展态势。为了改善护林员的工作生活条件，几年前他们在交通更便利的地方建了新的管护站，取暖和用水等条件都大大改善了。

在这里我再次见到徐柏林，他是高坡管护站的上级领导，大黄山保护站管理着9个管护站，正式职工近百人，杂事急事不断。早上我俩谈过后他回机关处理事务去了，办完后又急着赶过来，我俩找了一个僻静的地方继续谈。他一再要求多谈他的团队，少说他个人。这回我们的话题放得更开了，他和我说了保护站的不少难处，我明白，在他看来最棘手事情是管人。他告诉我，大黄山保护站职工普遍学历低、素质差，动不动就闹矛盾，作为这里的当家人，他在这方面投入的精力太多了。

"比如说呢？"我这样问他。

"比如说一名韩姓青年就费了我不少心思，本是接续父亲上班的林二代却不热爱护林工作，不愿意待在山里，整天应付差事。

"保护站对职工管理有一套成熟的机制，发现了苗头先是由管护站长做工作。基层人谈话多是当面鼓、对面锣，指出旷工的性质，要求不再发生。教育工作有效，可是过了一段时间又出现反复，管护站长就把小韩的问题上交到保护站主管站长那里。主管站长找小韩谈心，梳理他心中的郁结，小韩表态永不再犯。可是没过多久旷工毛病像吸毒者复吸似的，犯了改，改了犯，让人头疼。

"小韩的问题最后反映到我这儿。我们实行集体领导，只能召开班子会商量对策，集体研究后决定停止他的工作。停了工作就停发工资，这下动静大了，家人朋友都来找我说情，跺脚发誓。

"几个月后家长带着小韩找我，要求恢复工作。"

"现在怎样？"我知道护林员的工作很清苦，寂寞，年轻人往往待不住，很想了解小韩的现状。

徐柏林一脸苦笑："还能怎样？只能恢复他的工作，效果依旧不理想。我们总是希望'以情感人'，可是谈何容易？制度管人才是根本啊！"

我看出徐柏林动了感情，知道他这个管着百十号人的站长当得不轻松，便对他说了不少安慰的话。他告诉我，天然林好管，树不会闹情绪、发脾气，是看山护林的人不好管。他多次在班子会上强调，要想管好树必先管好人，人管好了，林子不是问题。

　　思想是行动的先导这话不错，连谋划和思考都没有，怎能理性工作？基于这样的考虑，大黄山保护站一班人在徐柏林领导下，副站长张永称、王涛和派出所所长曹政各司其职，团结一致，他们以提高职工素质为抓手，全力支持职工自学成才，鼓励职工参加继续教育。保护站宣布，只要职工取得正规学历保护站报销学费。近十年来，全站竟有40多人取得了大专以上学历。单位里自此形成了一种爱学习、爱工作、爱场站的良好氛围。同时他们积极改善职工生产和生活环境，千方百计提高职工待遇，在天气凉爽时开挖菜窖，无碳储存蔬菜，解决了职工在山里吃菜困难的问题，为每个管护站配备了节柴灶和太阳能，开展技能操作比武，丰富业余生活。经过持续努力，大黄山自然资源保护站职工整体素质有了很大提高。2013年，他们被中华全国总工会命名为"全国工人先锋号"，成了林业工人的先进代表。

　　返程途中发生了一件事，我们发现一名护林员在赶路，徐柏林喊着停车捎上他。车子停下来，我发现附近有一片长势非常好的云杉便要求去看看。我们走过去，刚走到林缘竟发生了奇异的一幕：我突然感到太阳出来了，抬头仰望，雨后一直阴

裁一片绿影
送给你

云密布的天空忽然乌云开裂，镶金边的云缝阳光乍泄，橘红色的光芒倾泻林间。它们穿过碧绿的云杉树投影在长满芨芨草、野菊和金露梅的地方，光影明暗，红彤彤一片。

　　我一时愣住了，真会有这样巧合的事情发生？在我将要离开这片大山时目睹这如画的删丹吗？

　　徐柏林笑着告诉我，就是这样，就是这样啊！

　　这一刻，我高高地跳起来，随之举起巴掌，此时的徐柏林也会意地对着我举起巴掌来，只听"啪"的一下，我俩击掌的声音在林间弥漫开来。

三月茵陈四月蒿

　　傍晚的斜阳映照在土坎子下那片草地，橙黄色光影柔和明亮。天刚下过雨，山地湿漉漉的，草长得很青翠。数不清的野草中艾蒿最惹眼，这会儿青蒿比艾蒿还精神。我走过这片野地，裤腿儿荡到它们，一股青草味儿弥漫开来。

　　我随手掐了一段艾草嫩芽揉搓几下放到鼻子下，艾香浓烈。这一刻我想起少年时吃过的"驴打滚儿"。做这种吃食要事先预备好糯米团子，采来艾草嫩叶洗净甩干，然后把二者放一起拿到石碾上碾轧，这样一来，清香的艾香融进糯米团子里。还有一件事是需要提前做好的，黄豆炒熟再用石碾轧成粉末儿过筛盛在盘子里，到这步各种原料都已经准备齐全。所谓"驴打滚儿"，就是用竹筷夹起切成小块儿的糯米团子放在盛着干豆粉的盘子里滚一滚，让它浑身沾满熟香的豆粉，麻利地放进嘴里享用。这种食物有糯米的韧性，有艾草的清香，还有黄豆面儿那浓重的香气，几种美味汇集一起，越嚼越香。这种食物属于硬饭，不能吃得太多。吃得不够尽兴的东西让人犯馋瘾，因此我常常想起它。

裁一片绿影
送给你

眼下我正走在塞外的桑干河畔，这一片丘陵地艾草密集。我同乡的同事来山里查看预造林地，谋划在这里造林。我们东一句西一句地谈论种树的事。看到艾蒿说艾蒿，有人用一句"三月茵陈四月蒿"形容时间迫切，形象地传达给我趁早决策的意见。

茵陈是一味草药。传说东汉丰年华佗上山采药，发现一个山民将茵陈挖出来放进嘴里吃，就上前询问缘由。山民说自己腹部疼痛，吐黄水儿，吃几天这种草效果很好，于是今天又来采摘。华佗判断这位山民得的是肝病，以后他凡是遇见患了肝病的人便用它治疗，经过一再验证疗效很好，从此用茵陈治疗肝病的事就被记载下来了。

蒿子是个大家族，仅我国境内就有近百种。古诗常常用它比喻荒芜凄凉，譬如王昌龄就有"黄尘足今古，白骨乱蓬蒿"的诗句。我们常见的蒿类除了艾草外，还有青蒿、白蒿、蒌蒿和牧蒿等，其中最知名的是青蒿和艾草。屠呦呦等科学家研究出"青蒿素"治疗疟疾造福人类，因此获得了"诺贝尔生理学或医学奖"，是用蒿草造福人类的典范。在塞外的山地间行走，我还在阳坡见到过一丛丛的铁杆蒿，它是一种指示性植物，它的出现预示着土地瘠薄，濒临荒漠化。它们一丛一丛生长在特别干旱的阳面山坡，岁岁枯荣。

茵陈春天最早发芽，起初人们把它当野菜，刚刚发芽时挖来吃。但是它长得很快，叶子一老就嚼不动了。无疑，茵陈是嫩时药用的艾蒿，艾蒿是长大后的茵陈。二者本为一物，一嫩一老品性大不相同，早时采来能治病救人，晚了只能当柴火。

在这片蒿草地里走一遭，我沉静下来。这片规模很大的艾蒿地让我想到事物的变化，一种东西在不同时段因品性不同而用途迥异，告诉人们抢抓时机的重要性。

当然，好多东西也不是简单的"嫩"就尊贵，"小"一定比"老"有价值。茵陈和蒿子这事儿只适合于它们，旁的事物也许相反。生长中的事物各个阶段有各个阶段的品性和功用，不能简单认定。与这种意思相似的表述，有"此一时，彼一时""时过境迁"，等等。

这句话冀北一带说"三月茵陈四月蒿"，而南方一些地方却说"二月茵陈五月蒿"。南方春来早，艾蒿可以采食的时段长，而我们地处的桑干河一带春天来得迟，如果采食不及时转眼就变成了蒿柴，失去了药性。机会难得，时间紧迫，不趁早作为连黄花菜都凉了。

造林是季节性很强的工作，规划好的事要提前预备树苗、整地挖坑，现在劳动力的价格提高了，不提前和当地农民定下合同，他们外出打工到造林季会找不到人手。

"三月茵陈四月蒿"这句话，增进了我珍惜时光的心思。

裁一片绿影
送给你

华尔阔杰的心思

立秋节气刚过，祁连山里天高云淡。这边山坡上一两群牛，那面山沟里两三群马，牲畜们悠闲地吃草，出生不久的小羊羔子蹦着跳着撒欢儿。满眼辽阔，四野清明。大山阴坡的青海云杉高大葳蕤，阳坡的祁连圆柏枝叶稀疏，老态龙钟。林缘沟谷间多见一簇簇的金露梅和银露梅，每一团都枝密叶疏。

临近中午时，我们来到肃南县马蹄藏族乡正南沟村——管这里叫村子实际有点儿不合适了，因为最后一批村民去年年初已经搬离，眼下这里已经没有一间民居和一个农牧民了。他们都去哪儿了？当地人告诉我，他们大部分去了张掖。

现在它唯一的建筑物是正南沟森林管护站，凭"正南沟"三个字记载着一个藏族村落的历史。小院儿方方正正，三面有房间，大门紧临一条羊肠小道，小道旁的芨芨草和针茅左一丛、右一丛。窄冠新疆杨的个别叶片开始变黄，微风中叶片抖动，泛出晶亮的光芒。

森林管护站的房子明显有藏族建筑风格，我虽然不能说出它的子丑寅卯，可一看就知道它是藏族民居，它那特有的窗户，还有涂饰的赭红色彩，我判断得出来。

华尔阔杰是这个管护站的站长，40多岁年纪，脸庞黧黑，眉目清秀。和他一起站在门外迎接我们的还有两位护林员。我们走进客厅那一刻，刚好一位漂亮的中年妇女端来酥油茶和面食，询问得知她是华尔阔杰的爱人，有一个好听的名字——梅朵。寒暄之际扑腾扑腾地跑过来一个七八岁的男孩儿，问后知道是他们的儿子，藏族名字叫丹增特沃，汉名秦朗。

"你的名字是什么意思啊？"我看着小家伙询问。

"海洋的意思。"小家伙扭捏害羞，华尔阔杰替他回答了。

眼下正是假期，母子俩到山里探望爸爸来了。

房间不少，6位护林员换班值守这片山林，吃住全在站上。

"藏族分不少教派吧？您是哪一支？"我询问他们。

"藏传佛教格鲁派，与天祝县的藏民同宗。"说完他又补充，"基本汉化了，两个孩子听还可以，藏语基本不会说了。"

"两个儿子？"

"不，大的是女儿，叫秦达姆措，在张掖读高中，都17岁了。小的刚8岁，到张掖上小学了。"说完，他看了一眼自己的儿子。小家伙知道我们在谈论他，歪了一下脑袋，张开嘴巴，有点难为情地扑进父亲怀里。

"你刚才说去年村民才搬走的，以前都住在这里？"

"是啊，就在小路对面。过去我们这里很落后，没人才，人们又不会种地，连医生、教师和会计都没有。20世纪60年代

裁一片绿影
送给你

政府动员汉族人来支援我们，那时候正南村有50多户人家。生产队里一半汉族，后来他们逐步搬走了。"

"搬到什么地方去了？"

"不清楚，应该是哪儿来哪儿去了吧。"

接着华尔阔杰告诉我："父亲原来在肃南县打井队工作，在我15岁时病逝了。"

"你的汉语说得真好！"

"在汉语环境下长大的么。我1974年出生，1980年在村里上小学就开始学汉语。爷爷给我起这个名字是希望我成为一名勇士。"

"大致是怎样的经历？"

"高中毕业后我去甘南州夏河县藏医院学了两年藏医。1992年参军了，在天津武警部队，三年后退伍回来。2007年在正南沟村当主任，三年后卸任在家里放牧，每年养400多只羊，30多头牦牛，有一匹马是放牧时自己骑的。"

"经历挺丰富的。"

"1983年我们村实行'大包干'，耕地、草原和山场都分到各户了。'大包干'以前我们村十万多亩山地和草原。树木经上级批准可以采伐，可是我们藏民有几百年形成的习俗，只能砍那些风倒木和雷击木，活着的树不能砍。"

"大包干时你家分了多少耕地草原？"

"那会儿妹妹还没出嫁么，4口人分了2620亩牧场，不多的几亩耕地种些燕麦和饲料。"

梅朵过来为我们加酥油茶来了。她是一个很爱说话的人，见我们聊天便停下参与进来："没有放牧时收入多啊！"说完，她把装饼子的盘子往我跟前推了一下，笑着让我吃。

我说："你的烤饼挺好的。"

她瞧我一眼，几乎是不假思索地纠正："这叫烤壳子么。"

"我还以为是烤饼呢。不是搬离了吗，还经常回来？"

"陪儿子过来玩几天。"

"去年冬天搬离的么。"华尔阔杰接过话茬。他讲话有明显的兰州口音，好多话都用"么"字结尾，声调硬朗。"只有搬到政府指定的小区才给3万元钱的优惠。为了孩子能就近上学，我们没在政府指定的小区买，两套房子都没有享受优惠么。"

"你在张掖有两套房产？厉害呀！"

"厉害啥啊？第一套是女儿上学那会儿买的，这一套属于移民拆迁。"

"面积都不小吧？"

"早年买的100平方米，去年这一套123平方米。"

"哟！很有钱哟！是不是还有车？"

"一辆'逍客'么，15万买的。孩子们在这里出生，在张掖生活不习惯总想回家，买辆车张掖这里两边跑，方便些。

"两个孩子还是觉得这里是他们的家。在山里无忧无虑，夏天秋天可以在河沟里抓鱼，到山里采蘑菇摘山花。城里没这么好

裁一片绿影
送给你

的环境么，人又不熟。只有母亲不大回来，64岁了不方便么。"

"就是说你们全家都搬到了张掖，只有你在这里上班？"

"对么，不过时间不长，去年才搬走么。整个祁连山自然保护区列入天然林保护工程后，我们这里划入缓冲区和核心区，整个肃南县2017年有149户，493口人搬走了。政策规定每个搬迁户产生一名生态护林员在保护区工作，实行合同制，每年签一次合同。全年工资三万元，没有养老金和医保，我就是其中之一么。"

说起巡护工作华尔阔杰显得很轻松，就是防火、防盗猎。"保护区的核心区绝对不准放牧，就这些么。"他耸了一下肩膀告诉我。

梅朵一定不知道我们是做什么的，看得出很想说话。当她再一次为我们添茶后竟坐下来，跟我说："不如放牧那会儿收入多啊！"

"这事儿你得往长远看，按今年的情况看是有些差别。"华尔阔杰瞅了妻子一眼，掰着手指头对我说起来，"今年一只羊羔可以卖800块。我前年、去年都卖200多只羊羔，可以收入十五六万。羊毛也有几千元收入。牦牛三四千元一头，按每年卖出8头计算也是30000多。——现在第一项是2620亩草场每亩补助17.3元，收入45000元。第二项是按人口发放生态补偿款每人每年3500元，我家5口人17500元。第三项是我30000元工资。合计起来才90000元么。"

还没容我说什么，他又说："不过我想以后会越来越好的。"

听完丈夫的精心算计，梅朵表现出满意的神色，欠了一下身子抬头看着我不吱声。

我说："放牧也操心费力吧。"

他们听了没吱声，也不知道在想什么。

这工夫听见院子里有动静，我听见有人在说话。交流就此中止，我们一起走到院子里。

我走进其他房间看摆设，都是宿舍，间间干净整洁。走出院子，站在小路上向南方看过去，这是一个很长的沟谷，一眼望不到尽头。近处的山峦里云杉青翠，空中白云缭绕，优美的环境让我一下想到远方，心中充满诗意的情愫。

我问华尔阔杰："这条路通向哪里？"

"青海么，翻过山梁就到青海省祁连县了。"

我们仰望一会儿，打消了继续前行的打算。

裁一片绿影
送给你

一位同沙漠讲和的老人

　　眼下石述柱老人正站在我的面前，他个头不高，腰身有些佝偻。深蓝色的竖条纹衬衣像挂在他那凸出的肩背上一样，黑裤子也显得很肥大。他微微喘息着让座让茶，在简短的交流中我觉察到了他的病态：身体消瘦，脸色潮红，目光散淡。

　　他和我谈的最多的话题是与沙漠争斗的故事。沙漠曾经侵袭他的家园，他努力苦斗压沙。沙漠向前推进，人们奋力阻挡。故事多多，核心内容只有两个字：治沙。

　　20世纪50年代，石述柱十四五岁，知道生活不易的光景心里就埋下了仇恨沙暴的种子。沙暴强大得像魔鬼，黑风下来，像一堵接天的黄色高墙从北面压过来，又像一队战阵，所到之处横冲直撞，瞬间淹没村庄，淹没田野，周遭噼啪怪响，让人想到世界末日。人们四处躲藏，大人呼喊孩子，孩子哭叫妈妈，无论田间、街道，人们赶紧找个背风的地方猫腰、闭眼、捂耳朵。黑风暴过后爬起来，嘴唇上沾满沙子，抖抖衣服，脚下又增厚一层黄沙。看看田里的玉米、小麦，埋的埋，压的压，一片狼藉。

　　面对风沙肆虐的田野父亲总是愁眉苦脸："这可怎么活

人啊！"

母亲的习惯动作是抹眼泪，抹过一阵便拉扯着孩子同父亲下地干活。一家人在田地里蹲着，跪着，趴着，用手一棵一棵地把庄稼根部的沙子扒走。一棵一棵，一垄一垄，一家人在庄稼地里挪动，实在累的时候才站起来伸伸腰。望着满眼黄沙，抬头瞅瞅沙暴过后的苍天，父亲不止一次地感叹："老天爷啊，你睁睁眼吧，别再一个劲儿地刮黑风暴了！"

年幼的石述柱起初很害怕沙尘暴，比大人告诉他的鬼怪还怕。随着年龄增长，他开始仇恨沙尘暴，把它视为仇敌，到了血气方刚不信邪的年龄又产生了要同沙尘暴较量一番的念头。他说："我要豁出一辈子治住沙患。"他找到村干部请求成立青年治沙突击队，提出用三年时间把村里裸露的沙荒地全部绿化。他的口号一提出，村里那些习惯了逆来顺受的人个个嗤之以鼻。有一个爱说调皮话的人当着石述柱的面说："就你，想和黑风对着干？哈哈！你能办成这件事我在手心里烤个骆驼给你吃！"

更多的人则是存着观望的心思不说话，心里认定一个嘴巴没毛办事不牢的年轻人不过三分钟热度，玩玩花活儿，不可太认真。

石述柱听了这样瞧不起人的话，气得脸红脖子粗。他狠狠地盯着那个说怪话的人反驳："不干怎能知道结果？在墙根下晒太阳能干成个啥？你们就等着我们胜利的消息吧。"

石述柱是有雄心的，就这样他背负着赌气的冲动走进了村东的大沙河。1955年春天，他带领30多名青年在这里平整沙包，插风墙，种红柳，栽白杨。人们看后不无嘲讽地说，像个干事的样子，就是不知道能不能把树种活！

结果正如那位说泄气话的人料想的那样，秋后石述柱他们栽种的树苗全都死了。治沙突击队里不少女子看后哭红了眼，而那个和他打赌的人却自信地笑了。石述柱他们不气馁，分析查找原因，认定死亡原因是栽植的杨树浇水不够造成的。

第二年他们除在大沙河继续造林外，又到村南的张家大滩栽植，这回他们更换了红柳和沙棘等树种。他们更重视造林后浇水，栽植后几次用牛车拉水浇树。当年成活不错，可第二年春天大风刮的时间太长，张家大滩的苗木从上到下逐步抽条，最后又全军覆没了。

可喜的是这一年在大沙河栽植的白杨树活了20多亩。望着绿油油的小杨树，石述柱笑了。那些和他较劲的人也笑了："这刚哪儿到哪儿啊！现在就说成功？早了点儿！"

石述柱气得不行，怒怼那人说："你怎么净长沙害的威风！"

那人也不示弱："你不看看，左右都是沙漠，多大的威力啊！"

石述柱看出来了，他要做的事情不仅仅是同沙漠和黑风较量，更主要的是要与懒惰不作为的习气较量。

扭转乾坤的第一个转机发生在1963年9月。这时候石述柱当选为村里的党支部书记，有了发动群众的权利，也有了动用村里公共资源的能力。他做的第一个决策是在村西的杨红庄滩建设集体林场，举全村之力搞造林会战。决策确定后男女老少一起行动，人们带上炒面和干馍，挖井取水，平沙造林，一场大规模压沙造林开始了。旁的不说，单说为了完成任务，那些女社员们竟想出骗孩子在来路沙窝里玩耍的主意。孩子们开始玩得挺欢，饿的时候又哭又喊。于是大孩子带着小孩子在沙滩上连滚带爬地跋涉，需要一段时间才能到达大人们干活的地方，她们就用这种办法拉开时间差抢着干活儿。

最根本的转机发生在甘肃省治沙站成立的时候。这个专门研究治沙的科研单位建在民勤县，离石述柱所在的宋和村不远。在治沙道路上苦苦摸索着前进的石述柱听到消息高兴坏了，他跑到治沙站请专家到村里做指导。专家来了，指出了他们采用黏土沙障压沙的短处，指导他们改用草格沙障压沙造林。村里人看到石述柱请高人的法子靠谱，于是大家坚定了信心。林场造林取得了成功，在风沙最严重的村西头建起了一道绿色屏障，过去年年向前推进的沙漠自此停下了脚步。

我问石述柱："荒漠化的趋势在你们村遏制住了？"

"我们民勤全县都在治沙，或许是大环境有改变，我们宋和村只是其中一部分，效果很明显。"

"那个要给你在手心里烤骆驼吃的人现在还和你较劲吗？"

"那个老人早死了。"石述柱的妻子刘桂兰走过来说，"可惜他没有过上今天的好日子！"说完，她微微笑了。

"你现在还怨恨沙漠吗？"

裁一片绿影
送给你

"现在我们宋和村的沙荒地都固住了，我和它早就讲和了！人有人道，水有水道，沙有沙道。由于沙乡人逐步改变自己的生产生活方式，控制打井数量，压缩用水多的作物种植，整体上促进了地下水位上升，植树造林增加了植被盖度，一度疯狂侵袭我们的沙漠温顺多了。

"现在我明白了，沙尘暴危害很大程度是我们自毁家园造成的。"

"你们具体采取了哪些措施？"

"办法实际上是尊重自然规律，适应沙漠的特点做事情。我们在沙窝窝里按70厘米乘70厘米的标准用麦草做网格，中间栽植梭梭等树木，同步解决了固沙和蓄水两个问题。"

石述柱老人喘口气继续说："上年岁后我老琢磨这件事。我们治沙的核心技术叫'母亲抱娃娃'，啥意思呢？在沙地上用麦草做成网格，再在网格中间栽树，那样子如同母亲怀抱着自己的孩子。草格中的小树苗得到沙障庇护慢慢长大，几年后就成林了。"

从石述柱那虽然散淡却慈祥的目光里，从他那略略喘息声中，我感受到了老人的慈爱与睿智。

"这么多年在沙漠里摸爬滚打，现在我和沙漠已经和解。我不再怨恨它，反倒常常想到它带给我们的种种好处。"

"好处？不是提起沙漠就指责它的危害吗？"

"也不光是危害，沙子对于我们这些生活在沙漠边缘上的人来说也有不少好处！过去我们穷得连炕席都没得铺，便在炕上铺沙子，沙子既是炕席又是褥子。我们把沙子弄干净、晒暖和，妇女生孩子直接生在上面。孩子拉了尿了连同沙土一起铲出去，根据需要再补充新的沙子。沙区缺水，人们就用干净沙子洗碗，搓筷子。沙窝窝还是孩子们的乐园，藏猫猫，捉小动物，很有趣。现在我年岁大了，越来越感到沙子有不少可爱的地方。沙子本身不可怕，怕的是我们自己贪得无厌，穷兵黩武地搞开发，沙漠植被连根拔，没有节制地打井。一个地方人口的承载力有限，过度养殖，胡乱掘井种田导致水位下降，荒漠化才不断加重了。"

去县城拜访石述柱之前我先去走访了宋和村。民勤县本是绿洲，生态地位十分重要，在它的周围腾格里和巴丹吉林两大沙漠正在靠拢，在民勤人的心里，如果这两个恶魔哪一天连接起来，那后果会非常可怕。民勤县如同楔子一样插在两大沙漠中间，坚强地阻挡着它们贯通，宋和村就在这个楔子上。石述柱几十年与沙漠抗争，从中摸索出一条压井、造林的有效途径。压井促进了水位逐年提高，造林有利于沙荒地表的稳定。

如今石述柱常常回顾自己一生同沙荒苦斗的经历，偶尔想起那个要在手心里给他烤骆驼吃的人，想一回就笑一回。他还常常回忆一生治沙的酸甜苦辣，感觉无怨无悔。他深情地对我说，同沙漠讲和不是不作为，而是要尊重自然，与它和谐共处。

回来的路上，我对石述柱在治沙路上思想观念的转变想了很久。我想他是对的，这反映了生活在沙区的人们自觉与沙漠建立和谐关系的思想在升华。

裁一片绿影
送给你

裁一片绿影送给你

过去我只知道沙是细小的石粒，没想到在民勤县走过几天后，我对它竟有了新认识：古人造这个字的本意是不是告诉我们"水少成沙"呢？

——题记

普泓同志：

你知道我来河西走廊要我把见闻拍些照片传给你，想必你从它们那里了解到你需要的信息了吧？此外，我还想把行程中有触动的一些事情告诉你，你喜欢吗？

眼下我站在石羊河岸边的土路上，新拍的照片刚刚发你。这条土路是通往民勤县城的，你看它多古朴，车辙拐的两个弯儿还有路旁的景物有没有俄罗斯油画的味道？柽柳和碧草好看吗？现在正是柽柳的盛花期，你瞅瞅那一串串粉红、浅灰多种色彩过渡的花穗多漂亮。我仰望着碧蓝如洗的高天，这样透亮的程度我真想大喊几嗓子！那倒映在石羊河水面上的朵朵白云一动不动，景致赏心悦目。

现在我走近水面了。那里正有两只黑翅长腿鹬飞翔起来，它们啾啾叫着飞到远处去了。可刚过一会儿工夫它们又折返回来，鸣叫的声音好急切哟。临近这边河岸的瞬间它们怎么又向对岸飞去了？凭直觉我看出它们一定有心思，要不怎么一直在河面盘旋呢？现在它们又冲我飞过来。咦！这里会不会有它们的窝呢？正在育雏吗？一定有原因，要不怎么总是恋恋不舍的样子？不行，我不能老待在这儿，我得离开，没准儿我妨碍了它们。不行，我得走啦。

我的脚下是一片低矮的绿草地，我猫腰瞅瞅都是些什么野草吧。喔，密密麻麻的，容我仔细看看。这一支是水蓬，这一支是花篮刺头，这一支是冰草，好多哟。我用手拨开草丛，立马闻见一股清香的麦草味儿。不远处有一坨半干半湿的牛粪，一蓬节节草生长在它的周围，我看出来正中间的草都被牛粪压住了，周边的草色却黑绿黑绿的很茁壮，营养充足，这些草长得就是不一样啊。再看看前头，我发现还有不少沙枣、白刺、柠条棵子和苦苣菜，估计这里的小灌木和野草总有几十种吧。

哇！一只大青叶蝉呜哇呜哇地飞走了。它怎么不在树上趴着却躲到草窠里来了？你听，先是突突地响了几声，后来它就向那几棵河柳飞去了。抱歉，我又惊动了小动物。我蹑手蹑脚起来，却依旧有动静，草丛里的蚂蚱们如同铁锅炒豆儿似的从脚下蹦出去。刀螂安静，见了人也着急，它向旁的草茎爬过去。金龟子慢吞吞的，我只瞅了它一眼就听见有人喊出发了。

我感觉这儿似乎算不上正儿八经的湿地，它虽然在水边，

裁一片绿影
送给你

距离水面的垂直高度该有两三米。按说叫它台地合适，有点儿干旱模样。可怎么说呢，我还是叫它湿地吧。洪水期河水一定能漫到这里，所以有不少水草生长。

现在队伍真的开拔了，我们要赶到红崖山水库去，据说时间充裕的话还要去看民勤防沙治沙纪念馆。武威市政协副主席兼林业局局长沈渭富在路上告诉我，民勤县过去可是个好地方，被称为民勤绿洲。祁连山冷龙岭冰川融雪经石羊河注入民勤盆地，造就了这片富庶之地。

民勤所属的版图古名"潴野泽"，明清时期这里还有大大小小的湖泊160多个。它"土沃泽饶""可耕可渔"，优渥的自然环境吸引人们跑到这里讨生活。汉代、明代、清朝雍正年间涌入大量移民，一拨又一拨，最多的来自浙江，都是血统纯正的汉民。他们来这里屯垦种地，建立城市，人越来越多。人口增加后各种需求扩大，随之而来就产生了过度开垦。用水增加导致水位逐渐下降，水少了，大风一吹沙漠就形成了。沙丘裸露，扬沙肆虐，一个水草肥美的地方便渐渐地委顿了。

晋惠帝永康元年有文献记载：甘肃"十一月戊午朔，大风从西北来，折木飞沙石，六日止"。可见这里沙尘暴古已有之。近代，随着人口进一步增加，开荒、打井、砍树，农民的生计与生态环境对立，便愈发地恶化起来。近年来强沙尘暴在河西走廊地区已经发生两次，一次是1993年5月5日，一次是2010年4月24日。风沙肆虐，蹂躏黎民，每次民勤都是重灾区。

当地人告诉我，沙尘暴来临之际能见度几乎为零，伸手不见五指。一时间狂风裹挟滚滚沙尘犹如一道黑幕从天边压来，明朗的天空顿时一片昏暗。街道上堆起沙堆，玻璃窗户爆裂粉碎。树木倒了，枝丫劈了，田间的大棚吹跑了，框架四分五裂……

面对灾难，民勤这个原本依靠外来移民建设起来的城镇又开始了新的移民，不过这次不是迁入而是迁出。人们去内蒙古，跑新疆，只要有丁点儿关系便投奔过去。东湖镇下润村有个聂老六喜欢调侃，他说："从前下润小北京，树木长得郁葱葱。今天下润荒凉滩，男人女人全跑完。"

残酷的现实摆在了民勤各级政府和几十万老百姓面前。

怎么办？一个巨大问号拽得人心疼。人们奔走呼号："民勤就要成为第二个罗布泊啦！"危急关头，民勤人上下问计，开始了系统的生态环境治理。关井压田，植树造林，就地移民，围栏封育，各种举措一起上，脆弱生态环境实现了初步逆转。近几年，所有的荒滩全部栽了树，干涸多年的青土湖水面在扩大，黄案滩的水位在持续回升。

我现在正站在黄案滩夹河镇刘案村的沙地里，一路走来到处是围栏，最让我感觉异样的是道旁多有芦苇。我询问沙地里怎么会有这么多芦苇？回答让我明白，这一片荒漠原本就是青土湖的水面或滩涂，能没有芦苇吗？前几年环境恶化时自然没有，经过整治水位提高，芦苇等水生植物有所恢复。我们在一处自流井旁站定，午后炽热的阳光照耀在几株高大的青杨树上，微风吹拂，

裁一片绿影
送给你

树叶翻卷，巨大的树影给了我们阴凉。我和这里的村民陈国荣交谈，他告诉我，过去这里无序开发，乱垦滥种，原本的水面逐渐退却，滩地逐步沙化，变成了不毛之地，是关井压田的措施挽救了这片干旱的土地，它又恢复了生机。看到那不用动力井水自流的样子我顿感欣慰，俯下身子喝了几口水，很甜哟！

石羊河林场隶属于武威市，中国旅游标志"马踏飞燕"就在这里出土。它的分场多在民勤，我们走访了小西沟、泉山、红中滩，还有光听名字就瘆人的老虎口。大滩之内是小滩，东吕滩、大坝滩、宁永滩，一听名字就知道好多地方曾经是水面，因为水位下降成了沙滩。滩地长期裸露，一步步演变成了沙漠。

在民勤，当地人谈的最多的话题是植树造林和压沙治沙，我看到了他们辛勤劳动的成效。长久以来形成的流动沙丘或沙滩现在都设置了沙障，栽满了各种树木。黄案滩封育示范区里的三角城林场，还有正新移民村，路途所见尽管多沙地和荒滩，却处处有树，梭梭、花棒和柠条随处可见。尤其要告诉你的是，在苏武曾经放羊的地方，我见到了同华北平原一样的田野。这里的人们通过"三北防护林工程"对沙滩进行综合治理，建设农田林网，栽种的新疆杨、二白杨、柳树、沙枣呈现出一派生机。林网高大葳蕤，网格里栽植酿酒葡萄。傍晚红彤彤的阳光透过高大的白杨树照在葡萄园里，一片暖色。此情此景让我兴奋起来，有了裁一片绿影送给你的想法。绿油油的青杨，浅灰色的梭梭和沙枣叶，突突突响着的农用拖拉机装满车斗的葡萄藤……如今的民勤绿洲又回来了。它不仅恢复了历史上的绿，更创造出了一片片新绿——经过人的反思重新装点家园的、饱含着人们辛酸泪水与幸福微笑的那种绿。它本身就像一片绿叶，内里包含着高大的乔木，低矮的灌木，还有生生不息的野草；有农田林网庇护着的大豆高粱，有养殖牛羊用的玉米苜蓿，还有收入不错的经济作物万寿菊……

水少成沙，在民勤已经实现逆转！

毋庸讳言，民勤依旧面临威胁。腾格里和巴丹吉林沙漠仍然在觊觎着这片土地。民勤像一个楔子一样牢牢地楔在它们的中间。今天的民勤人在取得了阶段性治沙成果的基础上很冷静，他们明白，尽管经过不懈努力，合理利用资源的生产生活方式有了进步，但是环境脆弱的局面并没有彻底改变。

尊敬的普泓同志，这就是我要告诉你的，我在民勤生活工作几天里的见闻和感悟，你满意吗？

这是我写得最长的一则微信，微信不"微"请你原谅。如果方便请你多转发几个群吧！我想让更多的人知道河西走廊，知道民勤，知道那个有名的"潴野泽"在21世纪初叶所发生的故事。最重要的是，我想让更多的人知道那些依旧生活在沙漠边缘的人已经变得越来越理性，他们不再盲目地高喊人定胜天，而是学着顺应自然规律行事，和沙漠和谐相处。一路走来，我读懂了他们热爱家乡、建设家园的心路历程，并为他们的收获感到欣慰。

裁一片绿影
送给你

笑靥如花的人们

我在重庆梁平的行程太匆忙。竹海林场的女会计陈政娟和生产科长邝礼波等人陪同我在山里跑了大半天，在竹丰湖看天然混交林，在李家湾看寿竹，后来又马不停蹄地参观了蝴蝶谷的护林哨，最后在天生桥管护站才停歇下来。

6月末，重庆农村的气候溽热难当，攀爬几座山岭，我的衬衣由干到湿，再由湿到干，好像总是半干不湿的感觉。四五个落脚点我接触过多少护林员已难以记清，现在努力回忆他们，怪我记性差，十几个人的名字实在记不得了。不过，他们音容笑貌我印象深刻，因为他们每个人都那样开心。他们呈现出来的笑不是礼节性的，而是那种发自内心的、心花怒放的笑。

他们为什么这样欢喜呢？一路的行程中，陈政娟和邝礼波给我讲了好多故事，爷爷、外公一辈的故事，父母一辈的故事，自己和同事们的故事。最后我明白，因为国家实施的天然林保护政策在竹海林场落地，林场今非昔比，职工的日子好过了，为这，这里的人们脸上流露出来的都是满满的幸福感。

陈政娟和邝礼波告诉我，他们都是竹海林场的"林三代"，祖辈都是新中国成立初期梁平国有林场招聘进来的员工。爷爷曾经告诉他们，由于战争破坏，今天的百里竹海从前尽是荒山，山坡上零星地长着不多的竹子。国家之所以在这里建林场，就是为了绿化这片山。父亲、母亲多次说过，他们这一辈人接父亲班儿时山里全部造了林，当时这里叫森林经营所。职工们工作虽然清苦，收入不高，可有国家统一的工资标准，生活还过得去。父母一辈进林场是20世纪七八十年代，那会儿这里依旧闭塞落后，可祖父们造下的林子大多已经成材，林场工人以采伐竹木为生。固定工区是低矮的土坯房，饮水靠从山下担，吃粮靠从镇上背，照明用的是煤油灯。巡山风餐露宿，回不到工区时就在林间睡吊床。生活虽然艰苦，却盼望着能够改变。轮到陈政娟和邝礼波他们这代人就业，山里竹木资源越来越少，林场经济出现危困，自收自支的管理体制把林场逼上绝路。看到林场举步维艰，没有希望，近一半职工都买断工龄自谋生路去了。

　　山道弯弯，我们在碧绿的林间穿行。天生桥管护站那幢漂亮的三层小楼被高大的马尾松和茂密的竹林包围。阳光照耀林间斑驳一片，山茶、忍冬、丝茅草、葎草等数不清的灌木野草淡黄浅绿，轻雾蒙蒙，林间弥漫着浓浓的腐殖质味道。我去小楼里参观，那里的办公室、会议室、娱乐活动室、职工宿舍都挂着牌子，还有电脑、望远镜等设备。攀爬到顶层阳台上瞭望远方，蓝天白云下林相苍茫，乔灌结合的森林中小鸟啁啾。在这儿，我喜欢对比的心思油然而生，想想山里清幽的环境，安

裁一片绿影
送给你

静的生活，该是多少城里人的奢望啊！在庭院里走走，发现所有空地都种着新鲜的果蔬，有茄子、豆角、莴苣等，新鲜的程度让我不由自主地想到城里超市那些全靠打冷与喷水保鲜的蔬菜。我感叹着差别，羡慕林场职工过的是没有雾霾和污染的生活。邝礼波和陈政娟认可我的话，他们互相瞅了瞅，微笑着，那种被羡慕的幸福感在他们脸上荡漾着。

庭院不远处有一处危房，摇摇欲坠的几间房子。房顶露天了，看得出风吹雨淋已经很久，房顶上的板材开始腐朽，有的固定着，大部分翘着、翻着。陈政娟告诉我，这里原本是工区的旧房子。说着在这里生活的不容易，谈话间我注意到她的笑模样不见了。

我问她："你怎么了，有什么心思吗？"

陈政娟告诉我，三四岁时她曾经在这儿住过。外公叫唐昌益，1958年响应国家号召到林场工作，一直造林，终因积劳成疾于1977年病逝在了工作岗位上。外公病逝后母亲来林场上班，承担林场的后勤工作。说是后勤岗位，其实林场里好多工作都是分工不分家的，造林、抚育作业都要做。

"我是1976年出生的，母亲工作忙，就让外婆带我。想妈妈了我就喊着找她，外婆常常把我带上山来。那会儿林场常常把抚育工作按片儿分给职工，像工厂里的计件劳动一样。外婆心疼母亲，有时候在我睡后去山里帮母亲做事。有一回，早晨醒来我发现屋里没人，就哭着喊妈妈，喊外婆，见没人答应就走出屋子。"她说她记不得当时的具体情况了，不过有一点她记忆犹新，那是出了房门就进树林的，"我刚刚走进树林就看到一只野兽，虎视眈眈地盯着我，我吓哭了，跌跌撞撞跑回家。"

"过了一会儿，妈妈和外婆回来了，见我哭成泪人，她们不知道发生了什么事，很紧张地问我缘由。我告诉她们在林子里看到了野兽。又问我那野兽的模样，我结结巴巴地描述，她们都骇得不行，大呼小叫，说我看到的野兽该是花豹。说没有想到花豹会出现在工区周围。

"打那以后，她们再不敢单独把我留在家里了。很长时间，我都忘不了那个野兽盯我时的眼神，那贪婪的凶光多少年我还记得。"

1995年，陈政娟从梁平技工学校毕业后也到林场工作。那时候林场还叫森林经营所，主要任务是砍伐马尾松、白夹竹和寿竹，用砍伐的收入为职工发工资。

陈政娟告诉我，她刻骨铭心的事情是1998年春节前林场找银行贷款的事情。站在竹林里她轻轻地叹了一口气，到山里的竹木资源再也换不出多少钱的时候，林场开始靠贷款给职工发生活费。1997年底，林场的财力已经捉襟见肘，她去开户行的农业银行办理贷款，对方回答不能再贷了，理由是旧的欠款还没有归还。那会儿她已经是会计，场长钱孝长多次带她跑农行信贷部，可人家就是不放贷。临近春节，当地人过年的氛围已经很浓，职工们多少次找场长要求发点儿钱回家过年。你找，

裁一片绿影
送给你

我找，场长被挤兑得生病了，他去镇上的诊所输液，实际上也不得安生。百余名职工发不出工资，让大家空手回家过年实在说不过去。从诊所回来，钱场长立即召集职工开会，会上他让陈政娟跟大家说说林场的财务状况。大家听明白了，不是场长不发工资，是单位真的没钱啊！

大家商量来商量去，提议分头到各家银行跑跑。散会后大家分组到银行和金融机构求情，看哪里可以贷款。人们到处央求人家，到哪里都说拜年的话，只有重庆农村信用合作社和农村合作基金会答应可以贷款。利率很高，并且要单位法人担保，以职工个人名义贷款，每位员工最高额度3000元。

"那是我们林场最晦暗的一天，我至今也没有忘记。那天，农村合作基金会营业部里全是我们单位的人。人们挤在营业厅，在柜台前轮流填表供对方审核。之后由场长签字，最后到窗口排队贷款。场长一张一张地签着，因为人多，签着签着一时心酸，长吁短叹后竟抽泣起来。

"那是林场最难挨的日子，很多人回家以后再也没有回来。"

"说说自己好吗？"我说，"你怎么坚持下来了？"

"1998年10月，我的小孩出生，连买奶粉的钱都没有，我是靠父母接济挺过来的。"说话时她使劲儿地拍打着面前的马尾松，表情严肃，不过马上又转悲为喜，有些难为情地告诉我说，"我是最早的啃老族啊！"

她毕竟是感伤的，我就不再和她聊，转而询问身旁的邝礼波："你怎么样？"

　　"我俩家境差不多。"他说，"要不是父母帮忙，我们很难挺过来。"

　　"什么时候好了？"

　　"也就在最困难的时候，快要坚持不住了，天然林保护工程1998年在我们这里试点。原来的森林经营所改成了竹海林场，单位性质也变了。天然林全面禁伐的政策救了我们，林场如同久旱逢甘霖，一下子缓过来了。我们的工作由过去的砍树变成了保护树林，国家按面积给投资，生存问题一下子解决了。随着综合国力的增强，地方财政加大投入，最根本的是在机构改革中将林场确定为公益一类事业单位，我们的日子一下子好过了。"

　　"怪不得你们都精神焕发了！"

　　我的话把在场的人逗笑了，大家笑得很灿烂。

　　和我深谈的最后一个人是段斌，竹海林场的现任场长。他告诉我，林场的日子现在虽然好过，再也看不见职工愁眉苦脸了，可他们没有忘记从前的困难，特别珍惜当下的幸福生活。就拿陪同进山的陈政娟来说，穷日子过惯了，养成了精打细算的好习惯，做会计工作坚持财务制度，处处严格把关，好多人和她开玩笑时，都管她叫不锈钢的铁公鸡呢！

　　"铁公鸡就铁公鸡呗，怎么还不锈钢？"

　　"就是没锈么。"

裁一片绿影
送给你

"哦！你也这样认为？"

"当然。2015年，我动过用公益林抚育基金建造管护站的想法，征求她意见，她开口就说不行，还告诉我收支都要专款专用，不能违反财务制度。"

"那你接受了？"

"怎能不接受啊！不听财务人员的建议肯定犯错误，这个道理我懂。现在，我们林场的各项开支一律按财务制度办事，严格按程序办事。就是买几箱办公用纸也要询价，货比三家，之后才进货。"

"看来经历过穷日子也有好处！"

"'给点阳光就灿烂'这句话有道理。现在我们的职工个个知足！再说，人们的日子也的确好过了，甭说旁的，林场职工有九成都买了小轿车。在我们这样的基层单位有房有车就是成功人士，还要怎样呢？"说着，他有些狡黠意味地笑起来。

最后我们聊起了梁平。原来这里有重庆"小天府"、蜀东鱼米之乡的美誉，林场管辖的"百里竹海"现在成了著名的风景区，来这里旅游观光的人越来越多。最该说的是梁平寿竹，笋子肉厚味美，还有梁平柚子，果实硕大，皮薄肉厚，汁多味甜。

梁平的确是一块宝地，好山好水好物产。我在梁平停留的时间虽然短暂，发现这里的人都很爱自己的家乡，有一种天然的优越感。而林场人呢，在当地有着不错的职业。这就不奇怪了，他们的笑靥是发自内心的真诚流露。

吼山

　　"你能不能不再吼？吓死人呀！"

　　喊话的这位妇女嗓音足够大，竟把灶膛前烧火的男人吓了一大跳。男人仰起皱纹密布的脸庞瞅了一眼妻子，现出一脸愣怔的表情。

　　男人叫谌祖友，当下正和妻子李家英做晚饭。安安静静的二人世界，女人嚓嚓地切菜，男人默默地烧火，山里静谧的傍晚时光温馨又美好。怪就怪在谌祖友冷不丁地猛吼一声"谁也不行"，把专心切菜的妻子吓着了。"也不是一回两回了！说你多少回都不听，劝你无数遍都不改！"她叨叨不停，气急败坏地解了围裙，噗的一声摔在灶台上，"不做了，干啥呀这是！一惊一乍的，净惹人生气！"

　　面对妻子怒不可遏的指责，谌祖友一直没吭声。他好像做梦初醒一样意识到了自己的失态，却依旧不说话，只拿眼睛瞅着女人。他不停地收缩着细长脖子前的喉结，像老牛倒嚼似的停不下来，回顾着思绪里刚刚浮现出的惊心动魄的情节。在那个故事里，他和对手的冲突剑拔弩张，双方的神经

裁一片绿影
送给你

都紧张到了极点。谌祖友一声声震慑对方的吼喊干了他的喉咙，现在，他似乎还在往那干燥的嗓子眼儿里吞咽唾液呢。

李家英发完脾气，山坳里的家又复归宁静了，静得没有一丝声音。两口子就这样僵持了一会儿，听见树林里云雀又一次啾啾鸣叫的时候，面对着身子有些佝偻、头发已经花白的老伴儿，还是妻子打破了僵局。这种情况已经出现多少次了，她知道丈夫的心病，怎能再难为他呢？面对被她暴躁脾气弄得有些木然的丈夫，她的心软下来。她叹了一口气，重又系好围裙，洗洗手再次切菜。一边切一边瞅了一眼丈夫，说话的语气已经明显温柔，她问丈夫："还为老表那句狠话伤心吗？亏你一个大老爷们！"男人轻轻地嗯了一声，那声音发自他那依旧干燥的喉咙，低沉得很。他抬头看了一眼李家英，发现妻子脸上的表情已经多云转晴了。

"低头不见抬头见，真是！他已经大半年不和我说话了。我寻思，爱理不理，做了错事还记仇，什么人啊！"谌祖友开口说。

李家英鼓励他："不用理他。咱行得正，走得直，怕他不成？"

在灶膛前烧火一直没动窝儿的谌祖友当下看到妻子不再恼他，神经立时松弛，便接着她的话头说："有你支持，我啥也不怕！"

声音依旧是高八度的。妻子对他的高声再一次恼火，可这一次她没再摔打什么，只盯了他片刻，嘴唇张合一下，似乎有话要说却没有说，便又忙活起晚饭来。

这是一个护林员之家。以前我对谌祖友不熟悉，知道他踏踏实实地服务天然林保护事业进而为人称道的时候，我拜访了他。谌祖友现在住在重庆市巫溪县兰英乡高洞村，他和老伴儿都是农民，只是前几年被乡政府聘为护林员，其他方面和村民没区别。不同的是，他是这个500多口人的小山村里唯一的护林员，成了这片大山里近两万亩天然林忠实的守护人。

谌祖友今年已经50岁。不知道从什么时候开始，人们发现他说话时变得越来越爱吼了。多少年前他和妻子做饭时他那一声不由自主的吼声引发的冲突已经成为往事，那故事是谌祖友在做护林员不久后因为阻止一个表亲烧炭而引发的。

现在我和老谌走在他经常巡逻的山地上，他挥舞着上山就拿在手上的镰刀，一边砍草，一边张望着前路，原原本本地告诉我了那件事情的经过，却不愿意细说那位老表的名字，只说他姓周，就不再透露其他的信息。两家都在本村住着，又是表亲，过去关系很好。只因为有一天这位老表在一片天然林地的边缘烧炭，他巡山时瞅见山那边有青烟升腾，便急急慌慌地跑过去，一看是老周在烧炭，就气喘吁吁地把炭坑踩了。他踩过后再与老周讲道理，可老周已经目瞪口呆了。他告诉我："其实我不讲那老表也明白在距离林子很近的地方烧炭容易引发火灾，但是他心存侥幸。我踩了他的炭是怕耽搁啊！风过来火焰扑进林子怎么办？他见我一上来就踩，立时气得脸白眼红，跳起来骂我六亲不认，带脏字的话说了一箩筐。"

都是一块儿长大的，谁在生气时嘴巴干净？这一点谌祖友能理解。可这个老表气急败坏，一句"你等着，我早晚要把你外孙子弄死，让你绝户再绝后"的话惹恼了谌祖友。双方唇枪舌剑，互相对骂，狠毒的话说了不计其数。双方骂累了，还是谌祖友使出了撒手锏：

"告诉你，再胡搅蛮缠我就把你交到县林业执法大队去，你信不信？"

法律的威力震慑了那家伙，扬言杀人的嚣张气焰一下子灭了。

虽说后来他掩埋了炭坑，但是老表间的情谊自此全无，两个人的心里结下了梁子。

谌祖友有两个女儿，现在都已经成家立业有了自己的孩子。当了外公的他明白，做护林员最要紧的事情是抓宣传。"教育孩子，你在他犯错的时候打他罚他都没错。可你事先告诉孩子应该怎样不应该怎样了吗？不告诉人家对错上来就打和罚，连孩子都不会服，何况成年人？"在这样心思的支配下，谌祖友把护林宣传作为头等大事来做，他在村里的街道墙壁上写标语，在山道旁的石头上写警示语。村里墙壁上写得最多的是"不准在山里烧炭""保护好天然林利国利民""植树造林发展林业""禁止带火入山""保护野生动物"等，在山石上写得多的是"封山"和"防火"。我俩交谈的时间不短了，他的话便明显放开。他说自己写标语出过不少糗事，曾经把"乱砍滥伐"写成了"乱砍乱伐"，把发展的"展"字上头多写了一点儿，等等。他告诉我，自己的文化水平太低了，县林业局来检查工作的人看到他写的错别字没有笑话他，而是耐心嘱咐他学文化。啃书本不容易，他对自己要求也不高，很少读旁的书，却把一本《森林法》小册子翻烂了。不认识的字就翻字典，难理解的地方就多看几遍。先前写的已经褪色的标语再补写的时候就没错了。这事很小，谌祖友却感觉是大事，自此以后他觉得自己的生活充实了不少。

除了写标语，谌祖友做的更多的事情是拿着干电池喇叭到处喊。见谁跟谁喊，说话有底气，高八度。虽是这么说，谌祖友进山也不是大吼不止，边爬山边喊他的体力吃不消。多年的巡逻使他有了丰富的经验，哪个地方是偷树人和买树人暗中交易的沟门，哪面山坡上的树木已经成材可以卖钱，谌祖友对这些情况了如指掌。站在哪里吼两嗓子可以震慑一下图谋不轨的人他也心里有数。山高林密的山沟里常常有野猪、花豹等野兽出没，在可能出现动物危害的地方吼一吼，一来壮胆儿，二来可以据此发现林草里的动静，避免遭遇野兽的侵袭。

近几年天然林保护工程加大了投资，县里为每名护林员都配备了电子音箱。把音箱固定在摩托车后架上，录制好的宣传内容存储在手机里，按一下开关会自动播放。这个装备减轻了谌祖友喊话的负担，感觉很好。但这只能在村里或者道路主

裁一片绿影
送给你

干线上使用，在相对偏僻的地方派不上用场。山里老实人多，有的也很狡黠。本来，砍些枯死的树木做薪柴是乡规民约允许的，可有些聪明人爱钻空子，耍小聪明。他们在山里认定哪棵树可以卖钱，便在隐蔽处用镰刀砍几下，导致它不再健康生长，以至于慢慢枯死。他们的心思很清楚：砍活着的树犯法，我砍死树你也管啊？山里长大的谌祖友对这些人的狡诈心理心知肚明，因此会经常钻进密林看毁林的迹象。发现有人玩儿破坏森林的猫腻，就在嫌疑人所在的村社里吼几嗓子。俗话说敲山震虎，他用吼的方式震贼。谌祖友有一个自己的小感觉，那就是县林业局天然林保护办公室用普通话录制的宣传内容千篇一律，不如自己吼出来的内容更有针对性，同样的内容用乡音吼出来他感觉更有力量。因为吼，谌祖友明显感到自己在这片大山里的存在是实在的。这样，他吼山的做法逐渐成了习惯，以致成了妻子眼中的"毛病"。习以为常，吼几嗓子后心情立马舒畅。在山村的街道上用音箱广播几分钟，他依旧感觉不过瘾，非要用自己的话再重复几遍才感觉尽了兴致。

多少次摩擦之后，妻子逐渐理解了他。她想，岁数逐渐大了，没准开始耳背？再说两个女儿都离开了他们，老头进山一去一天她也不放心，后来她干脆决定跟着老谌一起上山。早晨天一亮，两人起床洗漱吃饭，之后带上开水、土豆、红苕等饮食，夫妻双双就走进大山里。发现"敌情"时老头儿吼一嗓子，老伴儿跟着吼一嗓子，一嗓子接续一嗓子地在大山里嗡嗡作响，声音就成倍地放大了。

从前年开始，国家出台精准扶贫政策，县上用"以劳代扶"方式安排贫困户做生态护林员。这样，谌祖友又有了一个林业集中管护员的身份。高洞村五位贫困人员做生态护林员，他们日常的管理工作全由谌祖友负责，他的担子更重了。那几个人或老或智障，召集起来不容易。谌祖友时常给他们交代事情、安排工作，往往说着说着又吼起来。

看来，谌祖友说话吼的"毛病"是改不了喽。

遇见仁怀

　　掩映在崇山峻岭里的茅台古镇因一场小雨凉爽了许多，原本黑锅底似的天空云块飘浮，须臾阳光乍泄，探照灯似的光柱投射下来，楼宇、街道和树木立时镀上了一层金黄。兴许是气压低的缘故，现在茅台古镇满街筒子弥漫着酒的香气，不由得让我翕张鼻息，馋得吧嗒起嘴来。这是我有生以来第一次在露天地里闻见如此迷人的酒香，连在五粮液和衡水老白干酒厂参观时也没闻见过。这一刻我笃信了"风来隔壁三家醉，雨过开瓶十里香"的真实，明白那不是夸张，而是诗人对茅台酒实实在在的评价。

　　站在赤水河岸边的高台上，我想着茅台，陶醉中深情俯瞰汹涌奔流的赤水，内心认定茅台酒的酱香与眼前那一簇簇高可没人的巴茅有关，可很快我就自我否定了。南国大自然里到处都有巴茅，为什么只有这里的美酒醇香？就因为它名字里嵌入了巴茅的茅字？我告诉自己这是一个十分可笑的想法——难道它是在长满巴茅的高台上酿造的酒吗？沉思一会儿，倒是觉得茅台酒与赤水的关系密切。酒由水生，这是常识。当地人告诉了我茅台成为酒中精品的奥秘，因为赤水，因为高粱，最终因为它们富含某些难以破解的微生物。赤水来自大山，大山褶皱里有森林、巴茅、蘑菇、地衣，还有昆虫的排泄物，有小草根上的根瘤菌，有我们所不知道的复杂世界。

这一刻我大致想明白了一件事情：处于长江上游的赤水河沿岸的大山为什么第一时间列入了国家天然林保护工程的试点区域。1998年，长江流域一场特大洪灾让我们明白了维护生态安全、保护森林资源的重要。正是从那个时候开始，天然林保护工程启动了。

从高高的长满巴茅的高台上拾级而下，我虔敬地瞻仰了耸立在小小平台上的红军四渡赤水纪念碑。再往下走到汹涌澎湃的赤水河边，望着那高高悬空的吊桥，感受着赤水奔流不息的气势。当地人告诉我，这条颜色赭红的河水雨季因含沙量增加颜色加重，到了冬春季节颜色会略清。这种自然现象直白地告诉人们，大山里植被覆盖度对于水质有多重要。

想想我为之奔走呼唤着的天然林保护工程20年来的发展进程，与这汹涌澎湃的赤水有多相似。眷顾大山，敬畏森林草木，河水才顺畅安澜。而滥砍森林，践踏花草，准会得到自然的惩罚。正是1998年长江流域特大洪灾给我们敲响了警钟，让我们开始了善待自然的思考，进而确定了启动天然林保护工程的实施方案。那是痛定思痛的决策，是我们与自然和谐相处的理性选择。

裁一片绿影
送给你

我多少次读过红军战士四渡赤水的故事，感受着那种视死如归的浩然之气，还有不断探索出路最终冲破黑暗奔向光明的理性精神。茅台酒故乡的人们既有火一般的激情，也有水一样的柔情，在天然林保护事业中既积极探索又脚踏实地。在保护中发展，在发展中保护，质量提升与数量增长有机结合，把这项利国利民的生态工程做得同赤水河一样风生水起。

红豆杉基地建在太阳村那片红色的土地上，这里的人们不单单着眼于对红豆杉古树的保护，更以植被恢复形式让脆生生的幼苗落地生根。山坡上的红豆杉和黄精等幼树在雨水滋润下伸枝长叶，也让这片土地上的林农充满了追求美好生活的愿景。我在蒙蒙细雨里遥望那些树苗，倾听着喜头镇年轻的副镇长深情地描述发展蓝图，还有他们从心底深处流淌出来的对美好生活的祈盼，句句都让我心生敬意。面对路旁高大葳蕤的野生红豆杉时，那位林业站的年轻小伙激情四射地为我介绍古红豆杉树生命历程的久远，还有它们现在依旧施惠于人的累累硕果，更让我看到希望，生活在这片红土地上的人们明天的生活会更加美好。

仁怀市重要的文化符号有名扬世界的酱香白酒，有四渡赤水的红色文化，与之并肩的还有"蜀盐走贵州，秦商聚茅台"的盐运文化。迷蒙的细雨把脚下的石板路冲洗得干净明亮，羊肠小道引着我来到一组色彩古朴的雕塑跟前。那是一个躬身背负着沉重盐包赤脚前行的人，他同时还背负着路途中用到的雨具食物。最让我印象深刻的是一根"木棍"，它是背盐工预备旅途劳顿时伸腰歇脚时支撑盐包的工具，又何尝不是背盐工支撑自己及背后妻儿老小生计的保障？他的前面还有一位同样躬身的老者，一位做着饮浆卖茶生意的小贩。当下他正端着一只茶碗笑容可掬地招揽生意，我能感受到他是多么希望从这一单营生中获取一文半文的银钱啊。除了这一组雕塑，同样引起我注意的还有眼前一片高大的公孙树。小雨霏霏，雨伞遮挡寒凉，我们行至树下，那巨大的树冠就成了伞上的"伞"，我一下子感受到增加了一道更为有效的保护，心上立刻温暖许多。森林保护的功能这一刻在我的心里又一次被唤起，堪比一个智者的谆谆教诲。眼下虽是夏日，阴雨天依旧阴凉。从一把伞的呵护到一株大树的庇护，我立即热血沸腾起来。

之后我又发现这里有一大一小两棵树。小的一株是只有两三米高的蒲葵树，大的一株是几十米高的公孙树，小蒲葵树长在高大葳蕤的公孙树下面。此刻我想到了不少问题，最核心的是竞争。可当我发现公孙树绿叶婆娑，小蒲葵树枝繁叶茂以后，我认定，虽然可以用多少种想象评估它们存有竞争关系，但是从它们共同的生长表现看，它们之间更多的是一种互补关系，它们犹如爷孙一般地亲昵着。爷爷从天空采撷阳光，孙儿从地下吸吮养分，耐阴与喜阳有机地实现了统一。无疑，它们没有亲缘意义上的爷孙属性，可它们那相依相偎的模样又多像一对爷孙！我清楚，白果、公孙树其实是银杏树的别名，一种

裁一片绿影
送给你

有长寿意义的树，爷爷种树，孙儿受益，那是世俗里一种通常的说法。此时此刻我倒是觉得，生长在这里的一群树称白果或银杏是不合适的，只有称呼它们公孙树才最为妥帖。

蔺田花海分享着公孙树和红豆杉群落的庇护，它们又以美丽的花容给予回报。川莓、五倍子、金鸡菊、蛇床、鼠尾草、白菊、野芹菜，赤橙黄绿青蓝紫，如一幅浓墨重彩的油画。蜂场上整齐地摆着木质蜂箱，蜂农还在上面摆放了专为蜜蜂遮风挡雨的瓦片和木板。花田上的藤类植物高扬嫩枝，刚刚在迎接雨水，现在又在采撷阳光。微雨停歇，枝蔓摇曳，蜜蜂感知到雨过天晴了吗？要不它们怎会嗡嗡叫着飞舞起来？

奶子山林场现在依旧云雾弥蒙，难以望远。人们说，奶子山因其形状如同奶子得名。山风骤起，云雾飘移，旁的季节不详，在这个夏至过后浓浓雨季里我真切感受到了她曼妙的美丽，空灵的韵味。

林场场部白色的二层小楼没有院墙，可那一圈儿高大的马尾松又是多么结实的栅栏啊！小雨沾湿了我的头发睫毛，奶子山依旧迷茫，虚幻的山头若隐若现。云雾里猛地走过来几位护林员，嘘寒问暖间，那种到家了的感觉融进了我的心房。

站在雨搭之下，刚刚稳定的心绪又被一位护林员的出现激活起来。他身披雨衣，脚上穿着雨鞋，提着装满野菜的篮子走近我。还没开口，只顾脱去雨衣那一刻有人走过来："哦，采了这么多折耳根啊，今晚可做一碗好菜啦！"护林员只顾跺脚，张嘴笑了。声音嘈杂起来，我听见了呼唤鱼腥草的声音。那一刻我弄明白了原来折耳根就是鱼腥草。兴奋之际便动手跟着收拾起来。奶子山林场最大的特点是大部分职工来自军营，他们秉持青春献给国防，退役上山护林的心思来到这里，整天奔波在大山里。他们说，经过军队熔炉的锻造，再苦再累也能对付。我记得有一句戏词和这句话差不多，想了一会儿我记起来了，那是《红灯记》里的李玉和说的。

奶子山林场和不远的桅杆林场同样成立于新中国成立初期，它们是仁怀这块红色土地上最绿的地方，堪称哺育68万仁怀儿女的母亲山。上千平方公里的森林如同巨幅栅栏一样，护卫着这块有着茅台酒做经济支柱的美丽家园。长年累月辛勤工作的林场职工面对偷猎者的枪管，面对野炊者的蛮横，或挺身而出，或苦口婆心，凝聚出对山林的一份坚守，苦中作乐，无怨无悔。

站在车盘塘山道旁，看着小小木牌上写着"沈强的蜂"的宣传广告，还有云雾里跑进院子的猪牛鸡鹅，我知道这里的务林人也在靠山吃山，天然林保护工程给了这里的人更多的实惠，绿水青山和金山银山在这里已经实现了很好的融合。

六月里我遇见仁怀，陶醉在茅台酒阵阵的醇香里，陶醉在林海深处浓浓的负氧离子里。

裁一片绿影
送给你

横沟季语

　　古人曰："春分者，阴阳相半……"也就是说，季候到了春分，春姑娘就出落得有模有样了。不过我们国家幅员辽阔，南北温差很大，同一个节气温寒的表现相差很多。《中国国家地理》杂志记录，春天每年早早从广州出发，16天到达长沙，40天到达郑州，56天到达北京，99天到达漠河。是否真是这样我没有考证过，也就没有发言权。眼下我正在陇西北的祁连山里，春天何时到这儿它没介绍。不过我不闹心，感觉它不记载这里啥时候进入春天也不打紧，如今我身临其境，直接感受祁连山的物候冷暖，不是比书刊的二手资料更可靠吗？

　　春分这天我起床比较早，一半儿原因是大风闹的。昨天夜里刮了一宿，直到太阳从东山冒头时才消停，我居住的三岔林业管护站虽然不在正风口，风也挺大。和老马约定好的一早出发到横沟巡山的想法不想改移，吃过早饭，带上干粮和热水我们就出发了。我们走上进山的土路，一竿子高的太阳红彤彤的，可风依旧强硬，凛冽寒冷的感觉让我直打哆嗦。

　　横沟阳坡的山地已经不见积雪，可阴坡还有一些。山沟里没水，连山脚凹地的冰碴子也融化了，只有满沟乱石和左一堆右一堆的落叶。我们刚进沟门就看到了岩羊，大约二三十只。它们是下山来找水喝的，我俩不想打扰它们，躲在一棵云杉树下看动静。好一阵窸窸窣窣后，它们走过去了，我们继续上山。现在虽说江南早已满园春色，但是这祁连山不行，主色调依旧土黄。山草枯败，阔叶树的顶梢尚有经年没有落尽的叶子，山风吹拂下发出唰唰声响。一冬的落叶堆在树下，或是刮到了稍远的乱石滩里。天象晴朗，几朵白云在蓝天上飘着。青海云杉不愧是这里的优势树种，株株高大挺拔。老马跟我说，横沟里的青海云杉有两种，一种灰蓝，一种深绿。他指给我看了不同的两棵树，说它们比冬天那会儿增加了新鲜色彩。在一处向阳的洼地上，我发现一丛金露梅下的土地已经返潮。老马用脚尖踢了踢，看到已经解冻，表层土松软了。不远处的山草现出星星点点的绿意，我用手扒拉堆在上面的枯枝败叶，发现嫩绿的草尖儿已经拱出地面。老马随手拉起眼前一株金露梅的枝条观察，发现它们柔软多了，叶苞略略地有了与灰色枝条不同的颜色，饱满处有了花骨朵的迹象。行走间，我俩不约而同地在路边儿看到了苦荬菜，翠生生的叶片贴地，花蕾的裂缝处已经隐约有了鹅黄的消息。我拉起一条云杉树嫩枝，用拇指、食指和中指掐住它，也柔软了。山风从高处的树冠层呼呼刮下，一阵林涛轰响起来。老马说，天气一天比一天暖和了。

　　几天后我又来这里，山坡上的金露梅都放叶了。

290

裁一片绿影
送给你

换一个季节再来，横沟变了模样。这次进山我穿的是迷彩服，跟随老马兴冲冲地走上山坡。夏至到了，山里气温陡然升高，山地上的忍冬、冰草、野蒿都绿了，金露梅的叶子已经变成深绿色。山沟里的小叶杨树冠翁郁起来，骄阳下有了树荫的暗影。

看得出刚刚下过雨。在云杉林下行走，镰刀蕨像海绵一样绵软，我弯腰抓起一把，茎干上蕴含的水分在酝酿着往下流动。林鸟明显多了，咕咕的声音不时从林子深处传来。没有响动时能发现旱獭在洞口探头探脑，感觉危险时又立马逃遁。它们时时保持警觉，一有动静像狗一样坐下来，紧张地东张西望。大多时候它们不着急进洞，而是抬头左顾右盼地咕咕叫，探测或判断着险情，感觉到真的危险来临时便叽里咕噜钻进洞穴。

进山不久下起阵雨，我俩判断下雨时间不会长久，决定走进云杉密林里避一会儿。树冠是挡雨的最好伞盖，它们承接雨水，听得见头顶上传来唰唰的雨声。过一会儿树上的雨水开始下落，我明显感到那不是天上落下来的雨珠，而是自然降雨落在枝丫上经过汇集，导致枝叶不能承受其重时产生的二次降水。这样的降水不均匀，有的地方集中，有的地方稀疏。集中降落的地方把镰刀蕨击倒了，个别的匍匐在地，流经它们茎蔓上的水流白花花的，再流淌到下面同伴儿脚下去了。我开始琢磨，感觉这种蕨在旁的地方没见过，这回加深了印象。它们高的七八厘米，矮的三四厘米，像巨大的地毯铺在云杉林下。

过几天我再次走进这片云杉林时是晴天，林外阳光明媚，林间却因为镰刀蕨涵养的水分在蒸发，林子里氤氲出一团水汽。林缘有阳光投射进来，那情形异常曼妙。

秋天横沟色彩斑斓。虽说秋分一过百草杀，但是这几日还没有出现枯黄现象。巧了，今天遇上秋雨，山间云雾蒙蒙。一阵风吹过来，我发现金露梅已经落叶，个别枝头还保留着金色花朵，虽显清瘦，却格外黄亮。沟畔的马兰草和冰草不再翠绿，云杉树新生的嫩枝明显木质化了。我寻了一棵云杉树观察，用手轻轻地掐了一下今年新生的小枝，竟不慎被刺，手指肚疼了一下。我赶紧缩回来，看到那里被扎出一个小红点儿。

看到蘑菇时，我从背包里取出塑料袋开始采起来。这里丁丁菇和松蘑居多，品质上乘的是丁丁菇。我们采回两袋，回来洗了准备晚饭。丁丁菇通常有两种吃法，其一是葱花炸锅后放辣子，再把蘑菇放进去翻炒一会儿就可以装盘，这道菜很下饭。还有一种吃法是把蘑菇炒熟，边炒边放辣子、姜丝。炒熟后不起锅，把另一口锅煮好的面条捞出后倒进去拌几下，再焖一会儿就出锅，它的好处是饭菜兼备。

祁连山雪线之上不用说，即便是浅山区11月也开始下雪。无论大小，三四场雪后就积存下来经冬不化了。冬至到来，冷风割脸，脚上穿着棉鞋也感觉凉。刚刚走到半山腰我就被眼前的风光吸引了，白的雪，灰绿的云杉，明暗对比，幽静异常。

老马告诉我，其实早在寒露时节，山里的花草树木就逐步落叶休眠了。现在瞅瞅四野，满目萧瑟。山风越刮越猛，林缘

裁一片绿影
送给你

地带远比密林里更大，风呜呜吹着，林涛是大自然里最好的音乐，爱山的人陶醉其间实在是一种享受。老马不忘提醒我，冬天巡山一定要专心，摔个跟头磕了胳膊腿可不是小事。不要和树木走得太近，它们冻得僵硬，枝杈如钩刺，一不留神就挂住你的羽绒服，一旦划出口子羽绒飞出去，会把人冻个半死。

山沟里旱獭的迹象如今只能看到洞口，它们都休眠了。山里可以吃的东西越来越少，岩羊和马鹿在高山的栖息地条件越来越差，便一拨一拨地往山下迁徙。河道里本来就少的水面都冻冰了，马鹿和岩羊没有水喝就开始往更低的山沟里走，直到找到水源为止。近年来，天然林保护工程全面禁牧，人们饲养的牛羊不许进山，山上的草场被野生动物占领，加快了它们的繁殖速度，数量多了。三岔林业管护站附近有水，它们在大雪封山的日子会不时跑过来。

照现在城里人厌恶雾霾的心思，想想在空气清新的大山里做一名护林员该是不错的职业。喝着山泉水，吃着自己种的蔬菜，开门见山，百鸟啼鸣，好让人羡慕啊！一些城里人像憧憬诗和远方那样看待大山和林业工人。我在四季里体会横沟的护林生活，知道林业工人常年生活工作在深山老林其实并不像某些城里人想的那么浪漫。我熟知了横沟四季的变化，鸟兽的生存之道，草木的荣枯，也深知长年累月在深山老峪里生活的务林人也有诸多的不如意，比如出行不便，信息闭塞，最突出的是寂寞。

滴水森林

　　山里的雨来得轻，没听见风，也没闻见电闪雷鸣，不知不觉间，头顶的树冠上传下来一阵沙沙的轻响，那一刻我知道下雨了。抬头往上看，几滴雨水落在脸上，凉飕飕的，我立时打了一个寒战，本能地停下脚步，往树干近处挪移了一下。电线杆子一般粗细的杉树干上有一只长着白色斑点的天牛，眼下正伸着长长的触须缓慢地向高处爬着。不远处还有一只七星瓢虫，它扇起翅膀，看样子要飞却没有飞起来，兴许是在抖落身上的雨水。香樟树干上的纹路里浸满雨水，细细的水流往下淌着。

　　友人知道山里的季候，提前备了伞，没下雨那工夫我一直杵着它当拐棍儿。现在下起小雨，山道上的人一起打开伞，林道上立刻出现了红黄蓝紫几个大蘑菇，碧绿海洋里平添了好几种色彩。雨下得不算猛，架不住不停地下啊，工夫不大山道就被浇亮了。

　　我们只好避一会儿雨，看看四处景致，透过密林的"天窗"能看见斜在半空的雨丝，条条泛着微光。头顶树冠蓊郁，承接天际飘飞的雨水。偶尔能感到有水滴落在伞面儿，轻轻

裁一片绿影
送给你

地，又分明听得到噗噗的声响，我知道它们不是来自天宇，而是树冠拦截后再汇集起来降落到伞面上的。树冠接了一层降水，雨伞再接一层，落到我们身上的雨滴极少。只是整个世界都云雾蒙蒙，水汽弥漫，头发和鼻子脸都湿漉漉的。

望望沟谷，裹着青苔的河石中间流淌着溪水，有落差的地方水流淙淙作响，雨中水量增加，水声更响了。溪流的臂弯里有一些面积不大的水面，雨点儿砸向它的时候原本的镜面上立即出现了小小的水坑。横陈在河道里的枯枝败叶不声不响，雨中的林间更加宁静了。

看看周围的树，熟悉的有香樟、刺楸、水杉和桫椤，所有的枝叶都在淋雨，亮晶晶的。一丛丛静静的竹林，边缘的竹竿向外缘倾斜着，现在更加明显，全都低着头，小枝丫上挂着水珠向下垂落，滴答、滴答，细小的声音直击耳鼓。我四下寻看，雨点儿落到地面那一刻珠损玉裂，化成了一片光影。

山雨来得轻去得也快。四外依旧云雾弥漫，道路湿滑，可天空开裂了，太阳若隐若现，一束束阳光喷薄而出，光芒播撒林间，沟谷里的树木立马换了颜色，浓墨色的树冠顷刻间染成了浅黄微红的色彩。半空中的雨丝已经销声匿迹，可林间落水不断。雨水在不堪沉重的枝叶间汇集、飘落，这边滴答一声，那边滴答一声，很有空谷足音的味道。我仰望着高大的香樟和马褂木，它们的树冠距离地面一二十米，一滴滴晶亮的水珠以自由落体的姿势纷纷飘落。比它们矮的杜英和乌桕等林木承接着水滴，与它们自身积存的雨水汇合后再降落到稍低一层的花草上去。偶尔能听得到很大的声响，那是芭蕉树顶梢的聚水盈满时通过嫩叶倾泻下来的。

偶尔传来吱的一声响，细小而古怪。开始我怀疑有人在恶作剧，吹口哨，逡视四周后我否定了自己的判断，因为没有发现旁人活动。我认定它来自森林，是大股的积水引发树枝颤动造成的，或是落水灌满了林间的竹鼠洞穴发出来的声音。

森林里的滴水总体讲自上而下，也有滴落到细小的树枝上再反弹向上或旁逸斜出的。高大乔木的雨水落到小乔木或灌木棵子上，再落到更矮小的花草上，也有的直接滴落在林地上。高大的花草譬如水麻和水黄芩有时候会直接承接几十米高的乔木降落下来的水滴，低矮花草上的落水也会滴到山蘑菇和湿漉漉的矮草上。那些蘑菇宛如我们手中的雨伞，水滴落下去那一刻打着滚儿折跟头，最后骨碌到地面上去了。

高处大的水滴降落的速度很快，砸在底层花草上会有很大的动静。不远处长着一片山蕨和野芹菜，眼下它们浑身都在抖动，我走过去看，发现奥秘在高大的香樟树上。林冠间的水滴不停滴落，砸向这边野芹菜的枝叶时这边颤抖一下，砸向那边山蕨时那边抖落一下。不停歇弯腰的情形也是有的，上头落下来的水滴不偏不倚地砸在那株芒草上，它一直在那里不由自主地弯腰，低头。我感觉到它很累，走过去用手扒拉了一下它，使那株芒草偏离开了上头落水的点位，不再弯腰了。水滴落入

裁一片绿影
送给你

草丛，滴落到更矮小的草窠里去了。

雨后那些叶片宽大的灌草和山蕨精神多了。水流顺着它们的叶片流淌到红土地上，密集草窠的空隙里形成了不少的细小径流。山道间出现了浑浊的溪流，有了下面的四洞沟瀑布，有了赤水河的奔流不息。

天彻底放晴，密林深处依旧黑黝黝的。林间的鸟儿鸣叫得更欢快了，它们的叫声丰富多样，我难以描摹。山林开始热闹，我看见有鸟儿在半空飞翔，向着远处飞去。

山道湿滑难行，我们走得很慢。我在路旁看到一块满身水印的巨石横卧在山坡上，下面的山土被掏空了，形成一个弧形的坡面，悬挂着不少的树木根须，丝丝缕缕地渗水。山壁上长满花草，我认识小金花茶和鱼腥草。花草的身子扑倒了，叶子耷拉着，小股水流正从它们身上漫过去。雨停了，阳光刚好照耀到这里，小金花茶满身是水，茎秆上的水滴还在不住地滴落。叶片伸张的山蕨铺满了一片山地，挺直身子享受阳光。

滴水森林不光在雨中，晴天也有，那是飘飞的云雾带过来的。森林里总有莫名的声响出现，我想奥秘就在这儿。树冠里降落下来的水滴滴落在草木上、空地或山石上，瞬间雾化，再回馈和滋润着森林。

北戴河的林海

  我敢肯定，只要提起北戴河，谁都会首先想到海。那里有金色的海滩、碧蓝的海水、清凉的海风、诱人的海鲜，还有"秦皇岛外打鱼船，一片汪洋都不见"那绝美的图画……总之，北戴河是因大海而享有盛誉的，或许这就是每年总有几百万人到这里来观光旅游的原因吧。人们奔着大海而来，理由是不消说的。但是，在多少次游历之后我发现，北戴河除了通常人们认可的那个大海以外，还有另一个"大海"，她同样魅力无穷，让人流连忘返。

  我说的这个海，是北戴河的林海！

  联峰山是北戴河最大的森林公园，堪称这个林海里一个重要的海湾。据说，联峰山公园创建于1919年，至今已有一百多年的历史了。这里的山麓里有观音寺、钟亭、桃源洞、对语石等各种景观。近年来公园内又发现了秦汉建筑遗址，人们还在我们共和国的开国领袖毛泽东当年观日出的地方开辟了鸟语林，因此这里很有一些文化底蕴。当然，这儿最突出的还是它的自然景观，针叶的松、柏，阔叶的杨、榆、椿、槐，一年四

裁一片绿影
送给你

季变幻着不同的色调，或郁郁葱葱，或流光溢彩。联峰山的名字缘于三座树林覆盖的山峰，它们山头相连，起伏如涛，宛若定格的波浪。山上林木茫茫苍苍，风吹起浪，与海浪的汹涌呼应成趣，是一片绝美壮阔的林海！

　　说来，北戴河并不是每个季节都适合下海游泳，可是这儿的林海却一年四季适合游览。联峰山也好，小东山也好，只要你来，她就会热情地将你拥入怀抱。我是一个不怎么爱凑热闹的人，所以来北戴河并不一定非要选择夏天。春秋冬三个季节我偶尔也来北戴河，看海，也看山，看野生动物，也看林木和花草。即便是暑期到了北戴河，如果看到浴场里人满为患的话，我便会悄悄离开，到联峰山寻一处清爽之地流连半日。联峰山宁静的地方很多，找一块山石，觅一片树荫，或坐或行，听听松涛，欣赏枝头上一穗一穗毛茸茸的松花，伸手触摸枝丫间那些青溜溜或是黄灿灿的松塔，都是很惬意的事情。要是能够在树干上面寻觅到琥珀一般的松脂球，以备日后拉二胡的时候养护弦子，便更为心甜。联峰山虽然不高，却建有望海亭，登亭远眺，眼睛看着远处云海苍茫，耳朵听的是身旁的松涛。五官中两个重要的器官一个被远方的云海吸引，一个被近旁的松涛陶醉，会产生一种叠加的享受，有一种被自然俘获，或一时成为这一处小天地主人的感觉！大凡在这样的情形下，我的心里就会为那些远的和近的，虚的和实的，自身的与旁人的等等对应的事物所纠结，引发无限的慨叹。站在联峰山的峰顶，口中默念"极目楚天舒""萧瑟秋风今又是"，心中幻想着"东临碣石，以观沧海"，在浅吟低唱中或是还原或是再造，总有一种饱胀的人生况味满溢心间。人类是从森林里走出来的，天生就有亲近自然的冲动，这种特性于我更加强烈。我在联峰山的山林里一次又一次地幻化古今，探问人事，感受总有不同。"幸甚至哉，歌以咏志"，不正是我当下的心声吗？

北戴河的人造景观我见过不少。运用声光电的也好，水泥沙石堆砌的也罢，看了都是即兴的愉悦，不怎么能够持久。独有那些无处不在的绿能够让我沉静下来，而且还能够生出油然的甜美。在北戴河，如果把这里的山地、街道看作绿色的海洋的话，那么我愿意把它的集发植物园比作一掬浪花。你想想，北戴河那么大，有著名的鸽子窝、小东山、老虎石，景致都是一流的，也都有各色的花草树木，但在集中和精致方面却没有哪个地方能够比得上它！集发植物园里汇集的竹木花卉焕发出来的是异国的情调，代表了北戴河绿色海洋的另一种风情。走进这里我仿佛一头扑进了热带雨林，满眼都是南国的风光。绿得生动，富有层次，深的、浅的、翡翠绿、祖母绿，参差有别，难以尽陈。多么高明的手笔都难以描摹！在这里参观，我粗略地记了一下植物的名字，有酒瓶椰子、假槟榔、星光垂榕、三角梅……它们或原产于南美，或原产于非洲，都是一些洋玩意儿，据说竟有上千种。集发植物园里的绿色折射出的是

裁一片绿影
送给你

北戴河人招商引绿的气度，同时也告诉世人绿色有非凡的延伸能力。

不光这类重点的区域绿色磅礴，树影婆娑，北戴河所有的街道、疗养院和别墅区也到处树木丛生，百草丰茂。这里最多的是乡土树种，从外地引种并成功安家落户的也不少。杨柳、银杏、国槐、油松、侧柏、柽柳、五角枫、栾树、合欢、玉兰等等，各种树木几乎覆盖了整个北戴河，至于有多少个树种，是很难说清的。徜徉在北戴河林海，森林浴就开始了：浓浓的树荫，多彩的花色，腐殖质迷人的味道……森林浴给予我们的享乐远远地优于下海沐浴，是又一种别样的体验。据说，北戴河空气中的负氧离子比一般的北方城市要高十倍以上。这种能够给人的身体补充优质能量，没准儿哪一天会被人类追捧的最昂贵的物质，便为森林所独有！我想，所谓疗养胜地不应该单单是一个可以洗海澡的地方，它应该具备多重的内涵和功能！这方面，应该说北戴河是够格的。

据说，为了掌握林木的基本情况和对游人普及林木知识，北戴河的园林部门为行道树和别墅里的古树都建立了档案，挂牌子给予编号，标明树种、科属等，可见这里人们对树木的重视程度！假如有人报告哪个地方折断了一棵树，园林部门打开电脑翻一下档案就会知道这棵树的基本情况，之后就会迅速采取补救措施。在北戴河的街道上行走，我还看到过给杨树打吊针的事，当时深为诧异，经询问朋友才知道，那是园林工人为了抑制雌株杨树飞絮、防止行人过敏采取的措施！其实，北戴河地处沿海，立地条件并不好，土壤多盐碱，海风中含有浓度很大的盐分，扑打在树冠上会对树木造成伤害。在北戴河种树不易，培植它们成活更不易。因此，在北戴河几乎没有砍树这回事。如果说大小兴安岭或者旁的林区人们培植树木是为了砍伐用材的话，那么北戴河的树木只有一个用途，那就是营造绿色和美化环境。我常常想，北戴河的树木更受人待见，称得上是树木世界里的娇儿。

自然，北戴河的林海里不光有树木，还有五颜六色的花草；不单有高大的乔木，还有低矮的灌木；不光绿色汪洋恣肆，它们还会随着季节变换色彩；它们不光平面地铺陈，更多的是垂直绿化。因此这个绿色海洋是永葆生机的、美不胜收的！

啊！北戴河的确是一个海洋的世界：白云丽日下面，大海波光粼粼，美丽动人；阳光映照下面，抖动着的叶片斑驳闪亮，明晃耀眼。山雨缥缈的日子大海汹涌澎湃，林海绿浪翻滚。或曰：无论晦明，北戴河的两个海洋都孪生共长，魅力无穷！

朋友！请到北戴河的大海里冲浪吧，那里会给你拼搏的激情；请到北戴河的林海里流连吧，这里能给你静谧和沉思！

裁一片绿影
送给你

生态文学创作前景广阔（跋）

开宗明义，生态文学是伴随生态环境持续恶化出现的，是时代发展的产物。关注人类生存本质的特质决定它在一定的历史时期会持续发展，前景非常广阔。

必须强调一个事实，中国生态文学的产生和发展与近当代西方自然文学有关。随着亨利·戴维·梭罗的《瓦尔登湖》、蕾切尔·卡森的《寂静的春天》、奥尔多·利奥波德的《沙乡年鉴》、约翰·巴勒斯的《醒来的森林》等著作逐步译介到我国，它们犹如林间清风似的迅速在我国的文坛荡漾开来。从20世纪七八十年代开始，我国一批作家借鉴西方自然文学的创作拉开了自然生态文学的序幕。比如吉林作家胡冬林在他的《山林笔记》中就多次提到过对亨利·戴维·梭罗的崇拜，在刘先平先生的《云海探奇》等著作中，我们也能看到他在皖南崇山峻岭亲近自然的足迹，还有苇岸先生在自己家乡土地上耕播劳作形成的《大地上的事情》等，都明显具有西方自然文学影响的痕迹。应该指出的是，即使这样，现在这类自然文学在我国依旧处在发展中。

无疑，我国的生态文学如同春天里的草木一样，已经在中国土地上生根发芽。总体看它还刚刚起步，身份认定也存在争议，边界勘察更是新近破题。

　　那么，生态文学具有怎样的美学属性？目前的创作实践存在哪些问题？如何更好更快地发展？我想这些都是需要探索的。我曾经在《生态文学创作，要厘清哪几个问题？》一文里从以下几个方面简单做过分析。首先是要秉持整体观而非人类中心主义。这其实不用多说，人本身就是地球诸物种的一分子。尽管人类最具创造力，可毕竟是地球众多生物中的一员，虽然高级，毕竟还是动物，是动物就有动物的局限。其次要集中呈现生态质量与人类承受能力的关系。也就是说，地球环境到了今天这种地步不是旁的什么物种造成的，人类已经走到该掂量自己今后应怎么规范自己欲望的时候了。记得恩格斯曾经说过："我们不要过分陶醉我们人类对自然界的胜利。"啥叫过分？就是明知不可为，因欲望使然还要为。在我们面前，放弃不可为的选择途径是存在的，人类对自然世界实在不能再傲慢下去。当然，"过分"下去也可以，那就是一步步走向毁灭。地球毁灭了，依赖地球生存的人能存活吗？再次是表现人类与自然界之间的联系，反映人与自然的关系。人类与地球的关系堪比母子，只有善待才会被善待。解决地球生态危机会有不同选择，有崇尚丛林法则的，肆意竞争，弱肉强食；也有"同舟共济"的呼唤，通过培育人们

裁一片绿影
送给你

物质低消耗低欲望、精神消费高欲望的生态道德，推动人类整体进入生态文明新时代。作家作为重要的知识阶层，有义务用自己的作品宣传推广健康的生态价值观，引导人们节约资源，摒弃物质主义和享乐主义，携起手来共同应对生态危机。只有这样，人类历史才会走向一个更高级的生态文明新阶段。

回到文学，我想作为伴随人类前进的文学基本上都以体察人性为旨意，而如何对待自然在当下是人性延展的新领域。生态文学产生的原因在于人类面临巨大环境挑战时所表现出的敏感性，或忧患意识。开掘人的灵魂固然是文学的应有之义，可今天它相较于人的生存来说只是一个小问题。文学里生态文学异军突起，就是因为它关注的是人类未来的大主题。人与自然、人与人、人自身心灵冲突等各层级孰轻孰重的道理还用多说吗？

生态文学中无论关注哪个层面的问题，虚构还是非虚构，戏剧小说，散文诗歌，十八般武艺哪个能离开讲述人与地球的故事？专家可以天马行空，把一个文学现象细化到骆驼的每一根毫毛，螺蛳壳里做道场，可我倒觉得生态文学的意义无疑是人与大自然的关系是否和谐，纲举目张中"纲"是关键。蕾切尔·卡森在《寂静的春天》里谈到，杀虫剂的滥用直接导致人患癌症，它严重危害物种生存进而制造出"死亡的河流"。我国生态文学的先锋人物徐刚的《伐木者，醒来》提出，过度砍伐森林表面上看是森林遭到破坏，造成水土流失，深层次的后果是导致整个生态系统紊乱。1963年气象学家洛伦兹提出的"蝴蝶效应"曾经轰动世界：一只南美洲亚马孙河流域热带雨林中的蝴蝶偶尔扇几下翅膀，可能两周后会引起美国得克萨斯刮一场龙卷风。从这些论述中我们不难看出，生态本身具有整体和联系的本质，反映它的文学能脱离本源吗？生态文学的本质属性是具有强烈的人文关怀，是关注人类整体生存前景的文学。

本人阅读有限，据我观察，目前我国生态文学作品大都停留在面对危机的批评层面。一个时期以来，生态文学作家敏锐地认识到气候变暖、冰川融化、生物灭绝等自然现象与人口压力、社会经济畸形发展等问题，具有非常强烈的社会干预意识，充溢着批判精神。当然也有呈现改善人类生存环境并指明前途的作品，它们给人带来希望，展示危机下人的警醒与回拨的努力。有的作品或许看起来写的是树木花草，写的是歌颂生态修复事业中的人，内底里无一不存在对生态环境的关注。这类作品揭露乱砍滥伐森林，乱捕乱猎野生动物，食品加工中滥用添加剂，为提高粮食蔬菜产量过量使用化肥农药等行径，并反映有责任感的人们高举生态道德的旗帜，对千疮百孔的大自然给予修复的种种表现，与单单揭露问题的一脉共同构成当下生态文学创作的两翼。

需要强调的是，与生态文学概念相近，目前人们提及比

裁一片绿影
送给你

较多的还有自然文学和环境文学等。它们有明显界限吗？在我看来它们不存在对立关系，就像同一科属植物具有相近的品性一样。首先它们是一个大类，却又存在区别。在我看来，自然文学的优长在于对自然世界的歌咏和赞美；环境文学则侧重对环境危机恶性事件的批判，而生态文学的优势在于关注各生命体之间的联系，把文学的笔触伸向生命体及其互相联系的深处，呼唤自然万物的平衡与和谐。生态文学与环境文学、自然文学存在区别，但是它们无疑具有亲缘关系，不是非此即彼泾渭分明，也不是绝对的对立。人类由农耕文明走向工业文明再到现代生态文明，科学技术不断推动社会进步，人类从大自然获得生产、生活资料的能力不断提高。同时人类也越来越担忧自己行为的无度给地球带来破坏的后果。生态环境恶化一次次向人类敲响警钟，使人们不得不在危机中反思自身过于贪婪的行为，开始探寻和解决应对危机的途径。它向外的探索是直面危机并进行较量，通过提高战胜对方的科研水平获取更为自由的境界。另一方面是向内的，即通过有效的干预人的欲望的措施，倡导生态伦理以提升自身的文明自觉。那种赞美地球家园的自然文学在先，环境文学和生态文学在后，相比较而言生态文学的涵盖度较前者范围更大，现实意义更强。

我国生态文学起于何时？是不是我国自古就存在生态文学？我的回答是否定的。我国文事虽然一向有歌咏自然的传统，譬如《诗经》里多有花鸟鱼虫的描写，唐宋时期田园诗曾经红火，还有近代作家以写景抒情为代表的散文小品也有林木花草入文的传统，但它们却不属于生态文学。原因就是当时还没有出现生态危机，写作者也没有明确的生态保护意识。即使夏朝时因为洪水泛滥出现了大禹治水的故事，那洪水却不是人为破坏造成的。古文里也有讲植树造林的篇章，比如柳宗元《种树郭橐驼传》讲述的就是一个弯腰驼背人以种树为业的故事。郭橐驼身体残疾却精通种树，在长安附近很有名气。有人向他讨教种树的诀窍，郭橐驼说他没有什么特别的技巧，自己所做的只不过是保全了树木的天性而不过分地干扰它们，不妨害树木的生长规律。我们看到，这样一篇用了较大篇幅写一个人种树的文章，最后的落脚点并没有放在如何科学种树上，不是研究自然生态的平衡，而是以树喻人，最根本的目的是呼吁官员如何做官，如何更好地管理老百姓。它提示当官的人不要过多地折腾人民，要让他们休养生息。所以说，我们古人书写花草树木的文字，《橘颂》也好，《桃夭》也罢，大都是借用花草树木的品性和遭遇发泄自己内心的块垒，是托物言志的产物。如果从挖掘生态思想的角度考察，那时候顶多是生态观念的萌芽，上升不到文学。

　　生态文学强调整体性原则，重在揭示人与自然的关系，把大自然诸事物作为与人类平等的生命对象给予书写，是人类一直津津乐道战胜自然，"人定胜天"遭遇挫折后出现的。因此

裁一片绿影
送给你

生态文学是时代发展的产物，生态危机催生了生态文学。

生态文学相较于自然文学和环境文学的最大优势是生命共同体意识，不以人类为中心。在自然界诸多联系中呼唤和谐，而非环境文学那样只在环境的对立中寻求压倒性的答案。生态文学以生态安全与保护修复作为书写对象，因此它的视域更宽，层级更高，更善于呈现自然界诸生命体因为某些因素变动引发整个生态系统紊乱以及由此带来的后果。

生态文学创作与一般的文学创作有区别吗？泛泛地说，我认为没有。一部生态文学作品如果能让读者感受到文学现场中的视觉、听觉、嗅觉、触觉、味觉和幻觉，揭示矛盾冲突，我感觉这样的作品是亲切和接地气的，读者一定喜欢。

在生态文学创作特别是生态散文繁荣发展的当下，我也听到了一些反面声音。比如有人认为不要动不动就提新概念，他们认为生态文学的命名是标新立异，是对既有秩序的冒犯，固执地认定既然有生态散文就该有钢铁散文、粮食散文和煤炭散文，认为这样做大有泛滥命名之虞。我认为这种担心虽然不是没有一点儿道理，却敏感过度。生态危机的残酷事实摆在世人面前，之所以全社会都在呼唤改变生态环境，国家更是把生态文明建设列为"五位一体"总体布局，证明它已经成了我国社会、经济、文化建设亟待解决的问题。与之关联的文学流派是自然而然地萌生，是顺应历史潮流而动，并非无谓地另起炉灶。因循守旧排斥新生事物是不明智的，一个时期以来文坛出现的与生态文学相近的提法，比如环境文学和草原文学等都是不断出现生态危机在文学上的反映。文学博士、河南大学文学院副教授刘军先生在《生态散文的边界》中说："生态散文在当代中国尚属于一个宽泛的概念，无论是在基本定义的归纳还是在具体作家作品的指认上皆处于混沌期。这也符合一种思潮或者一种文学概念往前铺展的正常阶段。"我赞同他的说法，就我本人的散文创作而言也能看出这样的表现。我在一些场合讲过生态散文写作的基本原则。我的理论水平不高，研读作品有限，我只是根据近些年来我编辑《生态文化》杂志的体会做了粗线条的勾勒，自然也可以看出我边创作边做理论思考的一些痕迹。

就我本人的生态散文创作而言，无论是"大树移栽"导致死亡还是东北林区"两危"困境带给人的苦厄，也无论是赞美地球卫士塞罕坝林场造林营林的成就，还是写长江中上游天然林保护工程取得的成效，我的散文创作从最初漫无边际的有感而发到选择自己比较熟悉的林业、绿色、生态方面，与自己有限的精力有关，更与当下生态危机的暗影投射到我的内心有关。我没有多么高大上的追求，收进这本集子的作品不敢确认篇篇都是纯正的生态散文，我是在探寻中创作的。我唯一的自信是每一次写作都有明确的生态主义意识，履行着一个务林人和一个作家的双重职责。其中不少篇目赞美在生态环境透支背景下我们开展生态修复的各种努力，有的评论家分析我的文学作品时用"生态修复的文

裁一片绿影
送给你

学表达"来概括，我想是符合实际的。

有的读者在读过我的作品后曾经和我调侃，说羡慕我整天"游山玩水"。是的，我的工作性质决定我攀爬过不少高山，跋涉过不少河流，但每次奔赴荒野和去林间勘察没有一次不带着明确的任务。有一次我在太行山里检查造林项目时不慎被蜱虫叮咬，当时没太在意，乘车几百公里后在下一个工作地才出现发烧症状，病情恶化后被同事送到医院看急诊，输液到后半夜才转危为安。在燕山和太行山里多少次从山坡上滑倒摔伤，还发生过在山里错过饭点儿饿得虚脱的事。近乎荒野考察的工作总体辛苦，如果真把那一次次活动当作游山玩水的话我想本职工作很难做好，利用业余时间写出优秀作品更不可能。30多年间，我从基层的务林人和农民那里学到不少知识，对我的业务和文学创作都大有裨益。不过它们只是促成我文学创作的因素之一，无论去国外考察还是在国内从事造林督导，没有强烈的责任心是不行的。文学创作亦然，不用心观察，连鲜活的素材都收集不到，更遑论遴选出明确的文学主题，演绎成合格的作品。比如在山里和林农交谈时他们随口说的"冬不坐石，夏不坐木"和"竹子开花，主人败家"这样的俗语就是我同他们交谈中记在心里的。如果走马观花，即便出现再多的创作素材也捕捉不到。至于对花草树木性状的观察描摹，不做一个有心人根本不可能获得独特的感悟。即使有些观感，呈现时也会在"度"上打折扣，停留在较低层次，提升生命感悟的哲思更无从谈起。

　　特殊的工作经历为我接受生态文化熏陶提供了帮助，强化并激发我美好的情愫进而转化为精神成果。多少次在心里默念"为什么我的眼里常含泪水，因为我对这土地爱得深沉"这句艾青先生的名言，差不多都在自己事业上遭遇逆境，或是被那些辛苦劳动的林业工人的事迹感动后生发的。为一朵野花心动，为一株不该干枯却死去的树木伤感，钦敬每一位辛勤的劳动者，勘察那些为追求个人利益牺牲公共资源的龌龊行径，并用文学形式记录它们既是我的责任，更是使命。

　　今天，我国生态文明建设已经上升到国家战略层面，与之相伴的生态文学正在中国大地上生根发芽。我庆幸自己是一个参与者，多少年从事与生态文明建设相关的工作，在不断学习中逐步增强了生态意识。我打小就爱好文学，两个因素碰撞在一起产生点儿火花顺理成章。在这个过程中，我的生态意识逐步觉醒，文学创作水平也在日积月累中有所提高。现在我从自己多年来发表过的散文作品里选择50篇，怀着忐忑的心情奉献给您，期望读到它们的有缘人能有一点儿收获。

　　　　　　　　　　　　　　　　　　冯小军

　　　　　　　　　　　　　　　壬寅年玉兰花盛开的时候

裁一片绿影
送给你